HEYNE BÜCHER

Das Buch

Jean-Luc Picard, der charismatische Captain der »neuen« Enterprise, ist nicht nur eine Kultfigur für Star-Trek-Fans, sondern auch ein serienübergreifendes Symbol für erfolgreiche Führungsstrategien. Oft konnten schwierige Missionen nur dank seines durchdachten Handelns, seiner enormen Fähigkeit zur Teamleitung und seiner gezielten Problemanalyse erfolgreich durchgeführt werden.

In diesem sowohl unterhaltsamen als auch lehrreichen Buch wird Picards Prinzip der Führung erklärt. Der Leser erhält einen exklusiven Einblick in seine Logbücher und persönlichen Aufzeichnungen: So stammen die Beispiele, an denen Picards Prinzip erläutert wird, direkt von Bord der U.S.S. Enterprise 1701-D – ihre Hintergründe aber sind vollkommen realistisch und alltäglich. In Amerika ist Picards Prinzip daher inzwischen ein fester Bestandteil in vielen erfolgreichen Management-Seminaren.

Die Autoren

Wess Roberts ist der Autor amerikanischer Management-Bestseller wie »Leadership Secrets of Attila the Hun«. Während seiner eigenen Management-Karriere arbeitete er für American Express und andere große Unternehmen. Er produzierte sechs preisgekrönte Persönlichkeitstrainings- und Selbstmotivationsfilme und veröffentlichte mehr als 45 Studien über menschliches Verhalten. Roberts lebt mit seiner Frau und seinen drei Kindern in Utah.

Bill Ross ist Vizepräsident eines Fernsehsenders in New Orleans und hat bereits für verschiedene andere Sender gearbeitet.

Im Wilhelm Heyne Verlag erschien bereits der Titel *Alles, was ich im Leben wirklich brauche, habe ich von Star Trek gelernt* (01/9581), in dem der Autor Dave Marinaccio darstellt, wie man die kleinen Probleme des täglichen Lebens mit Hilfe der Star-Trek-Philosophie überwinden kann.

WESS ROBERTS / BILL ROSS

STAR TREK®
THE NEXT GENERATION

PICARDS PRINZIP

MANAGEMENT BY TREK

Aus dem Amerikanischen von
RALPH SANDER

Deutsche Erstausgabe

WILHELM HEYNE VERLAG
MÜNCHEN

HEYNE ALLGEMEINE REIHE
Nr. 01/9919

Titel der Originalausgabe
MAKE IT SO
LEADERSHIP LESSONS FROM
STAR TREK®
THE NEXT GENERATION

Umwelthinweis:
Das Buch wurde auf
chlor- und säurefreiem Papier gedruckt.

Redaktion: Rainer-Michael Rahn

Printed in Germany 1996
Umschlagillustration: Bildarchiv Engelmeier, München und
Bavaria Bildagentur/Images/Ron Russell, Gauting
Umschlaggestaltung: Atelier Ingrid Schütz, München
Satz: Schaber Satz- und Datentechnik, Wels
Druck und Bindung: Ebner Ulm

ISBN 3-453-10807-8

Dieses Buch
ist Justin, Jaime und Jeremy gewidmet,
im vollen Vertrauen darauf,
daß sie stets Weisheit walten lassen,
wenn sie in ihrer Generation die Führung übernehmen.
Und Cheryl,
die stets mit gutem Beispiel voranging.

Es ist auch Susan gewidmet, Bills Nummer Eins,
und dem Rest der Besatzung, die er Familie nennt.

INHALT

VORBEMERKUNG DES AUTORS

Ich hatte einmal die Gelegenheit, mit Raymond Burr zu sprechen, der die Hauptrolle in der Fernsehserie *Perry Mason* gespielt hat. Während unserer kurzen Unterhaltung erwähnte ich beiläufig, daß Cheryl ein großer Fan von ihm und sowohl von der alten als auch der neuen *Perry-Mason*-Serie war. Um zu unterstreichen, wie begeistert Cheryl die Serie verfolgte, betonte ich, daß ich glaubte, sie könnte den größten Teil des von ihm gesprochenen Textes aus den verschiedenen Perry-Mason-Episoden zitieren.

Ganz der Gentleman, der er war, dankte mir Mr. Burr für diese Bemerkung und bat mich, Cheryl auszurichten, daß er ihren Enthusiasmus sowohl für seine Arbeit als auch für seine Serie zu schätzen wisse. Wenn ich heute darüber nachdenke, dann glaube ich, daß das, was er als nächstes sagte, mich nicht hätte überraschen dürfen. Aber zu der Zeit war es eine neue und interessante Ansicht. Er sagte, daß – während Cheryl es unterhaltsam fand, Texte seiner Figur aus vorangegangenen Episoden zu zitieren – es für ihn als Schauspieler viel wichtiger war, sich auf die Texte zu konzentrieren, die er für kommende Auftritte lernen mußte.

Aus dieser kurzen Unterhaltung kann man ein wertvolles Prinzip ableiten. Während die Vergangenheit uns die Gelegenheit gibt, viele nützliche Lektionen für das Heute zu lernen, können wir ebenfalls Erkenntnisse für das Hier und Jetzt gewinnen, wenn wir betrachten, was noch vor uns liegt. Und so kommt es, daß dieses Buch – anders als meine vorangegangenen Arbeiten, die sich auf Prinzipien bezogen, die von kontroversen Führungspersönlichkeiten der weit zurückliegenden Vergangenheit praktiziert wurden – sich mit einer fiktiven Person aus einer vierhundert Jahre entfernten Zukunft befaßt. Tatsächlich ist es erforderlich, daß wir darauf vorbereitet sein müssen, in der Gegenwart gut zu führen. Und es ist wichtig, daß wir uns die Führungsqualitäten aneignen, die für unseren Erfolg als Führungspersönlichkeiten in der Zukunft unabdingbar sein werden.

Als ich mit der Arbeit für dieses Buch begann, hatte ich praktisch keine Vorstellung davon, wie umfassend in STAR TREK – THE NEXT GENERATION* die zeitlosen Führungsqualitäten dargestellt werden, die für Führungspersönlichkeiten von heute genauso unverzichtbar sind wie für die von morgen. Nun bin ich überzeugt, daß diese Serie uns auch viel vermitteln kann, was den Respekt vor dem Leben und die Akzeptanz anderer Menschen betrifft, ganz gleich welcher Rasse, welchen Geschlechts oder welcher Kultur. Auch kann man viel über den Stellenwert der Ansichten und Meinungen anderer lernen. Eine weitere Erkenntnis ist die, daß das Fremde nicht gefürchtet, sondern verstanden werden soll. Überdies ist es insgesamt erfrischend, in der heutigen Zeit der Unruhen und der Intoleranz Führungspersönlichkeiten zu sehen, die diese Qualitäten besitzen und die uns auf eine bessere Zukunft hoffen lassen.

Aus diesen Gründen glaube ich, daß STAR TREK – THE NEXT GENERATION ein kraftvolles metaphorisches Handlungsumfeld liefert und daß Captain Jean-Luc Picard ein unwiderstehlicher Protagonist ist, der alle Führungsqualitäten verkörpert, die in ›Picards Prinzip‹ präsentiert und diskutiert werden. Jene Leser, die Captain Picard bereits kennen, wissen, daß er eine Führungsfigur ist, unter

---

* In Deutschland trägt die im Heyne Verlag erschienene Buchreihe den Titel ›Star Trek – Die Nächste Generation‹; die TV-Serie läuft unter ›Star Trek – Das Nächste Jahrhundert‹. – *Anm. d. Red.*

der wir alle gerne arbeiten würden, dessen Führung uns Zuversicht und Mut gibt, uns den Herausforderungen zu stellen, denen wir jeden Tag begegnen, und die Art von Führungspersönlichkeit, der wir selbst nacheifern sollten.

Dieses Buch ist für Trekker und Nicht-Trekker gleichermaßen geeignet. Um es für die Leser, die nicht mit STAR TREK vertraut sind, besser verständlich zu machen, befindet sich im Anhang dieses Buchs eine kurze Geschichte von den Tagen der klassischen Serie STAR TREK (RAUMSCHIFF ENTERPRISE) bis zur NEXT GENERATION. Ebenfalls werden verschiedene Charaktere und Fachbegriffe in gesonderten Anhängen erläutert.

›Picards Prinzip‹ präsentiert sich als Sammlung von Anekdoten und Beobachtungen, die aus den ausgewählten Erlebnissen Captain Picards und der Crew der *U.S.S. Enterprise* im Verlauf ihrer mehr als sieben Jahre währenden Reise durch die Galaxie resultieren. Diese Anekdoten basieren auf Episoden der Serie STAR TREK – THE NEXT GENERATION, werden aber hier mit den Worten und aus dem Blickwinkel von Captain Picard wiedergegeben. Auf diese Weise gibt er – auf viel persönlichere Art und Weise, als dies in den Episoden geschah – seine Gedanken und Gefühle zu erkennen, die mit der jeweiligen Mission und den sich daraus ergebenden Führungsprinzipien zusammenhängen. Und obwohl diese Erfahrungen aus einer in der Zukunft angesiedelten SF-Serie stammen, unterscheiden sich die unterschwelligen Themen und Botschaften nicht so sehr von den Situationen und Umständen des wahren Lebens, dem wir uns täglich stellen.

Die Einführung zu ›Picards Prinzip‹ erzählt die Episode, die ich ausgewählt habe, um Captain Picard einen Grund und ein Motiv zu geben, die Führungserkenntnisse zusammenzustellen, die auf seinen Erfahrungen beruhen, die er als kommandierender Offizier der Flaggschiffs der Föderation machte, der *U.S.S. Enterprise*.

Obwohl es sich bei Captain Picard um eine fiktive Figur handelt, ist er nicht ohne Schwächen. Auch hat er viele der Probleme und Herausforderungen durchlebt, denen jeder von uns in seinem Leben begegnet. Zudem ist die Entwicklung der Führungsqualitäten und die Gelassenheit, die Jean-Luc in STAR TREK – THE NEXT GENERATION gezeigt hat, von jedem zu verwirklichen, der den Willen und den Mut hat, ein guter Führer zu sein. Einige interessante Aspekte aus Captain Picards Leben vor der Zeit seines Kommandos der *U.S.S. Enterprise-D* finden sich im Kapitel über seine Vorgeschichte.

Jedes Kapitel beginnt mit einem Vorwort, das sich allgemein und einleitend mit dem Thema befaßt. Um die fiktive Authentizität dieses Buchs zu bewahren, dessen Leserschaft sich zum größten Teil aus zukünftigen Kadetten der Starfleet-Akademie rekrutiert, wird jedes Vorwort von Admiral Andrea Brand verfaßt, Leiterin der Akademie. Dem Vorwort folgt eine Zusammenfassung der Erfahrung der jeweiligen Episode, verfaßt von Captain Picard, die als anekdotische Illustration für die nachfolgenden Beobachtungen und Erkenntnisse dient.

Auch wenn jedes der neun in diesem Buch diskutierten Führungsprinzipien scheinbar zu Captain Picard und/oder zu anderen Charakteren der Episoden gehört, leiten sich diese Prinzipien tatsächlich aus meinem jahrelangen Studium von Führungsqualitäten ab. Wenn Sie sie aber lieber als Erkenntnisse betrachten, die Jean-Luc selber gewonnen hat … nun, das wird mich in keiner Weise stören.

Die Führungsprinzipien in diesem Buch werden in der Reihenfolge ihrer Bedeutung vorgestellt, nicht in der chronologischen Ordnung, in der sie in STAR TREK – THE NEXT GENERATION präsentiert wurden. Tatsache ist aber, daß diese Qualitäten sich nicht gegenseitig ausschließen. Wenn überhaupt, dann sind es die voneinander abhängigen Prinzipien, die eine effektive und fähige Führungskraft ausmachen.

›Picards Prinzip‹ schließt mit einem Epilog, in dem Captain Picard uns daran erinnert, daß die Verdienste der Führung eines einzelnen – zu Recht oder nicht – stets forschenden Blicken anderer ausgesetzt sind. Es ist die Verantwortung eines Führers, seine Pflichten stets ungeachtet ihrer ständigen Analyse zu erfüllen. Aber die besten Führungspersönlichkeiten müssen ohnehin nicht von anderen daran erinnert oder dazu genötigt werden, das jeweils Richtige zu tun.

Wess Roberts
Sandy, Utah
März 1995

EINFÜHRUNG

ANMERKUNG DER DIREKTORIN

Das Wissen, die Erfahrungen und die Weisheit eines Menschen müssen nicht zwangsläufig mit ihm sterben. Sie können ewig leben, wenn sie als sein Vermächtnis aufgezeichnet werden.

ADMIRAL ANDREA BRAND
Leiterin der Starfleet-Akademie

Persönliches Logbuch des Captains, Sternzeit 41419.1. Abflug von Relva VII

Ich war äußerst überrascht, daß ich mich der eingehendsten Untersuchung meiner Person und meiner Kommandotauglichkeit in den 39 Jahren meiner Karriere als Starfleet-Offizier unterziehen mußte. Obwohl Inspektionen auf einem Raumschiff zur Routine gehören, kam diese zermürbende Untersuchung unerwartet. Vielleicht hat es mich noch mehr gestört, daß sie auf Veranlassung eines alten Freundes geschah, des Admirals Gregory Quinn. Mir ist jetzt klar, daß der Anlaß für diese Inspektion nur die Sorge um die Sicherheit der Föderation war... Der Admiral und einige andere in der Kommandoebene von Starfleet haben den Verdacht, daß eine Verschwörung gegen die Föderation im Gange ist. Doch dieser Verdacht kann nicht die ausweichende Art rechtfertigen, mit der Admiral Quinn seine unangekündigte Untersuchung sowohl der *Enterprise* als auch meiner Person durchführte. Letztendlich war die ganze Aktion nur eine Farce, vom Anfang bis zum Ende, die die Besatzung der

Enterprise und meine langjährige Freundschaft mit Admiral Quinn einer großen Belastung aussetzte.

Im stationären Orbit um Relva VII wurde Wesley Crusher zur Starfleet-Basis gebeamt, wo er mit anderen Finalisten um einen Platz an der Akademie im Wettbewerb stand. Zu meiner großen Überraschung erfuhr ich, daß Admiral Quinn sich auf Relva VII befand und sofort auf die *Enterprise* gebeamt werden wollte. Nachdem Admiral Quinn zusammen mit Lieutenant Commander Dexter Remmick an Bord gekommen war, sprach er mit mir unter vier Augen. Während unserer kurzen Begegnung informierte Admiral Quinn mich, daß Commander Remmick zum Stab des Generalinspekteurs gehörte und daß er eine vollständige Inspektion der *Enterprise* leiten würde. Als ich meinen langjährigen Freund fragte, welchen Grund es für diese Untersuchung gab, antwortete er offen, daß er Grund zu der Annahme habe, etwas stimme nicht mit meinem Schiff. Ich erhielt den Befehl, mit Commander Remmick zu kooperieren, und die Anweisung, daß meine Offiziere dies ebenso zu tun hätten. Es war für jeden von uns schwer vorstellbar, daß es auf der *Enterprise* ein einziges Problem geben könnte, das die Aufmerksamkeit von Admiral Quinn erforderte. Ich kann Ihnen auch versichern, daß es recht schwierig war, sich angesichts der aufdringlichen und schikanösen Fragen von Commander Remmick zu beherrschen …

Nach Abschluß der Untersuchung berichtete Commander Remmick an Admiral Quinn, daß er nichts von dem hatten finden können, nach dem mein alter Freund ihn hatte suchen lassen, weder in den langwierigen Gesprächen mit meinen Offizieren noch in gründlichen Untersuchungen der Logbücher des Schiffs. Obwohl er sich auf das äußerste bemüht hatte, erklärte Mr. Remmick, daß er nicht ein einziges Problem hatte entdecken können – außer vielleicht eine lässige Vertrautheit zwischen den Mitgliedern der Brückenbesatzung. Aber er mutmaßte augenblicklich, daß dieses ›Problem‹ der Vertrautheit in erster Linie von unserem Sinn für Teamwork und Familiensinn herrührte. Commander Remmicks Beobachtung schien seine Art zu sein, die familiäre Vertrautheit als ein ernstzunehmendes ›Problem‹ auszuschließen.

Als Mr. Remmick im Begriff war, meinen Besprechungsraum zu verlassen, blieb er an der Tür stehen und machte mich darauf aufmerksam, daß sein Dienst im Stab des Generalinspekteurs in sechs Monaten enden würde und daß er sich nach Abschluß seiner gegenwärtigen Aufgabe wünschen würde, auf die *Enterprise* versetzt zu werden. Mit dieser Bemerkung drückte Commander Remmick seine Billigung meiner Kommandotauglichkeit und unserer familiären Vertrautheit auf der Brücke aus.

Die Untersuchung war beendet, und ich war mit Admiral Quinn alleine. Er bat mich, seine Aktionen oder die von Commander Remmick nicht zu streng zu beurteilen. Sie vermuteten gewisse Probleme innerhalb der Föderation. Sie glaubten, daß jemand oder etwas versuchte, die gesamte Struktur zu zerstören, die die Föderation in den letzten 200 Jahren aufgebaut hatte. Er konnte sich nicht zu den Beweisen äußern. Zu viele Leute waren darin verwickelt. Außerdem konnte er noch nicht sagen, ob die Bedrohung aus der Föderation selbst oder von außen kam. Mein alter Freund sagte mir, daß er Leute in den wichtigen Positionen der Föderation brauchte, denen er vertrauen konnte. Mein Versprechen, ihn zu unterstützen, genügte nicht. Er wollte mich zum Admiral befördern und mich zum Leiter der Starfleet-Akademie machen.

Ich war bestürzt, als ich erfuhr, daß es nie ein Problem mit der *Enterprise* gegeben hatte. Das einzige, worum es Admiral Quinn bei seiner Untersuchung ging, war die Gewißheit, daß ich nicht auf der Seite derer stand, die

die Föderation bedrohten, und die Absicht, mir einen höheren Dienstrang und eine bessere Stellung anzubieten.

Obwohl ich den Wert seines Angebots zu schätzen wußte, war mir auch klar, daß diese Beförderung und die mit ihr verbundenen Aufgaben politische Gründe hatte. Doch Politik hat mir noch nie gelegen. Da der Admiral mich aber nach wie vor als den besten Mann für diese Aufgabe betrachtete, war die Entscheidung, zuzustimmen oder abzulehnen – ohne Frage eine schwierige Wahl –, nicht von der Art, die ich schnell hinter mich bringen wollte. Aber Admiral Quinn wollte meine Antwort bald. Ich teilte ihm meine Entscheidung noch an diesem Abend mit.

Wenngleich es für einen Starfleet-Offizier schon recht ungewöhnlich ist, eine Beförderung abzulehnen – besonders in eine Kommandoposition –, so ist es eine Seltenheit, wenn jemand sowohl eine Beförderung als auch einen ehrenvollen Auftrag ausschlägt. Meine Entscheidung, Admiral Quinn eine Absage zu erteilen, war eine Folge der obersten Pflicht eines Starfleet-Offiziers – der Pflicht zur Wahrheit, gleichgültig, ob in wissenschaftlichen, historischen oder persönlichen Angelegenheiten. In dieser speziellen Angelegenheit ist die persönliche Wahrheit die, daß ich trotz des Respekts, den ich den Aufgaben der Starfleet-Akademie entgegenbringe, Admiral Quinn und der Flotte am besten als Captain der *Enterprise* dienen kann. Dort gehöre ich hin, jedenfalls im Augenblick. Ich hielt an meiner Entscheidung fest, dennoch war es in meinen Augen notwendig, meinem alten Freund zu sagen, daß er – sollte er mich *wirklich* an seiner Seite benötigen – nur zu fragen brauchte.

Auch wenn ich sicher bin, daß meine Entscheidung, Admiral Quinns Angebot auszuschlagen, richtig war, halte ich es für meine persönliche Pflicht, etwas für die Akademie beizusteuern, während ich das Flaggschiff der Föderation befehlige. Unter diesem Aspekt sehe ich keine bessere Möglichkeit, meine Verpflichtung gegenüber der Akademie zu erfüllen, als dieses Buch mit Führungsgedanken und Prinzipien für die Ausbildung zukünftiger Kadetten vorzubereiten. Und es ist meine ehrliche Hoffnung, daß dieses Buch nicht nur Starfleet-Offiziere anleiten wird, sondern auch die zivilen Führer in der Föderation.

Der Erfolg eines Offiziers resultiert zu einem wesentlichen Teil aus den Fähigkeiten derer, die ihn umgeben, und daher ist es meine feste Überzeugung, daß einer der wichtigsten Punkte auf der Liste der Grundpflichten eines Offiziers der ist, die Führungsqualitäten seiner Untergebenen zu fördern. Dieser Überzeugung folgend, ist es mein Wunsch, Ihnen die Führungsprinzipien mit auf den Weg zu geben, die sich mit der Zeit bewährt haben. Ich bin davon überzeugt, daß diese Prinzipien grundlegende Eigenschaften fähiger Führer bleiben werden – heute ebenso wie in ferner Zukunft.

Während Sie sich weiter durch dieses Buch vorarbeiten, gebe ich Ihnen den Rat, sehr genau auf die jeweilige Botschaft zu achten. Dort werden Sie erläuternde Beispiele für Gelegenheiten finden, bei denen diese Führungsprinzipien bestätigt oder falsch angewendet wurden oder sogar unbeachtet blieben. Ich werde diese Aufzeichnungen kurz nach den jeweiligen Geschehnissen machen, solange ich sie noch frisch im Gedächtnis habe. Ich werde sie in der Form von Tagebucheintragungen aufzeichnen, die länger und umfassender sind als die Logbucheintragungen, die das ›Tagesgeschäft‹ auf einem Raumschiff festhalten. In der endgültigen Form jedoch wird dieses Buch die aufgezeichneten Ereignisse nicht in chronologischer Reihenfolge präsentieren, sondern entsprechend der Bedeutung der Führungsprinzipien, die dargestellt und diskutiert werden.

Für einen gerade ernannten Offizier ist es durchaus üblich, große Führungspersönlichkeiten zu imitieren, die man während des Studiums und während des Dienstes kennengelernt hat. Sobald Sie aber aufhören, andere zu imitieren, und Ihren eigenen Führungsstil aufbauen, machen Sie den ersten Schritt, um aus eigener Kraft ein großer Führer zu werden. Bis dahin ist es an Ihnen, alle Möglichkeiten zu untersuchen, wie Sie meine Prinzipien bei der Erfüllung Ihrer verschiedenen Pflichten anwenden können.

JEAN-LUC PICARD: EINE KURZE AUTOBIOGRAPHIE

ANMERKUNG DER DIREKTORIN

Um aus der Vergangenheit zu lernen, müssen wir zuerst jene Personen kennenlernen, die in unserer Geschichte zentrale Rollen spielten. Um auf eine bessere Zukunft zu hoffen, müssen wir zuerst jene Personen kennenlernen, die uns zum Bestmöglichen führen werden.

ADMIRAL ANDREA BRAND
Leiterin der Starfleet-Akademie

Persönliches Logbuch des Captains,
Sternzeit 48811.5.
An der Starfleet-Akademie

Ich begann mit diesen Aufzeichnungen im Verlauf des ersten Jahres als Captain des Flaggschiffs der Föderation, der *U.S.S. Enterprise-D,* und beende sie jetzt im achten Jahr meines Kommandos. Bedauerlicherweise haben wir alle – die Föderation, meine Crew und ich selbst – einen großen Verlust erlitten, als die *Enterprise* auf Veridian III zerstört wurden. Dennoch ist es möglich, daß die Crew der *Enterprise* und ihre Erfahrungen durch dieses Aufzeichnungsmedium ewig leben werden. Ich gebe es weiter an meine gute Freundin Admiral Andrea Brand, damit es für das Führungskräftetraining an der Akademie verwendet werden kann. Ich bin voller Ungeduld, meine zukünftige Rolle mit den Führern der Flotte und der Föderation zu besprechen. Ich hoffe nur, daß ich weiterhin in einer Funktion dienen kann, die es mir erlauben wird, etwas zu bewirken.

Da mir klar ist, daß viele von Ihnen, die dieses Buch lesen werden, nicht wissen, wer ich bin, wäre es vielleicht angebracht, Ihnen etwas über meine Vergangenheit zu erzählen, damit Sie mich besser verstehen können.

Ich wurde im Jahre 2305 auf der Erde in der französischen Stadt LaBarre als Sohn von Maurice und Yvette Gessard Picard geboren. Sie tauften mich, ihren zweiten Sohn, auf den Namen Jean-Luc. Mutter war eine freundliche, geduldige und verständnisvolle Frau. Glücklicherweise war sie fähig, nicht nur meine Schwächen zu sehen, sondern meine Stärken zu fördern. Vater war ein der Tradition verbundener Winzer, der den Gebrauch moderner Technologie mied, wenn es irgend möglich war, da er der Ansicht war, daß sie die Werte aushöhlte, die für uns die wertvollsten sein sollten. Getreu seiner Überzeugung verließ er sich allein auf konventionelle Methoden, um seinen gefeierten Wein ›Château Picard‹ herzustellen.

Ich verstand mich nie gut mit meinem Vater. Weder akzeptierte er meine Faszination für das Weltall, noch förderte er mein Interesse an den Wissenschaften. Vater wollte aus mir einen Winzer machen; er wollte, daß ich zu Hause blieb, daß ich mich ihm und meinem Bruder im Familienbetrieb anschloß. Aber es war einfach so, daß ich nie die Absicht hegte, den Erwartungen meines Vaters gerecht zu werden. Meine Vorstellungen gingen in eine andere Richtung. Vielleicht ist das der Grund, warum ich glaube, daß mein Vater mir niemals die Enttäuschung verzieh, die ich ihm bereitete, als ich mein Elternhaus verließ und an die Starfleet-Akademie ging.

Mein älterer Bruder Robert war so traditionsverbunden wie unser Vater. Er heiratete eine wundervolle Frau, Marie, und gemeinsam führten sie die Winzerei nach Vaters Tod weiter. Als wir jung waren, schikanierte Robert mich oft. Er war jedesmal neidisch und verärgert, wenn ich eine noch so kleine Leistung erbrachte. Konsequenterweise blieb unsere Beziehung durch sinnlosen Bruderzwist getrübt, ein Zustand, der sich erst viele Jahre später besserte. So dankbar ich für diese Versöhnung bin, die sich vor vier Jahren ereignete, so bin ich zutiefst erschüttert, daß Robert und René, sein elf Jahre alter Sohn, vor kurzem viel zu früh und auf tragische Weise in einem Feuer ums Leben kamen. Dieser Verlust läßt niemanden zurück, der den Namen Picard weiterführen kann, da ich nie heiratete und auch nie Vater eines Kindes wurde.

Im Jahre 2323 wurde ich im Alter von 18 Jahren zur Starfleet-Akademie zugelassen. Meine Jahre an der Akademie waren sowohl fordernd als auch angenehm. Als Kadett war ich voller Enthusiasmus, und mein kreativer Gebrauch dieses Enthusiasmus führte gelegentlich dazu, daß ich ins Büro des Direktors bestellt wurde, um bestimmte Probleme zu besprechen – Probleme, die unser betazoidischer Leiter von vornherein bestens verstand. Ungeachtet dieser Probleme konnte ich zu vielen Lehrern und Mitarbeitern hervorragende Beziehungen aufbauen, darunter zwei ganz außergewöhnliche. Abgesehen von der Tatsache, daß Professor Richard Galen ein besonders fähiger Lehrer war, ist er zugleich der wohl prominenteste Archäologe unserer Zeit. Wir hatten eine enge Beziehung. Ich hatte einen Vater, aber Professor Galen war wie ein Vater, der mich verstand. Er hatte Kinder, die aber nicht seinem Weg folgten, und so war ich der Sohn, der ihn verstand. Und ich kann auch Boothby nicht vergessen, einen Gärtner. Während meiner Zeit als Kadett hielt ich ihn für wenig mehr als einen boshaften alten Mann. Heute betrachte ich ihn als einen der weisesten Männer, denen ich je begegnet bin. Er war es, der mir half, etwas gutzumachen, was ich als Kadett begangen hatte – ein Problem, über ich das an dieser Stelle nichts erzählen möchte. Boothby wußte einfach, daß ich verstand, was getan werde mußte, um das Unrecht aus der Welt zu schaffen. Und er sorgte dafür, daß ich genau das tat. Ich komme nicht umhin einzugestehen, daß ich ohne Boothbys zeitiges Eingreifen nicht die Zulassung zur Abschlußprüfung erhalten hätte.

Weil ich ein guter Ringkämpfer war und den Akademie-Marathon auf Danula II als Neuling gewann, habe ich das Gefühl, daß einige meiner Kameraden und Vorgesetzten mich als fähigen Allround-Athleten betrachteten. Das mag stimmen. Aber vielleicht erinnern sie sich besser an mich als einen aufmerksamen Studenten, weil ich trotz meines Versagens im ersten Anlauf die Akademie mit höchsten Auszeichnungen abschloß.

Ich bin nicht stolz auf mich, wenn ich sage, daß ich als frisch eingesetzter Fähnrich intelligent war, aber noch unerfahren. Arrogant, anmaßend und manchmal mit einem Mangel an angemessener persönlicher Disziplin ausgestattet, war mein Ego recht ausgeprägt und allzu selbstbewußt – mindestens bei einer Gelegenheit.

Kurz nach meinem Abschluß machte ich mit zwei Klassenkameraden – Marta Batanides und Corey Zweller – Urlaub auf der Sternenbasis Earhart, wo wir auf unseren ersten Einsatz in den Tiefen des Alls warteten. Wir verbrachten einen Großteil dieser Zeit damit, auszuspannen und *Dom-jot* in der Bonestell-Freizeiteinrichtung zu spielen – einer düsteren Bar, die zugleich Anziehungspunkt für galaktisches Gesindel aller Art war.

An einem Abend nach dem Sieg über zahlreiche andere *Dom-jot*-Spieler in Bonestell wurde Zweller von einem besonders niederträchtigen Nausicaaner zu einer Partie herausgefordert. Der Nausicaaner spielte falsch, Corey verlor. Später an dem Abend stellten wir fest, daß der Nausicaaner falschgespielt hatte, woraufhin Corey eine Revanche forderte. Ich half, die Niederlage meines Freundes zu rächen, indem ich ihm dabei behilflich war, den Spieltisch so zu positionieren, daß der Nausicaaner in einem Revanchespiel nicht betrügen konnte. Sie spielten ein weiteres Mal. Corey gewann. Weder der Nausicaaner noch seine beiden Freunde waren gute Verlierer. Sie waren außer sich und wollten einen Kampf. Den sollten sie haben.

Ohne mich an ihrem körperlichen Vorteil zu stören – die Nausicaaner waren alle fast doppelt so groß wie ich –, nahm ich es mit ihrem Anführer auf. Mit einem doppelten Kinnhaken schickte ich ihn zu Boden. Ein zweiter Nausicaaner griff mich von hinten an, aber auch ihn konnte ich zu Boden schicken. In der Zwischenzeit hatte sich ihr Anführer aufgerappelt und hinter mir Position bezogen. Plötzlich stach er mir eine lange, gezackte Klinge in den Rücken. Sie schnitt durch meinen Körper hindurch und traf mein Herz. Ich wurde sofort in eine nahe gelegene medizinische Einrichtung gebracht, wo mir ein Kunstherz eingesetzt wurde, um mir das Leben zu retten – die mir zugefügte Wunde konnte nicht mehr operiert werden. Hätte sich das Ganze nicht in unmittelbarer Nähe eines Hospitals abgespielt, wäre ich sicherlich gestorben.

Mein mangelndes Urteilsvermögen, das es mir erlaubte, es mit einem dieser zugleich verachtenswerten und unbedeutenden Rüpel aufzunehmen, erteilte mir eine schmerzvolle Lektion in Sachen Selbstdisziplin und Kontrolle meines Ego. Es war eine Lektion, von der ich hoffe, daß sie niemand von Ihnen in ähnlicher Weise machen muß.

Früh in meiner Karriere hatte ich die einmalige Gelegenheit, mit einigen bekannten Führungspersönlichkeiten zusammenzuarbeiten, die in den Gründungsjahren der Föderation maßgeblichen Einfluß ausgeübt hatten. Eine der wohl bemerkenswertesten Persönlichkeiten war Sarek, der vulkanische Botschafter bei der Föderation. Als überaus talentierter Diplomat bewirkte Botschafter Sarek den Abschluß zahlreicher wichtiger Friedensverträge zwischen der Föderation und feindlich gesinnten Regierungen. Durch meine Bekanntschaft mit ihm erfuhr ich viele wertvolle Dinge.

Als junger Offizier war ich auch sehr ambitioniert, und für Starfleet-Offiziere haben Ambitionen einen gewissen Preis. Das war auch der Fall, als ich mich zu einer reizenden jungen Frau hingezogen fühlte, Jenice. Unsere Beziehung entwickelte sich auf den Punkt zu, an dem wir eine Entscheidung über unsere gemeinsame Zukunft treffen mußten. Von dem Gedanken beseelt, daß ich mich vor langfristigen Bindungen hüten mußte, die meiner Karriere in den Weg kommen konnten, beendete ich diese Beziehung abrupt. Heute ist mir klar, daß selbst die Ambitioniertesten unter uns nicht einzig und allein die Früchte genießen können, die das Leben als Starfleet-Offizier bietet, und dabei völlige Ausgewogenheit im Leben bewahren können.

Bedauerlicherweise lernte ich diese Lektion erst, als es zu spät war, meine Beziehung zu Jenice wiederherzustellen. Da das Ende meiner Beziehung zu ihr nie wirklich besiegelt wurde, kam ich lange Zeit nicht zur Ruhe. In der Zwischenzeit füllte ich das Vakuum, das durch die Abwesenheit von Jenice entstanden war, mit meiner Leidenschaft für die Astrophysik, für Musik, Archäologie, mit dem Ausritt auf Araberstuten und mit dramatischer Literatur. Das alles lieferte mir willkommenen Ablenkung von dem Druck, den offizielle Pflichten mir aufbürdeten.

Als Lieutenant diente ich als Brückenoffizier auf der *U.S.S. Stargazer*. Während eines schweren Gefechts wurde der Captain des Schiffs tödlich verwundet. Ich übernahm das Kommando und befahl einen Gegenangriff. Meine Initiative und mein Vorgehen retteten die *Stargazer* und die überlebenden Besatzungsmitglieder. Starfleet Command belohnte mich mit einer Beförderung um drei Dienstgrade – zum Captain – und übertrug mir mein erstes Kommando. Trotz dieser Beförderung und des sich anschließenden ›Jobs‹ – die aus einer Tragödie heraus entstanden –, betrachte ich es immer noch als Ehre, als Commander der *Stargazer* ausgewählt worden zu sein und den Platz eines Captains zu übernehmen, den ich sehr bewunderte.

Ich war etwa 20 Jahre lang Captain der *Stargazer*, als wir uns dem System Zeta Maxia näherten und von einer damals unbekannten, bedrohlichen Macht angegriffen wurde – den Ferengi, wie sich später herausstellte. Während dieses brutalen Gefechts wurde die *Stargazer* praktisch zerstört, aber es gelang uns noch, dem angreifenden Schiff schweren Schaden zuzufügen. Dieser Gegenschlag war das Ergebnis meiner spontanen Entscheidung, für einen Moment auf Warpgeschwindigkeit zu gehen, was unser Schiff aus Sicht des Angreifers an zwei Stellen gleichzeitig erscheinen ließ. Diese Taktik – heute als das ›Picard-Manöver‹ bekannt – verwirrte unsere Angreifer und erlaubte es uns, auf sie zu feuern. Der Schaden an dem Ferengi-Schiff und die daraus resultierende Ablenkung waren groß genug, um es den überlebenden Besatzungsmitgliedern der *Stargazer* und mir zu ermöglichen, mit einem Shuttle dem sicheren Tod zu entkommen.

Den Standardprozeduren bei Starfleet nach dem Verlust eines Raumschiffs entsprechend, wurde ich wegen dieses Zwischenfalls vor ein Kriegsgericht gestellt. Wie zu erwarten war, siegte die Gerechtigkeit. Ich wurde in allen Anklagepunkten freigesprochen.

2363, im Alter von 58 Jahren und rund 36 Jahre nach meinem Abschluß an der Akademie, wurden mir die Ehre und das Privileg zuteil, Captain der NCC-1701-D zu werden, dem fünften Schiff mit Namen *U.S.S. Enterprise*. So wie alle Vorgänger ist auch diese *Enterprise* das Flaggschiff der Föderation für die Erforschung des Weltalls, für wissenschaftliche Forschungen, für diplomatische und Handelsmissionen sowie Verteidigungsoperationen.

Die Föderation legt großen Wert auf fähige Führungskräfte, und das tue ich auch. Aus diesem Grund war ich besonders dankbar für die hochkarätigen Offiziere, die den zentralen Stab an Bord der *Enterprise* verkörperten. Sie waren die besten der Flotte.

Während meines ersten Jahrs als Captain der *Enterprise* dienten folgende Offiziere unter mir auf der Brücke: Commander William Riker, Erster Offizier und mein Stellvertreter; Lieutenant Commander Data, Zweiter Offizier; Lieutenant Natasha Yar, Sicherheitsoffizier – sie wurde während einer Rettungsmission auf Vagra II getötet; Lieutenant Worf, Flugkontrolloffizier; sowie Lieutenant Geordi LaForge, unser Navigator. Zu meiner Mannschaft gehörten außerdem Counselor Deanna Troi und Dr. Beverly Crusher, Chefärztin, die ihren Dienst ein Jahr lang unterbrach, um als Leiterin der Medizinischen Abteilung der Flotte tätig zu sein. Als die *Enterprise* zerstört wurde, war Mr. LaForge unser Chefingenieur und Mr. Worf fungierte als Sicherheitschef. Alle anderen verblieben in ihren ursprünglichen Positionen.

I
DAS PRINZIP ›KONZENTRATION‹

VORBEMERKUNG DER DIREKTORIN

Der Captain der U.S.S. Enterprise-D verließ sich in hohem Maß auf die Meinung seiner Offiziere, aber er war genauso konsequent, endgültige, unabhängige Entscheidungen zu treffen, wann immer das angemessen oder notwendig erschien. So wie auch andere Offiziere in seinem Rang kämpfte Jean-Luc Picard permanent mit zahlreichen Dingen, die gleichzeitig seine Zeit und Aufmerksamkeit für sich beanspruchten. Trotz dieser Ansprüche konnte Captain Picard sofort die Prioritäten einer Mission von anderen wichtigen Themen oder weniger wichtigen Problemen trennen. Es ist gerade diese Eigenschaft, sich auf das Wesentliche zu konzentrieren, die es Captain Picard erlaubte, seine Zeit und Energie auch auf andere Aktivitäten und wichtige Angelegenheiten zu verwenden. Es war vor allem diese Eigenschaft, die Jean-Luc Picard als Captain des Flaggschiffs der Föderation auszeichnete. Außerdem nutzte Captain Picard jede Gelegenheit, um diese Führungsqualität auch an seine Besatzung weiterzugeben, in die er hohe Erwartungen setzte.

An Bord der Enterprise erfreuten sich Captain Picard und seine Crew gemütlicher Zerstreuung von den oft großen Anstrengungen ihrer Pflichten und Aufträge. Dennoch besaßen Captain und Crew der Enterprise im Dienst genügend Selbstdisziplin, um alles zurückzustellen, das sie von ihren obersten Verantwortlichkeiten ablenken könnte. Um es mit einem Wort zu sagen: Captain Picard und seine Crew waren ›konzentriert‹.

ADMIRAL ANDREA BRAND
Leiterin der Starfleet-Akademie

Persönliches Logbuch des Captains, Sternzeit 44019.3. Abflug von der Erde

Vor kurzem hatten wir ein äußerst erschreckendes Erlebnis. Die Föderation wurde von den Borg aus dem Delta-Quadranten der Galaxis angegriffen. Die Borg sind eine bemerkenswert widerstandsfähige Rasse Humanoider, die hinsichtlich ihrer Taktiken ein hohes Maß an Intelligenz und Anpassungsfähigkeit präsentieren. Sie sind durch chirurgisch implantierte, kybernetische Apparaturen aufgerüstet, die jedem einzelnen von ihnen außergewöhnliche technische und kämpferische Fähigkeiten verleihen. Zudem sind sie durch ein hochentwickeltes Subraumnetzwerk zu einem Kollektivbewußtsein zusammengeschlossen, das sie alle permanent überwacht und leitet. Da sie von *einem* Geist geleitet werden, existiert in ihrer Gesellschaft das Individuum nicht. Selbst der Begriff ›Individuum‹ ist ihnen fremd. Als furchterregende Gegner sind die Borg dafür bekannt, daß sie ganze Rassen in ihr Kollektiv absorbieren. Ihr Vorstoß in das Föderationsterritorium diente keinem anderen Zweck, als dies auch mit der menschlichen Rasse zu tun.

Für diese Erfahrung zahlte nicht nur die Föderation einen hohen Blutzoll, sie forderte auch von mir einen hohen Preis. Erst jetzt, nach einem Landurlaub in meiner Heimatstadt LaBarre in Frankreich, bin ich in der Lage, diese Erfahrung niederzuschreiben. Ungeachtet der Tragödie, die sich dabei abspielte, ist sie reich an Beispielen dafür, daß ein Offizier zielgerichtet und konzentriert bleiben muß.

Die *Enterprise* reagierte auf einen Notruf von einer der entlegendsten Föderationskolonien, der Kolonie New Providence auf Jouret IV. Bei unserer Ankunft konnten die Sensoren auf der Oberfläche des Planeten keine Lebenszeichen registrieren. Commander Riker führte ein

Landeteam an, das der Sache auf den Grund gehen sollte. Nachdem das Team auf die Planetenoberfläche gebeamt worden war, stellte man fest, daß jedes Gebäude, jeder Ausrüstungsgegenstand und die gesamte Vegetation zerstört worden waren. Nicht ein einziger der 900 Kolonisten konnte gefunden werden.

Aufgrund meines ersten Berichts über die grauenvolle Entdeckung des Landeteams gelangte Starfleet zu der Überzeugung, daß die Zerstörung der Kolonie New Providence ein Werk der Borg sein mußte. Aus diesem Grund wurde unverzüglich Admiral Hanson auf den Weg geschickt, der den Taktischen Stab der Flotte leitete, dessen Aufgabe es war, Verteidigungstaktiken gegen die Borg zu entwickeln. Er wurde begleitet von Lieutenant Commander Shelby, die in den vergangenen sechs Monaten die Borg-Taktiken analysiert hatte. Sie sollte uns bei der weiteren Untersuchung assistieren.

Nach der Ankunft von Admiral Hanson und Commander Shelby wurden Commander Riker und ich auf den neuesten Informationsstand gebracht. Starfleet wußte seit über einem Jahr, daß die Borg sich dem Gebiet der Föderation näherten. Jede verfügbare Kraft war eingesetzt worden, um eine Verteidigung gegen sie zu entwickeln. Dennoch waren die Verteidigungsstrategien und die neuen Waffen noch in der Entwicklung begriffen, so daß die Föderation also nicht in der Lage war, sich gegen einen Angriff der Borg zur Wehr zu setzen.

Eine Bestätigung dafür, daß die Borg tatsächlich die Kolonie New Providence zerstört hatten, würde weitere Analysen der Oberfläche von Jouret IV erfordern. Da aber bald die Nacht anbrechen würde, mußten weitere Untersuchungen bis zum Beginn des nächsten Tages warten. Commander Riker terminierte den Aufbruch des Landeteams für acht Uhr am kommenden Morgen. Nach der Entscheidung, Commander Shelby ebenfalls zu einem Mitglied des Landeteams zu machen, führte Commander Riker sie zu ihrem Gästequartier.

Admiral Hanson setzte mich dann davon in Kenntnis, daß die Starfleet Commander Riker das Kommando über die *U.S.S. Melbourne* angeboten hatte. Ich wußte, daß Will bei zwei vorangegangenen Gelegenheiten ein eigenes Kommando über ein Sternenschiff abgelehnt hatte, doch von diesem neuen Angebot war mir nichts bekannt. Admiral Hanson merkte an, daß Starfleet mit Mr. Riker allmählich die Geduld verlor. Wenn er diese Beförderung ablehnte, würden andere – jüngere – ihn bald überholen. Der Admiral war der Ansicht, Lieutenant Commander Shelby sei ein idealer Ersatz für Mr. Riker, und schlug mir vor, Will ein paar Ratschläge bezüglich seiner Karriere zu geben – er sollte das Angebot der Flotte annehmen.

Am nächsten Morgen trafen sich Commander Riker und Mr. LaForge im Transporterraum, wo Chief O'Brien sie darüber informierte, daß Commander Shelby sich zusammen mit Data bereits auf die Planetenoberfläche hatte beamen lassen. Mr. Riker war von dieser eigenmächtigen Aktion nicht begeistert.

Als Will und Geordi auf Jouret IV ankamen, hatten Commander Shelby und Data bereits Beweise dafür gefunden, daß die Zerstörung der Kolonie New Providence unverkennbar ein Werk der Borg war. Damit lag die Bestätigung vor, daß die Borg in das Territorium der Föderation eingedrungen waren. Admiral Hanson kehrte daraufhin zur Sternenbasis 324 zurück, um mit anderen Admiralen eine Strategie zu besprechen. Commander Shelby blieb an Bord der *Enterprise*, um uns bei den taktischen Vorbereitungen zu helfen.

Commander Riker informierte mich über die Maßnahmen, die er angesichts der Bedrohung durch die Borg unternommen hatte. Danach fragte ich Will nach seiner Meinung über Commander Shelby. Er sagte, sie sei wohl qualifiziert, benötige aber Überwachung. Sie nehme die Initiative zu schnell in die Hand, und das sogar in riskanten Situationen.

Dann fragte ich Will, warum er nicht das Kommando über die *Melbourne* angenommen hatte und sich statt dessen immer noch auf der *Enterprise* befand. Er verstand meine Frage fälschlich so, als wolle ich ihn loswerden. Ohne seine Karrierepläne offenzulegen, sagte er, daß er sich entschieden hatte, das Angebot seitens Starfleet abzulehnen. Die *Melbourne* war zwar ein gutes Schiff, aber sie war nun einmal nicht die *Enterprise*. Für den Augenblick genügte es ihm völlig, als mein Erster Offizier zu dienen. Und in Anbetracht der Borg-Präsenz im Föderationsgebiet brauchte ich ihn nun mehr als zuvor. Ich stimmte ihm zu. Da aber die Flotte in diesen Zeiten immer einen guten Captain gebrauchen konnte, bat ich Will, seine Entscheidung noch einmal zu überdenken.

Aber nächsten Morgen teilte uns Admiral Hanson via Bildschirm sehr besorgniserregende Neuigkeiten mit. Im Verlauf der vergangenen Nacht hatte die Sternenbasis 157 einen Notruf der *U.S.S. Lalo* empfangen, die Kontakt mit einem würfelförmigen unbekannten Raumschiff nahe Zeta Alpha II gemeldet hatte.

Seitdem hatte es mit der *Lalo* keinen Kontakt mehr gegeben. Admiral Hanson bestätigte unsere schlimmste Befürchtung: Die Borg setzten ihren Angriff auf die Föderation fort. Unter dem Kommando von Admiral Hanson würde die Föderation ihnen mit jedem verfügbaren Schiff begegnen. Da die *Enterprise* das Föderationsschiff war, das Zeta Alpha II am nächsten war, sollten wir die Borg ›beschäftigen‹, bis Verstärkung eintraf. Das wiederum würde mindestens sechs Tage dauern.

Wir nahmen Kurs auf Zeta Alpha II, und nur kurze Zeit später meldete Mr. Worf, daß die Sensoren ein nichtidentifiziertes Raumschiff entdeckt hatten. Augenblicke später hatten wir Sichtkontakt. Es überraschte niemanden, daß tatsächlich ein Schiff der Borg auf dem Bildschirm erschien – ein außergewöhnlich kraftvolles und bestens bewaffnetes würfelförmiges Schiff von kolossalen Ausmaßen. Ein solches Schiff hatten wir bereits einmal im System J-25 gesehen und betreten, als Q uns zum ersten Mal mit den Borg bekanntmachte. Ich wies Mr. Worf an, eine Subraumnachricht an Admiral Hanson zu senden, um ihn darüber zu informieren, daß wir auf die Borg gestoßen waren.

Als Alarm ausgelöst wurde, teilte mir Worf mit, daß die Borg mich persönlich riefen. Auf dem Bildschirm befahlen sie mir, die Schilde abzuschalten und mich auf ihr Schiff zu beamen. Andernfalls würden sie die *Enterprise* zerstören.

Wir waren irritiert über die Forderungen der Borg, beabsichtigten aber nicht, sie zu erfüllen. Ich informierte die Borg, daß wir seit unserer letzten Begegnung neue Technologien entwickelt hatten und bereit waren, davon Gebrauch zu machen, wenn sie nicht das Territorium der Föderation verließen. So wie ich die Forderungen der Borg ignoriert hatte, so ignorierten sie meine Warnung. Ein kurzer Kampf entbrannte, aber die *Enterprise* konnte es mit dem Schiff der Borg nicht aufnehmen, also rannten wir sprichwörtlich um unser Leben.

Wir flogen in den Paulson-Nebel, einen Sternennebel mit hoher Materiedichte und reich an Dilithiumhydroxiden, Magnesium und Chrom – alles Stoffe, die die Sensorfunktionen beeinträchtigen. Der Nebel war für uns vorübergehend ein sicheres Versteck.

Ich hatte noch immer keine Erklärung, warum die Borg so großes Interesse an mir oder an der *Enterprise* zeigten. Unbeeindruckt warteten sie außerhalb des Nebels, während wir auf unserer Position verharrten. Mein Mitarbeiterstab traf in der Zwischenzeit Vorbereitungen, um gegen die Borg ins Gefecht zu ziehen.

Commander Shelby empfahl Mr. Riker, die Untertassensektion von der Kampfsektion der *Enterprise* abzutrennen. Auf diese Weise würden für die Borg zum einen zwei Ziele entstehen, zum anderen konnten sie dann von zwei Schiffen angegriffen werden. Commander Riker hielt diese Taktik jedoch für zu riskant.

Während Mr. Riker mit anderen Aufgaben beschäftigt war, kam Commander Shelby zu mir in meinen Arbeitsraum, um mich von ihrer Empfehlung zu unterrichten. Einen vorgesetzten Offizier zu umgehen, um sicherzustellen, daß die eigene Stimme Gehör findet, ist keine Verhaltensweise, die auf die *Enterprise* gehört. Dies mag erklären, warum mein Erster Offizier irritiert war, als er mich über das Vorankommen unserer Vorbereitungen unterrichten wollte und bei mir Commander Shelby antraf. Ich war mit Mr. Riker der Meinung, daß Commander Shelbys Plan ein zu großes Risiko darstellte, sagte ihm aber, daß er ihn als Ausweichmöglichkeit im Auge behalten sollte.

Die *Enterprise* wurde immer wieder aufs neue durchgeschüttelt, als das Borg-Schiff wahllos magnetometrisch gelenkte Sprengladungen in den Nebel abfeuerte. Als eine dieser Ladungen unser Schiff traf, wurde mir klar, daß die dichte Wolke nicht länger ein sicheres Versteck war. Ich befahl, den Nebel zu verlassen. Das Schiff der Borg nahm die Verfolgung auf, und innerhalb weniger Augenblicke wurde unser Schiff vom Traktorstrahl der Borg erfaßt. Unsere Schilde brachen fast im gleichen Moment zusammen. Ein Borg beamte sich auf die Brücke, Worf feuerte sofort mit seinem Phaser und tötete den Eindringling. Dann folgte ein zweiter Borg. An ihm prallte der von Worf abgefeuerte Phaserschuß ab, da die Borg sofort ihre Körperschutzschilde angepaßt hatten, um unsere modifizierte Feuerfrequenz abzulenken. Commander Riker wollte den Borg niederringen, was sich aber rasch als zwecklos erwies. Dann griff Worf den Borg an, wurde von ihm jedoch zu Boden geschickt. Plötzlich tauchte ein dritter Borg auf der Brücke auf. Er gelangte hinter mich und injizierte mir ein Betäubungsmittel, beamte sich zurück auf sein Schiff und nahm mich mit.

Die Borg lösten daraufhin sofort den Traktorstrahl und nahmen direkten Kurs auf Sektor 001 – die Erde und das

Herzstück der Föderation. Unterwegs erklärten sie mir, daß sie sich verbessern wollten, indem sie sich um humanbiologische und technologische Aspekte bereicherten. Die menschliche Kultur würde angepaßt, um ihnen zu dienen. Meine Argumente, die ich den Borg vorbrachte, fruchteten nichts.

Sie hielten die menschliche Kultur für veraltet und autoritär veranlagt. Als Captain des mächtigsten Schiffs der Föderation hielten sie mich für eine solche Autoritätsperson, für jemanden, der oft für seine Rasse sprach und dessen Rasse ihm zuhören würde. Das erklärte, warum sie es auf mich abgesehen hatten. Es war tatsächlich so, daß die Borg mich ausgesucht hatten, damit ich sie der Menschheit vorstellte.

Allem Widerstand meinerseits zum Trotz wurde ich in die medizinische Abteilung gebracht, wo meine Entführer begannen, mich chirurgisch zu einem der ihren zu machen. Zu diesem Prozeß gehörte auch, mich neurologisch mit dem Kollektivbewußtsein der Borg zu verbinden, was ihnen zudem die Gelegenheit gab, mein gesamtes Wissen zu assimilieren.

Währenddessen folgte die *Enterprise* dem Borg-Schiff. Die Waffensysteme waren neu konfiguriert worden, um alle Energie durch den Hauptdeflektor zu leiten, was eine enorme Entladung erzeugen würde – groß genug, um das Schiff der Borg zu zerstören. Jedoch gab es ein Problem. Diese modifizierte Waffe konnte nur bei Impulsgeschwindigkeit eingesetzt werden. Das bedeutete, daß die Crew der *Enterprise* irgendeinen Weg finden mußte, das Borg-Schiff dazu zu bewegen, die Warpgeschwindigkeit bis auf Impulsgeschwindigkeit zu reduzieren. Wie ich später erfuhr, hatte Riker auch nicht die Absicht aufgegeben, mich zu retten.

Um das alles zu erreichen, mußte sich ein Landeteam auf das Borg-Schiff beamen. Aus Erfahrung wußte meine Crew, daß die Anwesenheit von Besatzungsmitgliedern auf dem Schiff der Borg ignoriert werden würde, solange sie keine Bedrohung darstellten. Sie mußten also schnell handeln.

Die Mitglieder des Landeteams wollten das Energiesystem des Borg-Schiffs zerstören, damit das Schiff aus dem Warp-Transit auf Impulsgeschwindigkeit gehen würde. Außerdem wollten sie nach mir suchen und mit mir auf die *Enterprise* zurückkehren, bevor die Borg reagieren konnten. Nach Abschluß dieser Phase ihrer Strategie würden sie die neuen Waffen auf das Schiff der Kollektivs abfeuern.

Unter der Führung von Commander Shelby konnte das Landeteam auf dem Borg-Schiff erfolgreich einige Knotenpunkte der Energieversorgung zerstören und mehrere Borg töten. Weitere Schäden konnten aber verhindert werden, da die Borg sich an die modifizierten Frequenzen der Phaser anpaßten, mit denen das Landeteam feuerte. Damit war das Team auf dem Borg-Schiff nicht länger sicher. Als die Gruppe sich darauf vorbereitete, auf die *Enterprise* zurückgebeamt zu werden, konnten die Mitglieder des Teams einen kurzen, erschreckenden Blick auf mein neues Ich werfen.

Gerade als das Landeteam auf der *Enterprise* angekommen war und Commander Riker Bericht erstattete, nahm ich mit meinen ehemaligen Kameraden Kontakt auf. Über den Bildschirm teilte ich ihnen diese Nachricht mit: »Ich bin Locutus der Borg. Widerstand ist zwecklos. Euer Leben, so wie ihr es kennt, ist vorüber. Ab jetzt werdet ihr uns dienen.«

Unter diesen Umständen mußte Commander Riker sofort handeln, bevor die Borg ihr Schiff reparieren und wieder auf Warpgeschwindigkeit gehen konnten. Daher befahl er Worf zu feuern. Aber der enorme Energieausstoß, der von den modifizierten Waffensystemen der *Enterprise* erzeugt wurde, hatte keine Wirkung bei dem Kollektivschiff. Über den Monitor informierte ich Commander Riker über die Gründe. Mein Wissen und meine Erfahrung waren jetzt ein Teil der Borg; dadurch war es ihnen möglich gewesen, die Schilde ihres Schiffs so anzupassen, daß sie problemlos die neue Waffe der *Enterprise* absorbieren konnten.

Als die Energiesysteme des Borg-Schiffs repariert waren, flogen wir mit Warpgeschwindigkeit weiter in Richtung Erde. Auf dem Weg dorthin nahmen die Borg bei mir weitere kybernetische Veränderungen vor.

Wie erwartet ließ der Energieausstoß den Hauptnavigationsdeflektor der *Enterprise* durchbrennen, außerdem beschädigte er die Schilde und den Reaktorkern. Die Reparaturen würden acht bis zwölf Stunden in Anspruch nehmen. In dieser Zeit konnte die *Enterprise* das Schiff der Borg nicht verfolgen. Commander Riker und meine Brückenoffiziere meldeten diesen Vorfall an Admiral Hanson. Er teilte ihnen mit, daß die Flotte der Föderation auf dem Weg war, um das Borg-Schiff im System Wolf 359 abzufangen. Außerdem hatten die Klingonen Schiffe auf den Weg geschickt, und die Föderation spielte sogar mit dem Gedanken, die Romulaner um Hilfe zu bitten. Da ich in Admiral Hansons Augen als Gefallener zu betrachten war, übertrug er Riker das Kommando über die *Enterprise*. Captain Riker sah sich widerstrebend gezwungen, Lieutenant Commander Shelby zu seinem Ersten Offizier zu ernennen. Seine Abneigung hatte weniger mit ihren Fähigkeiten zu tun – die außergewöhnlich waren – als damit, daß es andere Besatzungsmitglieder gab, die möglicherweise für diesen Posten besser geeignet waren. Aber unter den gegebenen Umständen war keine Zeit, um wesentliche Umbesetzungen vorzunehmen.

Die Borg erreichten Wolf 359 und trafen auf die Armada der Föderation. Es mag seltsam klingen, aber meinem Wissen über die defensiven und offensiven Kapazitäten der Föderation war es zu verdanken, daß die Borg keinen Augenblick zögerten und 39 der 40 Schiffe vernichteten, die sie hatten abfangen sollen. Bei dieser Attacke kamen über 11 000 Menschen ums Leben. Ich kann keine angemessenen Worte finden, um die Trauer auszudrücken, die dieser Zwischenfall bei mir ausgelöst hat. Es war einfach eine tragische Niederlage, in der Locutus eine maßgebliche Rolle spielte.

Will Riker berichtete mir später, daß er nach der Fertigstellung der Reparaturen die *Enterprise* nach Wolf 359 beorderte. Auf dem Weg – während die ranghöchsten Offiziere alternative Taktiken gegen die Borg erarbeitete – begab sich Captain Riker in meinen Arbeitsraum. Er überlegte, was ich in einer solchen Situation tun würde, bis Guinan ihm einen Besuch abstattete. Sie machte ihm klar, daß er mich loslassen müsse. Er könnte die Borg nur besiegen, wenn er aufhörte, darüber nachzudenken, was ich getan hätte. Vielmehr mußte er seine eigenen Pläne entwickeln. Die Borg hatten mein Wissen aufgenommen; wenn er fortfuhr, so zu denken, wie er es von mir gelernt hatte, würde die *Enterprise* mit Sicherheit unterliegen.

Als die *Enterprise* Wolf 359 erreichte, wurde die Besatzung Zeuge der massiven Zerstörungen, die sich dort ereignet hatten. Wenig später entdeckten sie die Spur des Borg-Schiffs, das sich weiter auf dem Weg zur Erde befand. Sie nahmen die Verfolgung wieder auf. Captain Riker befahl Commander Shelby, Vorbereitungen zu treffen, damit sie ihren Plan, die Untertassensektion der *Enterprise* abzutrennen, durchführen konnte. Commander Shelby erinnerte Captain Riker daran, daß ich von dieser Alternative erfahren hatte – die Borg würden vorbereitet sein. Mr. Riker wußte das, und darauf zählte er.

Die *Enterprise* kam in Kommunikationsreichweite zum Borg-Schiff, und man rief mich, bzw. Locutus. Captain Riker sagte, daß er die Feindseligkeiten beendet sehen wolle. Daher wollte er sich mit mir treffen und unsere Bedingungen besprechen.

In meiner Rolle als Locutus wies ich Nummer Eins darauf hin, daß er nicht die Bedingungen für eine Kapitulation besprechen wollte. Vielmehr wollte er einen Versuch unternehmen, mich zu täuschen. Captain Riker erklärte Locutus, den Borg müßte durch das einverleibte Wissen von Captain Picard bekannt sein, daß Riker niemals seinen vorgesetzten Offizier belogen hatte. Locutus setzte ihn daraufhin davon in Kenntnis, daß eine Besprechung irrelevant war. Captain Riker sollte die Waffen der *Enterprise* funktionsuntüchtig machen und uns zum Sektor 001 eskortieren, wo die Borg damit beginnen würden, die menschliche Kultur und ihre Technologie zu assimilieren.

Die Borg hatten das elektromagnetische Feld ihres Schiffs angepaßt, so daß es den Transporter der *Enterprise* funktionsunfähig machte. In Anbetracht dessen erhielten Data und Worf den Befehl, einen Alternativplan zu starten.

Captain Riker bat Locutus um mehr Zeit, um seine Leute auf die bevorstehende Einverleibung durch die Borg vorzubereiten. Ich sagte ihm, Vorbereitung sei irrelevant. Seine Verzögerungstaktik würde keinen Erfolg bringen. Die menschliche Rasse würde so rasch und problemlos assimiliert werden, wie es auch mit Picard geschehen war. Dann erklärte ich Nummer Eins, daß das Schiff der Borg nun den Weg zur Erde fortsetzen würde. Sollte er versuchen, es aufzuhalten, würde das die Zerstörung der *Enterprise* zur Folge haben. Mr. Riker erwiderte sinngemäß, daß wir uns anstrengen sollten. Die *Enterprise* war im Begriff, uns aufzuhalten.

Fast gleichzeitig mit Rikers Antwort ließ Commander Shelby die Untertassensektion der *Enterprise* abtrennen und startete einen Angriff auf das Borg-Schiff. Auf der Kampfbrücke begann Riker gleichzeitig Ausweichmanöver, während das Borg-Schiff versuchte, das Ziel zu erfassen, dabei aber die Untertassensektion vollkommen ignorierte.

Commander Shelby feuerte eine breitgefächerte Antimaterie-Salve auf das Borg-Schiff ab – eine Taktik, mit der vom Start eines Shuttles von der Kampfsektion der *Enterprise* abgelenkt werden sollte. Data und Worf befanden sich an Bord dieses Shuttles, mit dem sie versuchten, das elektromagnetische Feld des Borg-Schiffs zu durchdringen. Da wurde der Ionenausstoß des Shuttleantriebs vom Borg-Kollektiv entdeckt. Die Borg verlagerten augenblicklich ihren Traktorstrahl, um das sich nähernde Shuttle zu erfassen. Will befahl Data daraufhin, den Antrieb des Shuttles abzuschalten und antriebslos weiterzudriften. So gelang es, das Shuttle unbemerkt durch das elektromagnetische Feld zu steuern.

Als sie sich innerhalb des Randbereichs dieses Feldes befanden, benutzten Data und Worf den Fluchttransporter, um sich auf das Borg-Schiff zu beamen. Nach einem kurzen Kampf mit einigen Borg injizierte Worf mir ein Betäubungsmittel, dann beamten sich die beiden zusammen mit mir auf das Shuttle zurück. Glücklicherweise hatte der Transporter der *Enterprise* uns längst erfaßt und von Bord gebeamt, als die Borg das Shuttle zerstörten.

Während Captain Riker die Untertassensektion wieder an die Kampfsektion andocken ließ, nahmen die Borg wieder Kurs auf die Erde. Nachdem das Andockmanöver erfolgreich abgeschlossen worden war, nahm die *Enterprise* erneut die Verfolgung auf.

Ich wurde in die Krankenstation gebracht, wo Dr. Crusher eine Diagnose über meinen Zustand stellte. Während sie fest entschlossen war, das rückgängig zu machen, was die Borg mir angetan hatten, setzte Captain Riker eine andere Priorität. Er wollte wissen, ob ich Informationen über die Schwächen der Borg besaß. Wenn dem so war, wollte er einen Weg finden, um diese Informationen aus mir herauszubekommen.

Während der Untersuchung entdeckte Data eine Reihe interaktiver, komplexer Subraumsignale, die es mir ermöglichten, mit dem Kollektiv zu kommunizieren. Er erkannte völlig richtig, daß diese Übermittlungen die

Grundlage für das Kollektivbewußtsein der Borg waren. Beverly sagte Will und Data, daß eine Unterbrechung dieser interaktiven Kommunikation mit dem Borg-Schiff durchaus meine Selbstzerstörung zur Folge haben könnte. Das war nicht im Sinne von Will Riker. Für den Augenblick brauchte er Locutus lebend.

Dr. Crusher wußte, daß sie meine kybernetischen Implantate würde entfernen können, wenn meine interaktiven Verbindung mit den Borg getrennt wurde. Solange diese Implantate jedoch aktiv waren, konnte sie den Mann in Locutus nicht von der Maschine trennen. Data überlegte schließlich, daß er möglicherweise behilflich sein könnte, um den Maschinenteil in Locutus zu erreichen.

In der Krankenstation fuhr ich damit fort, den Mitarbeitern zu sagen, daß sie bald eins mit den Borg werden würden. Sie sollten keinen Widerstand leisten. Einmal assimiliert, würde sich ihre Lebensqualität verbessern. Plötzlich stand Dr. Crusher neben mir und injizierte mir ein Beruhigungsmittel, dann brachte mich Data in sein Labor.

In der Zwischenzeit informierte Commander Shelby Captain Riker, daß das Schiff der Borg in den Sektor 001 eingedrungen war. Captain Riker begab sich sofort zur Brücke, wo Commander Shelby ihm erklärte, daß das Borg-Schiff nicht länger auf Warpgeschwindigkeit war. Die planetarischen Verteidigungseinrichtungen der Erde waren in Bereitschaft, aber gegen die Borg gab es nur wenig Aussicht auf Erfolg.

Data brachte es fertig, eine Verbindung zwischen seinem Androidengehirn und meinen kybernetischen Implantaten herzustellen. Dadurch erfuhr er, daß das Gruppenbewußtsein der Borg in Unterbefehle aufgeteilt ist. Diese Aufteilung ist notwendig, um alle Funktionen umsetzen zu können.

Data fuhr fort, Informationen abzurufen; er erklärte den anderen im Labor, daß die Borg-Verteidigung,

Kommunikation und Navigation von einer Basisbefehlsebene kontrolliert werden, die in jedem Borg verankert ist... Da erhielt ich vom Kollektiv die Anweisung, das Experiment zu beenden. Ich versuchte erfolglos, die Neurolink-Verbindung zu unterbrechen. Dr. Crusher berichtete Data, daß ihre Monitore einen plötzlichen und raschen Anstieg meiner neurologischen Aktivitäten registrierten. Die Besatzung vermutete, daß die Borg damit begannen, die Verbindung zu mir abzubrechen. Data überprüfte rasch die Computeranzeigen und stellte fest, daß die Subraumverbindung zum Kollektiv unverändert war. Somit war unklar, was den schnellen Anstieg der Nervenaktivitäten in Locutus verursacht hatte.

Counselor Troi hatte die gesamte Prozedur mitverfolgt und spürte, daß der Anstieg der neurologischen Aktivitäten in Locutus ein Versuch meinerseits war, durch meinen veränderten Zustand hindurchzudringen und mich mit ihnen zu verständigen. Erfreut über diese Aussichten auf meine Wiederherstellung, meldete Deanna an Captain Riker, daß Data einen ersten Kontakt mit Captain Picard hatte herstellen können!

Von der Brücke aus fragte Captain Riker Data, ob er in der Lage sei, sich mit mir zu verständigen. Data berichtete, daß er zwar die Implantate noch nicht hatte umgehen können, daß aber Captain Picard einen ersten Kontakt mit ihm aufgenommen hatte.

Captain Riker erhielt dann einen aktuellen Lagebericht. Die Borg hatten auf ihrem Weg zur Erde einen Stopp eingelegt, die *Enterprise* war noch zwei Minuten und vier Sekunden entfernt. Mr. Riker dachte laut, daß die Borg irritiert sein mußten. Immerhin war ihnen klar, daß die Crew der *Enterprise* Zugang zu ihrem Kollektivbewußtsein gefunden hatte.

Data teilte Captain Riker mit, daß nicht sicher war, ob die Borg die Verbindung zu mir nicht abbrechen wollten oder ob sie es nicht konnten. Als Dr. Crusher Datas Bemerkungen hörte, folgerte sie schnell und richtig, daß dies die Achillesferse der Borg sein könnte. Die Borg funktionierten auf der Basis völliger gegenseitiger Abhängigkeit; sich von mir zu trennen, mußte für sie unmöglich sein. Ebensogut hätte man willkürlich ein Besatzungsmitglied der *Enterprise* bitten können, sich einen Arm oder ein Bein abzuschneiden – sie würden es einfach nicht tun können.

Von der Annahme ausgehend, daß das, was ein Borg tut, auch alle anderen Borg tun würden, fragte Will, ob es Data möglich sei, einen Befehl in das Borg-Bewußtsein zu senden. Data erklärte, daß es wohl möglich sei. Es sei aber erforderlich, den Pfad von der höchsten Befehlsebene aus zu verändern, um alle Verzweigungen in ihrem Kollektivbewußtsein zu erreichen. Captain Riker wies Data an, diese Veränderung zu versuchen. Data bestätigte die Anweisung, fragte Riker aber, welchen Befehl er senden sollte. Captain Riker sagte ihm, er solle etwas Einfaches wählen.

Während Data die Veränderungen vornahm, erhöhte das Borg-Schiff die Energie und bewegte sich auf die *Enterprise* zu. Captain Riker löste Alarmstufe Rot aus. Das Borg-Schiff war der *Enterprise* erneut überlegen. Die Schilde wehrten das von unserem Schiffe kommende Feuer ab, während der umgekehrte Beschuß zu schweren Schäden an der *Enterprise* führte. Und einen Moment später war das Föderationsschiff im Traktorstrahl der Borg gefangen.

Captain Riker fragte Data, welche Fortschritte er hatte machen können. Data hatte es noch nicht geschafft, die Veränderungen abzuschließen. Damit war es ihm auch noch nicht gelungen, einen einfachen Befehl in das Borg-Bewußtsein zu senden. Will wollte sich nicht so einfach geschlagen geben. Er befahl Wesley, einen direkten Kollisionskurs mit dem Borg-Schiff zu berechnen. Geordi sollte die *Enterprise* für einen Flug mit Warpgeschwindigkeit vorbereiten. Wenn die *Enterprise* schon den Borg zum Opfer fallen sollte, dann würde sie so viele von ihnen wie nur möglich mit sich reißen.

Währenddessen verstand ich – Jean-Luc Picard –, daß Data versuchte, einen zerstörerischen Computerbefehl in das Kollektivbewußtsein der Borg einzuschleusen. Er hatte aber noch nicht entschieden, wie dieser Befehl lauten sollte, daher versuchte ich mit aller Kraft, ihm einen solchen Befehl mitzuteilen. Aber in meinem halbbewußten Zustand konnte ich mich nur zu den Worten zwingen: »Schlafen. Schlafen. Schlafen, Data.«

Data wußte, was er als nächstes zu tun hatte.

Der Angriff der Borg auf die *Enterprise* wurde fortgesetzt. Sie hatten soeben den Strahl aktiviert, mit dem sie das Schiff einfach zerschneiden konnten, als Data Captain Riker rief und ihm sagte, er solle den Kollisionsbefehl verzögern, weil er mehr Zeit benötigte.

Gleichzeitig verstärkten die Borg ihren Angriff und fügten der *Enterprise* schwere Schäden zu. Als der Computer einen Riß an der Außenhülle meldete, fragte Worf Captain Riker, ob er die Evakuierung einleiten solle. Will verneinte und forderte von Data einen abschließenden Bericht an. Data sagte ihm, er solle sich bereithalten. Der Schiffscomputer warnte vor dem nahenden Zusammenbruch der Innenhülle des Schiffs, der die *Enterprise* implodieren lassen würde.

Plötzlich stellten die Borg ihren Angriff ein. Captain Riker rief Data und fragte: »Was zum Teufel ist passiert, Data?«

Data berichtete, daß er erfolgreich eine Nachricht in das Kollektivbewußtsein der Borg hatte einschleusen können, die sie hatte glauben lassen, es sei Zeit zur Regeneration. Data hatte sie ›schlafen geschickt‹.

Worf meldete, daß die Leistung des Borg-Schiffs auf einem Minimum arbeitete, das elektromagnetische Feld war abgeschaltet worden. Captain Riker wies Commander Shelby an, mit einem Landeteam an Ort und Stelle nachzuprüfen, ob die Borg wirklich schliefen. Dann begab er sich in Datas Laboratorium.

Commander Shelby bestätigte, daß die Borg schliefen. Aber die Tricorder ihres Landeteams verzeichneten rasch wechselnde Anzeigen, die den Schluß zuließen, daß die Energieleitungen des Borg-Schiffs sich kurz vor einer Rückkopplung befanden. Datas Befehl hatte eine Fehlfunktion des Borg-Schiffs ausgelöst und eine Selbstzerstörungsautomatik aktiviert. Commander Shelby fragte Captain Riker, ob ihr Team die Selbstzerstörung aufhalten sollte. Will wies sie an, zu warten.

Dr. Crusher informierte Captain Riker, daß nicht vorhersagbar war, was die Zerstörung des Borg-Schiffs bei mir bewirken würde. Data deutete zudem an, daß es eine günstige Gelegenheit sei, um die Borg und ihr Schiff genauer zu untersuchen. Captain Riker teilte diese Meinung jedoch nicht.

Er wies Data an, die Verbindung mit mir zu unterbrechen, das Landeteam befahl er auf die *Enterprise* zurück. Sobald das Team wieder an Bord war, sollte Fähnrich Crusher die *Enterprise* auf sichere Distanz zum Borg-Schiff bringen. Captain Rikers Entscheidung kam im richtigen Moment. Die *Enterprise* hatte gerade sichere Entfernung erreicht, als das Borg-Schiff sich in einer gigantischen Explosion selbst vernichtete.

Ich überlebte diese Selbstzerstörung und erlangte sofort das volle Bewußtsein meines früheren Ichs zurück. Dennoch erinnerte ich mich an alle Ereignisse, auch an die brillant ausgeführte, aber recht unorthodoxe Strategie von Will Riker, einen zerstörerischen Computerbefehl an das Bewußtsein der Borg zu senden.

Commander Shelby wurde zu Starfleet Command zurückbeordert, wo sie bei der Überwachung der Wiederaufbaus der Flotte und der Verteidigungssysteme mitarbeiten sollte. Die *Enterprise* begab sich zur Erdstation McKinley, wo sie sich umfassenden Reparaturen unterziehen würde – so wie ich.

Persönliches Logbuch des Captains,
Sternzeit 44075.1.
Beobachtungen zum Prinzip ›Konzentration‹.
Auf dem Weg nach Ogus II

Die Föderation war auf die Borg-Invasion nicht vorbereitet. Das lag aber nicht an einem Mangel an Bemühungen, sondern an einem Mangel an Zeit. Die Borg waren in unser Territorium viel früher als erwartet vorgedrungen, so daß es notwendig wurde, ihre Herausforderung mit Erfindungsreichtum und Mut zu erwidern.

Auch wenn ich angesichts der Toten und der Zerstörungen, die die Borg der Föderation zugefügt haben, zutiefst betrübt bin, spüre ich, daß wir sie letzten Endes besiegt haben, weil meine engsten Mitarbeiter sich trotz eines regelrechten Chaos auf Angelegenheiten von höchster Dringlichkeit konzentrierten. Andere Themen, die weniger wichtig waren als der Sieg über die Borg, kamen während des Verlaufs der Begegnung ebenfalls ins Spiel.

Rückblickend war diese Krisensituation die falsche Zeit, um Diskussionen über Veränderungen zu führen, was Commander Rikers oder Lieutenant Commander Shelbys Posten betraf. Ein Wechsel in der Position des Ersten Offiziers erfordert viel Zeit. Die neue Nummer Eins muß sich in eine neue Rolle eingewöhnen – möglicherweise auf einem neuen Schiff mit einer ungewohnten Mannschaft –, und die Crew muß sich daran gewöhnen, mit demjenigen zusammenzuarbeiten, dem die Rolle des Ersten Offiziers zufällt. Zudem hatte Commander Shelby ihre Analyse der Borg-Taktiken noch nicht beendet, und ihre Kenntnisse wurden bei Starfleet Command benötigt.

Es ist richtig, daß Starfleet Mr. Riker die Position des Befehlshabers über die *Melbourne* angeboten hatte, bevor die Borg in Föderationsterritorium eindrangen. Als dies aber geschehen war, wäre es besser gewesen, das Angebot für diesen Zeitraum zurückzustellen. Lieutenant Commander Shelby genoß bei Admiral Hanson hohes Ansehen, und er verschwendete keine Zeit, um sie als Ersatz für Will zu empfehlen – sollte der das Angebot von Starfleet annehmen. Offensichtlich hatte Admiral Hanson mit Commander Shelby die anstehende Beförderung von Mr. Riker besprochen – und daß er sie als Wills Nachfolgerin empfehlen würde –, bevor sie auf die *Enterprise* kamen. Sie versuchte alles, um zu beweisen, daß sie die richtige Wahl für diesen Job war, was vermessen war und von den eigentlichen Pflichten ablenkte. Aber trotz aller Risiken und aller Versuche, bei mir Eindruck zu machen, blieb Commander Shelby auf ihre hauptsächliche Aufgabe konzentriert. Die Erfahrung hat mich gelehrt, daß ein solches Verhalten für hochtalentierte und selbstbewußte Offiziere gang und gäbe ist. Oft ist es notwendig, sie in ihrem Drang zu bremsen, auf andere Eindruck zu machen. Dabei muß man jedoch darauf achten, daß man nicht ihren Enthusiasmus und die Leidenschaft, mit der sie ihre Pflichten erfüllen, unterdrückt.

Commander Riker sah sich natürlich mit schwerwiegenden Entscheidungen konfrontiert, darunter die Frage, wie er die Borg besiegen und gleichzeitig mich retten konnte. Daß er aber schließlich Erfolg hatte, lag nicht zuletzt an der Zusammenarbeit der gesamten Crew, die ihm diverse Alternativen bot und geschlossen hinter ihm stand. Dem Rat von Guinan folgend, er solle alles vergessen, was ich ihn gelehrt hatte, wollte er nicht vernichtet werden, stellte Mr. Riker seinen Erfindungsreichtum mit einer Strategie unter Beweis, die ich nicht vorausgesehen hatte. Damit beauftragt, die *Enterprise* in einer Krise zu befehligen, hatte Captain Riker eine Entscheidung zu treffen, die seinen engsten Mitarbeiterstab betraf. Unter normalen Umständen hätte Will sich möglicherweise anders entschieden, aber seine Entscheidung war klug und erhielt die volle Unterstützung und das Verständnis der Crew.

Ich darf nicht die Fähigkeiten von Dr. Crusher und Data unerwähnt lassen, da sie beide improvisierten, um

Mr. Rikers Informationbedürfnis über die Schwächen der Borg gerecht zu werden – was letztlich zur Selbstzerstörung des Kollektivs und zur gleichzeitigen Rettung meines Lebens führte. Das war keine gewöhnliche Herausforderung; sie erforderte gleichzeitige Konzentration auf mehrere Prioritäten, die sehr wohl in engem Konkurrenzkampf miteinander standen.

Was mich betraf, so gab es niemanden, der meine Entführung hätte verhindern können. Auch war ich nicht fähig, mich dem zu widersetzen, was die Borg mir antaten. Es ist unbestritten, daß Locutus eine wichtige Rolle bei den Zerstörungen spielte, die sich nach der Aufnahme meines Wissens in das Kollektiv ereigneten. Aber bedenken Sie stets: *Jean-Luc Picard* gab seine Loyalität gegenüber der Föderation nie auf. Und ich verlor auch nie das Vertrauen in meine Crew.

Persönliches Logbuch des Captains,
Sternzeit 44084.9.
Erkenntnisse zum Prinzip ›Konzentration‹.
Auf dem Weg zur Sternenbasis 416

Viele wichtige Erkenntnisse können aus unserer jüngsten Begegnung mit den Borg gewonnen werden. Für mich ist die Fähigkeit zur Konzentration auf das Wesentliche die wichtigste Qualität eines Führungsoffiziers. Daher stelle ich Ihnen nachfolgend die Erkenntnisse vor, die ich gewonnen habe und von denen ich glaube, daß Sie sie in Erwägung ziehen sollten.

- Um effektiv handeln zu können, muß ein Offizier freie Sicht auf das haben, was vor ihm liegt. Das macht es erforderlich, daß ein Offizier sich mit allen Prioritäten befaßt, jedoch nicht in einer bestimmten Reihenfolge. Vielmehr muß ein Offizier die Fähigkeit entwickeln, alle Verknüpfungen seines Tuns (oder seines Unterlassens) gleichzeitig zu erkennen.

- Die Effektivität eines Offiziers steht in direkter Relation zum Grad der Konzentrationsfähigkeit, die er für seine wichtigsten Pflichten aufbringt.
- Offiziere sollten die umfassende geistige Fähigkeit entwickeln, sich rasch an unterschiedliche Anforderungen und neue Situationen anzupassen. Und sie sollten lernen, einer Krise mit Ideenreichtum zu begegnen. Solche Offiziere sind von weit größerem Wert als jene, die die Weiterentwicklung ihrer geistigen Fähigkeiten eingestellt haben, nachdem sie es geschafft haben, die Fähigkeiten anderer lediglich nachzuahmen.
- Die Anforderungen, die andere an die Zeit und die Aufmerksamkeit eines Offiziers stellen, wachsen mit dem Dienstrang und der Position. Da niemand allgegenwärtig sein kann, ist es für einen Offizier besonders wichtig, schnell zu unterscheiden zwischen lohnenswertem und nutzlosem Einsatz seiner Zeit und seiner Anwesenheit.
- Scharfsichtigkeit und Zielstrebigkeit reduzieren das Maß der Anstrengungen, die für den Erfolg notwendig sind.
- Während Ablenkung durch eine zu große Belastung mit zu vielen Verantwortlichkeiten entstehen kann, versagen talentierte Offiziere meist wegen sinnloser oder unschlüssiger Aufteilung ihrer Talente.
- Im Weltall können es sich Offiziere nicht leisten, ihrer Crew zu erlauben, durch Konkurrenzkampf am falschen Ort zur falschen Zeit abgelenkt zu werden.
- Wenn jemand nicht auf den ersten Blick für einen Job geeignet ist, ist der beste Weg zum Erfolg zielgerichteter Enthusiasmus und Hingabe.
- Der sicherste Weg für einen Offizier, für einen höhere Position ausgewählt zu werden, besteht darin, die gegenwärtige Aufgabe bestens zu erledigen. Wer sich dagegen zu sehr damit befaßt, was die Zukunft für ihn bringen mag, kann den Bezug zu seinem gegenwärtigen Selbst verlieren.
- Wenn ein Offizier davon überzeugt ist, daß die Macht der Konzentration zum Erfolg einer Mission führt, wird er große Anstrengungen unternehmen, um seiner Crew diese Macht zu vermitteln. Und er wird sachverständig und unermüdlich dar-

auf achten, daß lohnenswerte und wertvolle Ressourcen nicht leichtfertig verschwendet werden.

Und last, but not least:

- Sich auf die wichtigsten Aspekte seiner Pflichten zu konzentrieren verleiht allen zweitrangigen oder Routinetätigkeiten die Leichtigkeit und Genauigkeit der Gewohnheit.

Ich kann Ihnen garantieren, daß Sie – wenn Sie Ihre Anstrengungen auf die Dinge von größter Wichtigkeit und größtem Nutzen lenken – bei sich und bei Ihrer Crew sehr viel mehr Initiative, Kraft, Innovation und Ideenreichtum freisetzen werden, die alle untrennbar mit dem Erfolg einer Mission verbunden sind.

II
DAS PRINZIP ›PRIORITÄT‹

VORBEMERKUNG DER DIREKTORIN

Apathie, Faulheit, Ablenkung und Einmischung können allesamt zu einer selbstverschuldeten Krise führen, die durch das Versagen entsteht, notwendige Dinge innerhalb akzeptabler Zeitlimits oder festgelegter Standards zu erledigen. Panik – die hektische Suche nach einer schnellen Lösung – folgt üblicherweise der Erkenntnis, daß eine selbstverschuldete Krise besteht.

Im günstigsten Fall stört das Zögern des einen die Arbeit der anderen. Im schlimmsten Fall untergräbt dieses Zögern jedoch die Produktivität, höhlt die Moral der Organisation aus und verursacht unnötigen Streß.

Zögern kann kaum eine erstrebenswerte Führungsqualität sein, da sie im Widerspruch zu den wirkungsvollen Führungsqualitäten steht.

Auf der Enterprise wurden wichtige Aufgaben stets mit einem Gefühl der Dringlichkeit angegangen, mit Zuversicht und zweckgerichtetem Handeln. Weder Panik noch Hektik begleiteten die Dringlichkeit, mit der Captain Picard und seine ranghöchsten Offizier ihre Aufgaben erfüllten oder mit der sie die Aktivitäten der anderen Besatzungsmitglieder ihres Schiffs leiteten.

Unter dieser kompetenten Führung waren die Männer und Frauen, die auf dem Flaggschiff der Föderation dienten, von einem enthusiastischen Geist erfüllt. Sie hatten ein ausgeprägtes Gespür dafür, was wichtig war und was warten konnte. Offiziere und Besatzung der U.S.S. Enterprise waren entschlossen, produktiv zu handeln und weder Zeit noch Kraft zu vergeuden.

Und daher war auf der Enterprise – ganz gleich, ob ein neuer Kurs festgelegt oder eine neue Priorität gesetzt wurde – die einzige passende Erwiderung: »Tun Sie's!«

ADMIRAL ANDREA BRAND
Leiterin der Starfleet-Akademie

Persönliches Logbuch des Captains,
Sternzeit 46690.9.
Abflug von der Remmler-Station

Nach ausgedehnten Reisen bin ich immer froh, wenn ich der Besatzung der *Enterprise* wohlverdienten Landurlaub gewähren und nach ruhigen, erholsamen Aktivitäten Ausschau halten kann. Unter normalen Umständen kann der Landurlaub genommen werden, ohne daß jemand wegen unerwarteter Notfälle zurückgerufen wird. Aber wie das jüngste Ereignis zeigt, kann man im Weltall nie von normalen Umständen ausgehen. Und so kann der Ruf, zu seinen Pflichten zurückzukehren, von großer Dringlichkeit sein.

Wir dockten die *Enterprise* an der Remmler-Station an – im Orbit um den Planeten, auf dem sich die Föderationsbasis Arkaria befindet –, um die *Enterprise* einer routinemäßigen Wartungsprozedur zu unterziehen, in deren Verlauf die Hülle von angesammelten Baryonen-Partikeln gereinigt werden sollte. Da lebendes Gewebe eine Baryonen-Säuberung nicht überleben kann, war es notwendig, das Schiff komplett zu evakuieren – eine Notwendigkeit, die uns allen einen guten Grund gab, den lange ersehnten Landurlaub zu nehmen.

Die vollständige Evakuierung eines Raumschiffs macht spezielle Vorkehrungen notwendig, zum Beispiel die Abschaltung aller Kommandofunktionen, ein wirklich seltenes Ereignis. Während der vergangenen fünf Jahre hatte die *Enterprise* mehr Zeit im Warpflug verbracht als andere Schiff in zehn Jahren. Daher machte die Baryonen-Säuberung einen stärkeren Strahl als üblich erforderlich. Aus diesem Grund installierte Commander LaForge zusätzlich Schutzfelder, um den Hauptcomputerkern und zentrale Systeme auf der Brücke zu schützen.

Unmittelbar vor der Evakuierung der *Enterprise* sah ich mich mit diversen dringenden Angelegenheiten konfrontiert – darunter Alternativvorschlägen für Counselor Troi, wie sie den Transport der Besatzung, ihrer Familien und der Zivilisten zur Arkaria-Basis beschleunigen konnte. Oder Vorschlägen, wie Dr. Crusher einige lebende Gewebeproben schützen konnte. Und dem Befehl an den Computer, alle Kommandofunktionen zu deaktivieren.

Einer alten Tradition folgend, ging ich durch mein Schiff, um sicherzustellen, daß alle von Bord gegangen waren. Als Captain war ich der letzte, der die *Enterprise* verließ. Dabei bemerkte ich die Ankunft einiger Techniker, die die Vorbereitungen für die Baryonen-Säuberung abschließen würden. Wie sollte ich ahnen, daß sie noch ganz andere Absichten hegten – Absichten krimineller Natur ...

Nachdem ich mich auf die Arkaria-Basis hatte beamen lassen, ging ich zu einem Empfang, den der Befehlshaber der Basis – Commander Hutchinson – gab. Wie nicht anders zu erwarten, verwickelte er meine engsten Mitarbeiter in eine Konversation. Mr. Hutchinson berichtete uns von einigen Attraktionen dieses Planeten; er erwähnte, es gebe auf der Basis Pferde und überall auf den Ebenen des Planeten ein Netzwerk von Reitpfaden. Während Commander Hutchinson der Ansicht war, das kalte Wetter und das Fehlen von Menschen zu beiden Seiten der schlammigen Pfade würden einen Ausritt keineswegs zu einem Vergnügen machen, waren diese Bedingungen in meinen Augen für einen entspannenden Ritt wie geschaffen.

Ich fragte Mr. LaForge, wieviel Zeit noch bis zur Baryonen-Säuberung verblieb. »Etwa 25 Minuten, Sir«, sagte er mir. Das reichte aus, um auf das Schiff zurückzukehren und meinen Sattel zu holen. Für Counselor Troi und Commander LaForge war das eine unglaubliche Überraschung. Obwohl sie alle wußten, wie sehr ich das Reiten liebte, war weder ihnen noch den anderen Offizieren bekannt, daß ich auf der *Enterprise* einen Sattel in meinem Quartier hatte.

Nachdem ich auf das Schiff zurückgebeamt worden war, ging ich in mein Quartier, tauschte meine Uniform gegen passende Reitkleidung, nahm meinen Sattel und machte mich auf den Rückweg zum Transporterraum. Auf dem Weg dorthin fiel mir etwas Sonderbares auf – ein offener ODN-Schaltkasten. Während ich mich vorbeugte, um mir den Kasten näher anzusehen, näherte sich mir ein Techniker, der wissen wollte, was ich da tat. Ich erwiderte, jemand habe den Schaltkasten offengelassen. Und ich fügte hinzu, daß ich dachte, seine Crew würde nach der Installation der Schutzfelder das Schiff verlassen. Der Techniker schwieg für einen Moment, dann antwortete er, daß die Schutzfelder synchronisiert werden müßten, bevor sein Team das Schiff verlassen konnte. Mit dem Laserbrenner, den er in der Hand hielt, befestigte er die Back-up-Verbindungen. Natürlich erkannte ich, daß auf der *Enterprise* etwas sehr Merkwürdiges geschah. Was der Techniker mir soeben gesagt hatte, war alles andere als eine Routineprozedur bei der Installierung von Schutzfeldern.

Da ich fühlte, daß ich mich besser vorsichtig verhielt, sagte ich dem Techniker: »Oh, ich verstehe. Nun, dann lasse ich Sie besser Ihre Arbeit beenden, damit Sie das Schiff verlassen können.«

Während ich mich umdrehte, um weiterzugehen, hörte ich den Techniker sagen: »Einen Moment bitte.«

In Erwartung dessen, was er beabsichtigte, drehte ich mich schnell um und traf den Techniker mit meinem Sattel – gerade in dem Moment, als er mich mit dem Laserbrenner angreifen wollte. Nach einem kurzen Gerangel schlug ich ihn bewußtlos. In diesem Augenblick wurde die Standardbeleuchtung der *Enterprise* abgeschaltet, der Computer verkündete, daß der Countdown zur Abschaltung aller Systeme lief. Die Hauptenergie werde in einer Minute abgeschaltet.

Ich rannte zum Transporterraum in der Hoffnung, daß Zeit genug war, um mich vor der Abschaltung der Hauptenergie zur Arkaria-Basis beamen zu lassen. Auf dem Weg dorthin entdeckte ich zwei weitere bewaffnete Techniker. Um ihnen aus dem Weg zu gehen, wich ich von meiner eigentlichen Route ab, wodurch ich zu spät den Transporterraum erreichte. Jetzt war ich auf der *Enterprise* gefangen und sah mich mit zwei Gefahren konfrontiert: zum einen dem Strahl der Baryonen-Säuberung, der mich töten würde, zum anderen bewaffneten Technikern, die anscheinend das gleiche beabsichtigten.

Meine oberste Priorität war herauszufinden, was genau sich auf der *Enterprise* abspielte. Zugleich mußte ich einen Weg zurück zur Arkaria-Basis finden. Ich ging zurück zu dem Techniker, den ich außer Gefecht gesetzt hatte, und schleppte ihn in die Krankenstation, um ihn dort zu befragen. Dort angekommen, nahm ich mir einen mit einem Betäubungsmittel gefüllten Injektor und stellte meinen Phaser auf Maximum. Gerade wollte ich ihn aufwecken, als ich einen Ruf für ›Devor‹ über seinen persönlichen Kommunikator hörte. Als Devor nicht antwortete, hörte ich Kelsey – die Frau, von der ich annahm, daß sie versuchte, den bewußtlosen Techniker zu rufen – sagen, daß der Baryonen-Säuberungsstrahl ihre Kommunikatoren störte. Dann hörte ich, wie sie jemanden mit Namen Kiros beauftragte, den fehlenden Techniker zu finden. Sie sollten im Maschinenraum wieder zusammentreffen.

Nachdem der Techniker das Bewußtsein wiedererlangt hatte, fragte ich ihn, wer er sei und was er auf meinem Schiff mache. Er sah den Phaser in meiner Hand und machte mich darauf aufmerksam, daß er wegen der Hochfrequenz-Plasmafelder der Baryonen-Reinigung nicht funktionieren würde. Ich sagte ihm, daß er möglicherweise recht hatte. Also richtete ich seinen Laserbrenner auf ihn und ergänzte: »Aber ich möchte wetten, daß der funktioniert.«

Der Techniker weigerte sich, auf meine Fragen zu antworten. Ich würde ihn nicht töten, schließlich sei ich Starfleet-Offizier. Es war sinnlos, ihn weiter zu befragen. Also benutzte ich den Injektor, um ihn zu betäuben, dann machte ich mich vorsichtig auf den Weg zum Maschinenraum, als mich eine anderer Technikerin, vermutlich Kiros, gefangennahm.

Wie ich erst später erfuhr, bediente sich LaForge während des Empfangs mit einigen Horsd'œuvre, als er seltsame Energieanzeigen registrierte, deren Quelle sich unterhalb des Tischs befand. Geordi untersuchte die Ursache dieser Anzeigen, als der Verwalter der Station zu ihm kam und fragte, ob etwas nicht stimme. Geordi berichtete ihm von seiner Beobachtung, die Orton als Fehlfunktion eines Heizungselements abtun wollte. Geordi bot sich an, dieses Heizelement zu untersuchen, aber ein Kellner näherte sich ihm plötzlich und erklärte, sie würden mit dem Problem schon fertig werden. Dann faßte Orton Geordi am Arm und führte ihn fort von dem Tisch.

Commander Riker beobachtete das und spürte, daß etwas nicht stimmte. Er ging hinüber zum Tisch. Der Kellner geriet in Panik und warnte Orton. Der versetzte Geordi einen Stoß, griff unter den Tisch und zog ein Phasergewehr hervor, dann eröffnete er sofort das Feuer. Geordi wurde von einem Schuß an der Brust getroffen und sank zu Boden. Commander Hutchinson verlangte eine Erklärung für die Geschehnisse. In der Zwischenzeit hatte der Kellner unter dem Tisch ein zweites Phasergewehr hervorgezogen und schoß auf Commander

Hutchinson, der sofort tödlich getroffen wurde. Unbewaffnet waren meine ranghöchsten Offiziere eine leichte Beute.

Ich wurde auf der *Enterprise* unterdessen in den Maschinenraum gebracht. Kelsey, die Anführerin der Gruppe, war überrascht über meine Anwesenheit. Sie wollte wissen, wer ich sei. Da ich das Gefühl hatte, daß sie meine wahre Identität besser nicht kennen sollte, gab ich mich als der Friseur ›Mott‹ aus. Ich sagte, ich wollte auf dem Planeten reiten und hatte dafür meinen Sattel geholt.

Als ich im Transporterraum angekommen war, sei die Energie abgeschaltet worden. »Also gut«, sagte sie. Ich solle ›einfach die Klappe halten‹. Als Kiros ihr berichtete, daß sie Devor nicht hatte finden können, schickte Kelsey sie noch einmal auf die Suche, während ein anderer Techniker auf mich aufpassen sollte.

Während ich so auf dem Deck dasaß, hörte ich, wie sich die anderen aus der Gruppe über die Schutzfelder unterhielten, die sie im Maschinenraum zu ihrem eigenen Schutz vor dem Baryonen-Säuberungsstrahl installiert hatten. Kelsey meinte dazu, daß sie sich mehr um das Wohlergehen eines Transportbehälters sorgte. Sie wollte das Trilithium-Harz in dem Behälter haben, bevor der Baryonen-Säuberungsstrahl den Maschinenraum erreicht hatte. Da wurde mir klar, was genau sie eigentlich beabsichtigten. Sie entzogen dem Warpkern der *Enterprise* Trilithium-Harz. Bei dieser Substanz handelt es sich um einen hoch instabilen Giftmüll, der vom Warpantrieb produziert wird. Der einzige Verwendungszweck für Trilithium ist die Herstellung extrem schlagkräftiger Waffen. ›Diese Leute sind Terroristen‹, fuhr es mir durch den Kopf.

Auf der Arkaria-Basis spürte Counselor Troi unterdessen, daß Orton innerlich aufgeregt und nervös war – so, als sei etwas schiefgegangen. Wenn das Fall war, dann ließ Orton das nach außen hin niemanden merken. Seitdem er sie gefangengenommen hatte, hatte Orton nicht mehr mit meinen Offizieren gesprochen. Davon ausgehend, daß die Entdeckung der Waffen Ortons Zeitplan durcheinandergebracht hatte, kam Data zu der Ansicht, daß der Stationsverwalter keinen Ausweichplan entwickelt hatte – ein Vorteil für meine Offiziere.

Während sich Dr. Crusher um Geordis Verletzungen kümmerte, erklärte Data, daß es möglich sein sollte, den optischen Umwandler in Geordis VISOR so zu modifizieren, daß er einen hypersonischen Impuls erzeugen könnte. Beverly bemerkte, daß durch einen solchen Impuls alle Anwesenden das Bewußtsein verlieren würden. Da Data in seiner Eigenschaft als Android von dem Impuls nicht betroffen sein würde, sollte er die Situation unter seine Kontrolle bringen.

Will Riker war mit Datas Plan einverstanden und bat Beverly, die notwendigen Veränderungen an Geordis VISOR so vorzunehmen, daß es aussah, als würde sie sich nach wie vor um seine Verletzungen kümmern. Das würde verhindern, daß Orton mißtrauisch wurde.

Auf der *Enterprise* beobachtete ich, wie die Techniker Trilithium-Harz dem Warpkern entzogen. Ich wußte, daß ich ihrem Treiben schnellstens ein Ende setzen mußte.

Die Techniker hatten nicht damit gerechnet, daß ich – der Bordfriseur – bewaffnet sein würde. Das war wohl auch der Grund, warum sie mich nicht durchsucht hatten. Dank ihrer Unvorsichtigkeit besaß ich noch immer Devors Kommunikator und seinen Laserbrenner.

Während ich mit dem Rücken zur Wand auf dem Boden saß, bemerkte ich hinter mir einen Hitzesensor. Mein Bewacher war mehr damit befaßt, auf seine Kollegen als auf mich zu achten. Ich nutzte die Gelegenheit und leitete Energie vom Brenner in den Sensor. Die Entladung setzte sofort die Löschautomatik des Maschinenraums in Aktion. Gleichzeitig füllte sich das Abteil mit flammenerstickendem Gas, die Feuerschutztür begann sich zu schließen. Die Techniker waren erschrocken und verwirrt! Ich sprang auf und schickte meinen Aufpasser zu Boden. Dann zerstörte ich mit dem Brenner ein Schutzfeld. Damit waren die Terroristen nicht länger vor dem Säuberungsstrahl geschützt – ich allerdings auch nicht.

Ich konnte den zentralen Abschnitt des Maschinenraums gerade noch verlassen, bevor die Feuerschutztür sich schloß. Mein Bewacher war dicht hinter mir.

Als ich den Korridor erreicht hatte, lief ich zu einer der Jefferies-Röhren, öffnete die Luke und kroch hinein. Nachdem ich so schnell wie möglich durch den Tunnel gekrochen war, erreichte ich eine Schleuse. Als ich sie öffnete, sah ich den Säuberungsstrahl auf mich zukommen. Da der Techniker rasch zu mir aufschloß, mußte ich schnell handeln. Ich zog meine Jacke aus und hängte sie vor die Schleuse. Dann kletterte ich durch einen Schacht nach unten und verließ die Jefferies-Röhre. Der Techniker legte eine kurze Pause ein und inspizierte meine Jacke, ohne sehen zu können, was sich hinter der geschlossenen Schleuse befand.

Ich wußte, daß Worf in seinem Quartier klingonische Waffen aufbewahrte, die ohne irgendeine Form von Energie benutzt werden konnten. Sie wurden somit von dem Säuberungsstrahl nicht beeinträchtigt. Während ich mich auf den Weg zu Worfs Quartier machte, hörte ich den Techniker gequält aufschreien, als der Strahl durch ihn hindurchging.

Über Devors Kommunikator hörte ich Kelsey. Sie informierte Kiros über ihre Entdeckung, daß ich ein Starfleet-Offizier war. Sie vermuteten, daß ich Satler und möglicherweise auch Devor getötet hatte, und sie wußten, daß ich das Schutzfeld im Maschinenraum zerstört hatte. Kelsey sagte Kiros, daß sie auf dem Weg zum Gesellschaftsraum seien, dem Bereich des Schiffes, den der Säuberungsstrahl als letzten erreichen würde – das Trilithium trugen sie mit sich.

Als ich von ihrem Plan hörte, nahm ich den Kommunikator und sagte Kelsey, sie solle sich nicht wie ein Narr verhalten: »Um Trilithium-Harz zu bewegen, benötigt man spezielle Ausrüstung. Sie können nicht irgend etwas improvisieren.«

Kelsey erwiderte, daß ich das Schutzfeld nicht hätte zerstören sollen, wenn ich mir solche Sorgen machte. Ich sollte mich ihnen nur nicht in den Weg stellen, um nicht eine Explosion auszulösen, die die *Enterprise* und mich vernichten würde.

Ich erklärte Kelsey, daß ich eher das Schiff zerstören als zulassen würde, daß Trilithium-Harz in die Hände von Terroristen fiel. Kelsey informierte mich darüber, daß sie diese Aktion schon lange geplant hatten.

Da ich wußte, daß es nur wenige direkte Wege zum Gesellschaftsraum gab, begab ich mich zu einem Schacht, von dem ich annahm, daß die Terroristen ihn benutzen würden. Mit Hilfe des Laserbrenners schnitt ich so viele Sprossen aus der Schachtleiter, daß sie über diesen Weg den Gesellschaftsraum nicht erreichen konnten. Ich lief zurück zu Worfs Quartier, nahm mir einen Bogen und einige Pfeile, die ich in eine mit einem Betäubungsmittel angereicherte dickflüssige Paste tauchte.

Während ich für die Techniker ein paar Überraschungen vorbereitete, rief mich Kelsey über den Kommunikator und teilte mir mit, daß sie meine Sabotage der Leitersprossen im Schacht entdeckt hatten. Sie erklärte, daß ich mich nicht besonders schlau verhalten hätte. Wenn ich sie wirklich hätte aufhalten wollen, dann hätte ich mich ihnen stellen und sie angreifen müssen. So mußten sie lediglich einen anderen Weg zum Gesellschaftsraum finden.

Kelsey fuhr fort und empfahl *mir*, nach einem Weg zu suchen, um die *Enterprise* zu verlassen. Ich erklärte, daß ich beabsichtigte, den gleichen Fluchtweg zu benutzen, wie sie – auf ihr Schiff. Sie gab zu, daß sie für die Flucht ein Raumschiff vorgesehen hatte, aber es sei zu klein – es würde nicht uns beiden Platz bieten. Ich sagte, ich fände das sehr bedauerlich und würde ihr beizeiten mein Beileid ausdrücken.

Draußen im Korridor lauerte ich den Rebellen auf. Als einer von ihnen auf mich zukam, erschoß ich ihn mit dem Bogen. Während ich dem toten Techniker seine Waffe aus der Hand nahm, tauchte urplötzlich Kiros auf und nahm mich gefangen. Sie meldete meine Gefangennahme an Kelsey, die sie anwies, mich zu ihr zu bringen.

Auf der Arkaria-Basis ertönte ein Signal, das von der Remmler-Station kam und die Ankunft eines kleinen Raumschiffs meldete. Als Orton das Signal hörte, ging er zum Kontrollpult und schaltete die Verteidigungsschilde der Basis ab, damit das Schiff gefahrlos in das Gebiet einfliegen konnte.

Obwohl Riker noch immer ein Gefangener auf der Basis war und nichts von dem wußte, was sich auf der *Enterprise* abspielte, war ihm klar, daß Orton unter allen Umständen gestoppt werden mußte. Er befahl Data im Flüsterton, unmittelbar nach dem hypersonischen Impuls, der alle außer dem Androiden bewußtlos machen würde, zu versuchen, Ortons Aktion rückgängig zu machen und das ankommende Schiff aufzuhalten. Auf der anderen Seite des Raums hatte Beverly soeben die Veränderungen an Geordis VISOR abgeschlossen. Sie aktivierte den Impuls, im nächsten Moment verloren alle das Bewußtsein – bis auf Data.

Auf der *Enterprise* begaben wir uns in der Zwischenzeit zum Gesellschaftsraum. Auf dem Weg dorthin schlug ich Kelsey vor, daß wir uns vielleicht auf einen Handel einlassen könnten. Auf meinen Vorschlag erwiderte sie: »Sie sind der einzige, der verhandeln muß, Mott!«

Um auf jeden Fall zu verhindern, daß das Trilithium-Harz in die falschen Hände fiel, gab ich meine wahre Identität preis und bot mich selbst als Geisel an im Austausch für das Trilithium-Harz, das dann auf der *Enterprise* bleiben würde. Kelsey erklärte mir, daß sie keine

Terroristin sei und auch keine politischen Ziele verfolge. Aber sie kenne Leute, die das tun würden. Diese Leute seien sehr an Trilithium-Harz interessiert. Da der Diebstahl lediglich aus Profitdenken inszeniert worden war, betrachtete Kelsey das Ganze eher als ein Geschäft.

Als wir den Gesellschaftsraum erreichten, betrat ich den Raum als erster und achtete sorgfältig auf die Linien explosiven Pulvers, das ich zuvor hier ausgestreut hatte. Kiros erkannte die Falle nicht und trat auf das Pulver, das sich sofort entzündete und eine kleine Explosion auslöste. Deren Wucht warf die beiden zu Boden, Kiros verlor das Bewußtsein, und Kelsey war irritiert genug, um den Kanister loszulassen, in dem sich das Trilithium-Harz befand. Der Kanister rollte über das Deck. Als ich nach einer der Waffen griff, die bei der Explosion zu Boden gefallen war, attackierte mich Kelsey. Während wir kämpften, bahnte sich der Säuberungsstrahl seinen Weg durch den Gesellschaftsraum. Dann erreichte Kelsey eine der Waffen auf dem Boden und hielt mich damit in Schach. Ein Transporterstrahl beamte sie von der *Enterprise* auf das kleine Schiff, das ihre Flucht ermöglichen sollte.

Die Zeit wurde für mich knapp. Es blieben nur noch Sekunden, bevor auch ich dem Säuberungsstrahl zum Opfer fallen würde. Ich nahm mir einen Kommunikator von einem der Techniker und rief die Arkaria-Basis. Mein Befehl, den Strahl zu deaktivieren, wurde nicht gehört, niemand antwortete auf mein Rufen. Mein Tod war so gut wie sicher. Während ich mich in den vordersten Bereich des Gesellschaftsraums zurückzog, wiederholte ich meinen Ruf. Dann, als der Säuberungsstrahl im Begriff war, mich zu töten, wurde er abgeschaltet.

Ich war erschöpft, aber zugleich unendlich erleichtert, als ich Data hörte, der sich nach meinem Befinden erkundigte. Ich sagte ihm, daß ich in Ordnung sei. Data berichtete, daß ein nicht identifiziertes Schiff soeben etwas von der *Enterprise* gebeamt hatte. »Wissen Sie irgend etwas darüber?«

Ich wußte nicht, wer sich außer Kelsey auf dem Schiff befand. Aber während meines Kampfs mit Kelsey war es mir gelungen, den Sicherheitsverschluß des Kanisters zu lösen, in dem sich das Trilithium-Harz befand. Darum antwortete ich Data nur: »Ich weiß, daß sie nicht weit kommen werden.«

Ich wandte mich einem der Fenster des Gesellschaftsraums zu, als das Scoutschiff explodierte. Zum Glück würde das Trilithium-Harz nicht zur Herstellung von Waffen für Terroristen mißbraucht werden.

Nachdem die Besatzung auf die *Enterprise* zurückgekehrt war, bestellte Beverly mich in die Krankenstation. Doch abgesehen von meinen Verletzungen gab es noch eine wichtige Angelegenheit, die geklärt werden mußte – mein Sattel war verschwunden! Nach einer gründlichen schiffsweiten Suche brachte Mr. Worf mir den Sattel schließlich in die Krankenstation. Er war in einem Wartungsschrank gefunden worden.

Zwar gehören Sättel nicht zur Standardausrüstung eines Raumschiffs. Aber während die *Enterprise* an der Remmler-Station angedockt war, erwies sich mein Sattel als recht nützlich ... Ich bedauerte lediglich, daß ich ihn nicht auf einem Pferd hatte benutzen können.

Persönliches Logbuch des Captains,
Sternzeit 46691.9.
Beobachtungen zum Prinzip ›Priorität‹.
Auf dem Weg zum Borgolis-Nebel

Ein Offizier sieht sich ständig mit Situationen konfrontiert, die seine sofortige Aufmerksamkeit erfordern. Dennoch sollte er niemals mit übertriebener Hast reagieren, gleichgültig ob ein Raumschiff evakuiert oder dessen Zerstörung verhindert werden soll. Es können auch Situationen eintreten, die von einem Offizier verlangen, seine Prioritäten neu festzulegen – so wie es mir in der

Remmler-Station erging. Sie können mir glauben, daß ich lieber ausgeritten wäre, als es mit kriminellen Technikern aufzunehmen, die eine sehr gefährliche Substanz von meinem Schiff entwenden wollten.

Jedoch muß man auf die geplanten Aktivitäten verzichten, wenn sich Dinge von größerer Dringlichkeit – oder gar eine Krise – offenbaren. Glücklicherweise schaffte ich es letzten Endes, den Diebstahl zu verhindern, auch wenn es so schien, als würde ich das mit meinem Leben bezahlen müssen.

Ich muß sagen, daß die Mitglieder meines Offiziersstabs schnell und richtig handelten, als ihnen die Probleme auf der Arkaria-Basis bewußt wurden. Trotz des bedauerlichen Verlustes von Commander Hutchinson handelten meine Offiziere mit einem Gespür für Dringlichkeit, das es ihnen ermöglichte, die Kontrolle über die Basis zurückzuerlangen. Ich bin mir sicher, daß Data den Säuberungsstrahl nicht hätte abschalten und mir nicht das Leben hätte retten können, wenn auch nur einer von ihnen einen Augenblick gezögert hätte.

Dieser Zwischenfall macht darüber hinaus deutlich, daß es Zeiten gibt, in denen Besatzungsmitglieder dringende, voneinander unabhängige Maßnahmen ergreifen können, die zusammen die Lösung eines Problems bewirken. Es ist wirklich ein echtes Vergnügen, mit Offizieren arbeiten zu können, denen ich vertrauen kann, daß sie die Initiative ergreifen, wenn die Umstände das erfordern.

Persönliches Logbuch des Captains,
Sternzeit 46697.2.
Erkenntnisse zum Prinzip ›Priorität‹.
Abflug von Bersallis III

Ich glaube, daß Sie aus unserem Erlebnis in der Remmler-Station viele wichtige Erkenntnisse gewinnen können, die mit dem Prinzip ›Priorität‹ zu tun haben. Da das

Gefühl für Dringlichkeit eine bemerkenswerte Eigenschaft ist, stelle ich Ihnen nachfolgend die Erkenntnisse vor, die ich gewonnen habe und von denen ich glaube, daß Sie sie in Erwägung ziehen sollten.

- Dringlichkeit sollte nicht in übertriebene Eile münden, sondern in eine zielgerichtete Aktion. Solche Aktionen sollten wohlüberlegt und von Besonnenheit geprägt sein und mit Geduld umgesetzt werden. Besonnenheit bedeutet aber nicht Verzögerung, sondern Abwägung der Möglichkeiten. Geduld ist nicht gleichzusetzen mit übertriebener Nachsicht, sondern mit Sorgfalt. Ein Offizier, der mit einem Gefühl für Dringlichkeit handelt, ist jemand, der die jeweils beste Entscheidung trifft, um im richtigen Augenblick die Chancen zu optimieren.
- Natürlich ist ein Offizier, der ein Gefühl für Dringlichkeit besitzt, ein intelligenter Offizier. Er kennt seine Aufgabe und ihren Zweck. Er verschwendet seine Energie weder blindlings noch sprunghaft oder leichtfertig.
- Ich bin davon überzeugt, daß ein Offizier mit Gespür für Dringlichkeit die jeweilige Situation beherrschen wird, anstatt von der Situation beherrscht zu werden. Es ist sogar so, daß die Umstände einen Offizier mit Sinn für Dringlichkeit nur selten daran hindern werden, seine Aufgabe zu erfüllen.
- Aufgrund meiner Erfahrung kann ich sagen, daß die besten Offiziere diejenigen sind, die bei der Erledigung ihrer Pflichten ein Gespür für Dringlichkeit besitzen und die das gleiche auch von ihrer Besatzung erwarten.
- Im Weltall ist es selten ratsam, schnell zu handeln und einen Fehler zu machen, anstatt zu zögern, bis die Zeit zum Handeln verstrichen ist. Denn der ideale Zeitpunkt – gleich für welche Sache – ist selten eine absolute Größe. Viele Fehler ziehen dagegen fatale Folgen nach sich.
- Es ist unumgänglich zu verstehen, daß in vielen schwierigen Situationen Momente entstehen, in denen eine Entscheidung getroffen werden muß, damit die Mission erfolgreich verläuft. Diesen Moment zu erkennen ist oft schwieriger als die eigentliche Entscheidung.

- Mit einem Gefühl für Dringlichkeit zu handeln bringt Gelassenheit und Stärke. Oft wird das, was wir mit angemessener Besonnenheit und mit Geduld tun, mit geringeren Strapazen und mit größerer Wirkung erledigt.
- Natürlich gibt es bei einigen Missionen zeitliche Begrenzungen. Aber praktisch alle können innerhalb dieser Grenzen erfolgreich erledigt werden, wenn die Crew sich ihnen umfassend widmet.
- Wenn eine Besatzung mit einem Gespür für Dringlichkeit handelt, dann ist ihr zunächst klar, was getan werden muß. Dann erst tut sie das, was getan werden muß, bis das bestmögliche Ergebnis erzielt wird.

Und last, but not least:

- Wieviel ein Starfleet-Offizier während seiner Karriere erreicht, hängt ab von seinen Fähigkeiten, von den Gelegenheiten, die sich ihm bieten, und von seinem Eifer. Die ersten beiden Faktoren sind weitgehend festgelegt, können aber beeinflußt werden. Der dritte Faktor liegt weitgehend in der Hand des Offiziers. Zweifellos wird er das Maß an Eifer bestimmen, das er zu seinen Fähigkeiten und zu der jeweiligen Gelegenheit beisteuern wird. Zudem sind die Ergebnisse seines Eifers Maßstab für die Bewertung seiner Leistung.

Ich bin sicher, daß jeder einzelne von Ihnen während seiner Karriere auf herausfordernde Missionen treffen wird. Ganz sicher werden einige äußerst schwierig zu vollbringen sein. Wenn Sie aber jeder Mission und jeder Pflicht mit einem Gefühl für Dringlichkeit begegnen, dann werden Sie viele wunderbare Erfolge selbst unter widrigsten Umständen erreichen.

III
DAS PRINZIP ›INITIATIVE‹

VORWORT DER DIREKTORIN

Im 24. Jahrhundert gibt es in der Galaxis eine immense Zahl von Jägern und Vagabunden, die auf Kosten anderer leben wollen, anstatt durch ehrliche Anstrengungen ihren eigenen Weg zu gehen. Solche Leute nehmen ihrer eigenen Existenz die Würde und berauben andere ihrer Werte.

Das 24. Jahrhundert ist auch eine Ära, in der jeder alle Anreize beständig vor Augen hat. Dennoch sind einige Leute damit zufrieden, sich auf dem Strom der Unentschlossenheit und der gelegentlichen Bemühungen treiben zu lassen, der nichts Bedeutendes für sie oder für die Allgemeinheit abwirft. Diese Müßiggänger messen ihrer eigenen Ehre keinen Wert bei und leisten nichts Positives für die Gesellschaft.

Gerade wegen dieser Opportunisten, Herumtreiber und Schnorrer ruht der Fortschritt aller intergalaktischen Lebensformen fest auf den Schultern derjenigen, die bereit sind, das gesamte Potential ihrer Existenz zu nutzen, indem sie durch die Täler und über die Berge der unaufhörlichen und ermüdenden Anstrengungen reisen – Leute, die ihrer eigenen Existenz Ehre verleihen und viel für ihre Gesellschaft leisten.

Dies ist auch eine Ära, in der die Föderation ambitionierte Frauen und Männer benötigt – Leute, die ihr Wissen, ihre Phantasie, ihre Fähigkeiten und ihre Kräfte in einer Weise nutzen, die dem Allgemeinwohl zugute kommt. Aus diesem Grund gibt es in den höheren und mit größerer Verantwortung verbundenen Positionen von Starfleet reichlich Platz für diejenigen, die die Initiative ergreifen – unabhängig davon, ob ihr Commander gegenwärtig ist oder nicht.

Unter dem Kommando von Captain Jean-Luc Picard herrschte auf der Enterprise-D ein Klima, in dem die persönliche Initiative der jüngere Mannschaftsmitglieder so gefördert wurde, wie man sie von jedem erwartete. Wenn irgendein Mitglied der Besatzung der Enterprise um Zustimmung selbst für riskante, aber gutbegründete und wohlgemeinte Aktionen bat, dann erwiderte der Captain erwartungsgemäß: »Erlaubnis erteilt.«

ADMIRAL ANDREA BRAND
Leiterin der Starfleet-Akademie

Persönliches Logbuch des Captains,
Sternzeit 46127.6.
Auf dem Weg zur Sternenbasis 55.

Trotz der hochentwickelten Sensoren der *Enterprise* sowie der Kompetenz und der Erfahrung meiner Crew gibt es Zeiten, in denen wir nicht in der Lage sind, die vor uns liegenden Gefahren zu erkennen. Zugegebenermaßen paart sich die Erforschung der Tiefen des Weltalls oft mit Gefahren und Überraschungen, und der Erfolg einer Mission hängt davon ab, ob die Crew die Initiative trotz der damit verbundenen Gefahren ergreift.

Wir hatten soeben den lumerianischen Botschafter Ves Alkar und seine Unterhändler unterstützt, damit sie ein neues Friedensabkommen auf Rekag-Seronia aushandeln konnten. Damit endete ein Konflikt, der Flugrouten der Föderation gefährdet hatte.

Da registrierten die Schiffssensoren einen Notruf, der von einem Schiff der Föderation stammte. Commander Data stellte fest, daß es sich dabei um die *U.S.S. Jenolen* handelte, einen Föderationstransporter, der 75 Jahre zuvor in diesem Sektor spurlos verschwunden war. Nachdem wir auf Impulsgeschwindigkeit heruntergegangen waren und unseren Kurs geändert hatten, um dem Signal zu folgen, drang die *Enterprise* in ein nicht registriertes, aber massives Gravitationsfeld ein und wurde heftig durchgeschüttelt.

Da unsere Karte in diesem Sektor keine Sterne, Planeten oder andere Himmelskörper verzeichnete, wollten wir mehr über die Ursache des Gravitationsfeldes erfahren. Während Data versuchte, dessen Quelle zu bestimmen, zeigte sich auf unserem Hauptbildschirm eine gigantische Sphäre. Nach einer weiteren Analyse berichtete Data, daß die enorme Masse der Sphäre gravimetrische Störungen unserer Sensoren verursachte, so daß diese sie nicht entdecken konnten, bis wir uns direkt davor befanden.

Wir waren angesichts dieses Objekts überrascht und verwundert zugleich. Ich fragte Mr. Data, ob er das Objekt für eine Dyson-Sphäre halte. Er kam zu dem Schluß, daß es den allgemeinen Parametern der Theorie von Dyson entsprach. Laut Professor Freeman Dyson, einem Physiker des 20. Jahrhunderts, könnte man eine immense hohle Sphäre um einen Stern herum bauen und dabei die gesamte Strahlungsenergie nutzbar machen. So würde jede Bevölkerung, die im Inneren einer Dyson-Sphäre lebte, praktisch unbegrenzte Energiereserven besitzen. Bis zu diesem Zeitpunkt hatte niemand eine Bestätigung für Dysons Theorie finden können. Commander Riker fragte sich, ob im Inneren immer noch Lebensformen existierten. Data erklärte daraufhin, es bestehe die Möglichkeit, daß im Inneren der kolossalen Strukturen eine sehr große Anzahl Personen leben könnte.

Während Mr. Riker, Data und ich weiter über die Sphäre spekulierten, konnte Lieutenant Worf die Quelle des Notrufs lokalisieren. Sie befand sich an einem Punkt auf der nördlichen Hemisphäre des gigantischen Objekts. Ich ordnete an, die *Enterprise* solle über dieser Stelle einen geostationären Orbit einnehmen. Wenig später machte Data die *Jenolen* ausfindig, die auf der Oberfläche der Sphäre niedergegangen war. Es waren keine

Lebenszeichen feststellbar. Aber die Lebenserhaltungssysteme arbeiteten noch, wenn auch mit minimaler Leistung. Mr. Riker befahl sofort Commander LaForge und Lieutenant Worf, ihn als Mitglieder seines Landeteams zu begleiten, um das Wrack der *Jenolen* zu untersuchen und herauszufinden, warum einige der Systeme nach 75 Jahren immer noch in Betrieb waren.

Als sie sich auf der *Jenolen* befanden, meldete Geordi, daß der Transporter noch immer aktiv war, aber sonderbare Einstellungen aufwies. Er bezog seine Energie aus den Notsystemen, die Rematerialisierungsautomatik war vorsätzlich abgeschaltet worden, die Phaseninduktoren waren mit der Abstrahleinheit verbunden worden, der Widerruf war gänzlich unbrauchbar und der Strukturspeicher befand sich in einem permanenten Diagnosezyklus. Das ergab für keinen von ihnen einen Sinn, aber Geordi entdeckte, daß im Zwischenspeicher des Transporters immer noch ein Muster existierte. Will fragte ihn, ob jemand in einem Zwischenspeicher 75 Jahre überleben könnte. Geordi antwortete, er wisse das nicht, aber es gebe einen Weg, das festzustellen. Daraufhin aktivierte er die Rematerialisierungsautomatik.

Zu ihrer großen Überraschung materialisierte vor ihren Augen ein Mann auf der Transporterplattform, der sich bei Will und Geordi für die Rettung bedankte. Dann begab er sich zu dem Kontrollpult, um auch Franklin zurückzuholen, den Mann, der sich mit ihm im Zwischenspeicher befunden hatte. Seine Bemühungen waren jedoch erfolglos, Franklins Struktur ließ sich nicht wiederherstellen.

Commander Riker stellte sich und Commander LaForge dem Mann vor und erklärte ihm, daß sie von der *Enterprise* kommen. Der Mann glaubte irrtümlich, es handele sich um die *U.S.S. Enterprise-A*. Er sagte, daß es ihn nicht wundern würde, wenn Captain Kirk persönlich das Schiff aus dem Museum geholt hätte, um ihn und die anderen auf der *Jenolen* zu retten. Dann stellte er sich als Captain Montgomery Scott vor und fragte, wie lange er verschollen gewesen sei. In diesem Augenblick machte Commander Riker ihn mit unserem Sicherheitschef bekannt. Captain Scott war sichtlich schockiert, als er sah, daß ein Klingone die Uniform eines Starfleet-Offiziers trug – das letzte, woran er sich erinnern konnte, war, daß die Klingonen und die Föderation gerade Frieden geschlossen hatten. Mr. Riker erkannte Captain Scotts Verwirrung und erklärte, daß es einige Dinge gab, über die sie sich unterhalten müßten.

Nachdem sie auf die *Enterprise* zurückgebeamt worden waren, begann Captain Scott, die Änderungen im Schiffsdesign zu kommentieren. Mr. Riker empfahl, daß Captain Scott sich zur Krankenstation begeben und von Dr. Crusher untersuchen lassen sollte. Während Geordi ihn zur Krankenstation begleitete, erklärte Captain Scott, daß er ein Passagier an Bord der *Jenolen* war, die ihn nach Norpin V hatte bringen sollen. Dort hatte er seinen Lebensabend verbringen wollen. Der Warpantrieb der *Jenolen* fiel aus – eine Folge der Überladung in einer der Plasmaübertragungsleitungen –, und die *Jenolen* geriet in gravimetrische Störungen, als sie auf die Dyson-Sphäre traf. Captain Scott und die Crew der *Jenolen* staunten nicht schlecht in Anbetracht dieser außergewöhnlichen technischen Leistung. Sie begannen die Routineerkundung der Sphärenoberfläche und hatten fast ihre erste Umkreisung vollendet, als der hintere Energiewandler des Schiffs plötzlich explodierte. Franklin und Captain Scott waren die einzigen, die den Absturz überlebten. Captain Scott programmierte den Transporter der *Jenolen* um, damit er und Franklin überleben konnten, während sie auf Rettung warteten.

Dr. Crusher stellte bei Captain Scott einen Bruch seines linken Oberarmknochen sowie ein paar Beulen und Blutergüsse fest. Ansonsten war er für einen Mann von 147 Jahren in guter Verfassung. Angenehm überrascht, einen so hervorragenden Starfleet-Offizier einer früheren Generation an Bord meines Schiffes zu haben, begab ich mich zur Krankenstation und stellte mich ihm vor. Auf die Formalitäten verzichtend, bat Captain Scott mich, ihn doch ›Scotty‹ zu nennen. Ich informierte Scotty, daß ich mich sehr freuen würde, mir seine Berichte über seine Karriere und die Ereignisse seiner Zeit anzuhören. Für den Augenblick war meine Anwesenheit jedoch auf der Brücke erforderlich, da wir sofort mit einer spektrographischen Analyse der Oberfläche der Dyson-Sphäre beginnen mußten. Es war absehbar, daß ein ehrwürdiger Ingenieur wie Scotty uns bei der Analyse behilflich sein wollte. Aber Dr. Crusher bestand darauf, daß er sich zunächst ein wenig ausruhte.

Dennoch fand Scotty schon bald den Weg in den Maschinenraum und versuchte zu helfen, aber Commander LaForge betrachtete Scottys Anwesenheit eher als Hindernis. Scotty war frustriert, da seine Hilfsangebote weder willkommen noch erforderlich waren, und so begab er sich in den Gesellschaftsraum. Nachdem Data ihm dabei geholfen hatte, eine Flasche aldebaranischen Whiskeys zu besorgen, suchte Scotty eines der Holodecks auf. Ich schloß mich ihm später für einen Drink auf dem Holodeck an, wo wir über alles mögliche sprachen. Ich lernte Captain Scott – Scotty – als einen recht faszinierenden und herzerfrischenden Mann kennen.

Währenddessen hatten unsere Sensoren die Existenz eines Sterns vom Typ G im Zentrum der Sphäre registriert. Ferner hatten sie herausgefunden, daß das Innere der Sphäre eine Atmosphäre der Klasse M besitze. Obwohl die Dyson-Sphäre damit in der Lage war, Leben zu beherbergen, gab es keine Hinweise darauf, daß sie noch bewohnt war.

Nachdem ich in meinen Arbeitsraum zurückgekehrt war, bat ich Mr. LaForge zu einem Gespräch. Ich erklärte ihm, daß allem Anschein nach die *Jenolen* vor dem Absturz eine ausgiebige Untersuchung der Dyson-Sphäre durchgeführt hatte. Ich fragte ihn, ob er in der Lage sei,

Zugriff auf diese Aufzeichnungen zu bekommen. Commander LaForge erklärte, daß sein Mitarbeiterstab versuche, den Hauptspeicher des *Jenolen*-Computers anzuzapfen, daß es ihnen aber wegen der schweren Schäden bislang nicht gelungen sei, Zugriff auf die Daten zu erhalten.

Ich schlug ihm vor, daß vielleicht Captain Scott bei der Suche nach einer Zugriffsmöglichkeit auf diese Aufzeichnungen behilflich sein könnte. Mr. LaForge stimmte mir zu. Er beabsichtigte, einen seiner Mitarbeiter zusammen mit Captain Scott auf die *Jenolen* zu beamen. Daraufhin äußerte ich, er – Geordi – solle doch unseren Gast begleiten. Es war kein Befehl, es war eine Bitte. Eine Bitte, die Geordi bedenkenlos ablehnen konnte. Durch unser Gespräch auf dem Holodeck wußte ich, wie wichtig es für Scotty war, sich nützlich zu machen, und genau das wollte ich für ihn erreichen. Nachdem ich ihm den Grund für meine Bitte erklärt hatte, war Mr. LaForge einverstanden. Scotty und er befanden sich kurz darauf wieder an Bord der *Jenolen*.

Data informierte Commander Riker, daß er auf der Sphärenoberfläche etwas entdeckt hatte, das er für eine Kommunikationseinrichtung hielt. Es war eine Antennenstation, die Subraumsignale von niedriger Intensität aussandte, etwa 400 000 Kilometer südlich von unserer gegenwärtigen Position. Da Data von hier aus keinen Kanal öffnen konnte, befahl Riker, die *Enterprise* in einen Orbit über diese Station zu bringen. Dann rief er mich auf die Brücke.

Als wir uns der Antennenstation näherten, bemerkten wir ein großes Portal auf der Oberfläche der Sphäre. Commander Riker glaubte, es könnte eine Tür sein, die in das Innere der Dyson-Sphäre führte. Der Standardprozedur folgend, hatte ich Mr. Worf gerade beauftragt, einen Kommunikationskanal zu öffnen, als ein Traktorstrahl die *Enterprise* erfaßte. Alle Versuche, das Schiff von dem Portal wegzumanövrieren und dem Traktorstrahl zu entkommen, schlugen fehl. Wir verloren unsere Hauptenergie, und unsere Notenergie fiel seltsamerweise auf 20 Prozent. Was auch immer unser Schiff in der Gewalt hatte, es zog die *Enterprise* direkt in das Innere der Dyson-Sphäre.

Als sich die *Enterprise* in der Sphäre befand, gab uns der Traktorstrahl frei. Mr. Data informierte mich, daß er auf der Oberfläche des Sterns im Zentrum der Sphäre massive Instabilitäten registrierte. Wir mußten auch feststellen, daß die *Enterprise* dem Gesetz der Trägheit folgte und mit der Geschwindigkeit weiter vorantrieb, mit der der Traktorstrahl uns in die Sphäre gezogen hatte. Da der Impulsantrieb immer noch ausgefallen war, konnte die Bewegung unseres Schiffs nicht gestoppt werden. Wir fielen direkt in den Stern hinein!

Auf der *Jenolen* bemühten sich Geordi und Scotty noch immer vergeblich, die Datenbanken des Hauptcomputers zu aktivieren. Während sie ihre Lage diskutierten, erinnerte sich Scotty an ein Gerät, das sie auf der alten *Enterprise* benutzt hatten und das möglicherweise ihrer mißlichen Lage ein Ende bereiten konnte. Geordi erklärte Scotty, daß er ein derartiges Gerät schon lange nicht mehr gesehen hatte, daß es aber auf unserem Schiff etwas gab, das dem gleichen Zweck diente. Er versuchte, Kontakt mit uns aufzunehmen, aber alle seine Rufe blieben unbeantwortet, da die *Enterprise* ihre Position verlassen hatte.

Die *Enterprise* war nur noch drei Minuten von dem Eintritt in die Protosphäre des Sterns entfernt. Die Steuerdüsen verfügten nur über 30 Prozent der Energie, zuwenig, um die *Enterprise* zu stoppen, aber möglicherweise genug, um in einen Orbit um den Stern einzuschwenken und sicheren Abstand zu ihm zu wahren. Wenn wir das nicht schafften, würden wir zerstört werden!

Ich gab den Befehl zur Schubumkehr und erreichte so eine minimale Änderung unserer Flugrichtung. Die Abweichung war ungenügend, und wir steuerten immer noch auf den Stern zu. Commander Riker befahl daraufhin dem Maschinenraum, alle Energie der Notsysteme auf die Steuerdüsen umzulenken, was sich als weiser Entschluß erwies. Die umgelenkte Energie lieferte uns ausreichende Manövrierfähigkeit, um in einen Orbit in einer Entfernung von rund 150 000 Kilometer um die Protosphäre des Sterns einzutreten. Es schien so, als könnten wir jetzt gefahrlos weitermachen, aber niemand von uns ahnte, daß eine weitere Bedrohung bereits vor uns lag.

Commander Riker begab sich in den Maschinenraum, um eine Möglichkeit zu finden, die Hauptenergie wieder zu aktivieren. Ich bat Data, das Innere der Sphäre nach Lebensformen abzusuchen.

In der Zwischenzeit mutmaßte Scotty auf der *Jenolen*, daß die *Enterprise* ebenfalls abgestürzt sein könnte. Geordi verwarf den Gedanken, weil er keine Hintergrundstrahlung feststellen konnte, die bei einem Absturz hätte vorhanden sein müssen. Scotty schob schnell eine andere Vermutung nach: wir könnten uns möglicherweise in der Dyson-Sphäre befinden. Aber egal, wo wir waren, sie mußten uns finden.

Geordi schlug Scotty vor, unserer Ionenspur zu folgen, wenn es ihnen gelänge, die *Jenolen* wieder flottzukriegen. Scotty protestierte, da er einen solchen Kraftakt für geradewegs unmöglich hielt. Selbst wenn sie es schaffen würden, den Antrieb der *Jenolen* zu reparieren, würde die Suche nach uns mehr Zeit beanspruchen, als ihnen beiden verblieb. Dann fügte er – seinem legendären Ruf gerecht werdend – an, daß es sinnlos sei, sich über die Situation aufzuregen. Nun wurde ihr neugewonnenes Gefühl für Zusammenarbeit aktiv. Und wie von zwei Helden und einer gehörigen Portion Einfallsreichtum nicht anders zu erwarten, reparierten sie den Antrieb der *Jenolen* und begaben sich auf die Suche nach uns.

Auf der *Enterprise* berichtete Data in der Zwischenzeit, daß die gesamte Sphäre anscheinend verlassen war. Der

Stern war extrem instabil, was erklärte, warum die Dyson-Sphäre von ihren Erbauern aufgegeben worden war. Data war der Ansicht, daß unser Versuch der Kontaktaufnahme eine Reihe von automatischen Lenkstrahlen aktiviert hatte, die dem Zweck dienten, Raumschiffe in die Sphäre zu manövrieren. In diesem Moment teilte mir Worf mit, daß seine Sensoren eine große magnetische Störung auf der Oberfläche des Sterns registrierten. Data bestätigte Worfs Beobachtung und ergänzte, daß der Stern in eine Phase beschleunigter Aktivität eingetreten war. Unsere Sensoren zeigten an, daß die Protuberanzen an Größe zunehmen würden. In drei Stunden würden unsere Schilde uns nicht mehr schützen können. Unsere Situation war ernst und verschlechterte sich von Minute zu Minute.

Geordi und Scotty hatten ihrerseits die Ionenspur der *Enterprise* bis zum Portal verfolgt, durch das wir in die Sphäre gelangt waren. Scottys Analyse der von unserem Schiff hinterlassenen Spur zeigte ihm deutlich, daß die *Enterprise* nicht freiwillig durch das Portal geflogen war. Geordi bemerkte, daß es in der Nähe des Portals eine Art Kommunikationsvorrichtung gebe. Scotty bestätigte das und erklärte, daß sie während ihrer ersten Untersuchung vor 75 Jahren Hunderte dieser Tore entdeckt hatten. Geordi fragte Scotty, ob die *Jenolen* versucht hatte, Kontakt aufzunehmen. Scotty bestätigte das. Es war zu der Zeit eine routinemäßige Vorgehensweise, und sie hatten es kurz vor dem Absturz der *Jenolen* versucht. Angesichts der Tatsache, daß es sich dabei immer noch um ein Routineverfahren handelte, erkannte Mr. LaForge rasch, was wirklich mit der *Enterprise* geschehen war. Und wenig später hatten er und Scotty eine Idee, wie sie uns retten konnten. Sie würden ein Signal aussenden, das das Portal veranlassen würde, sich zu öffnen. Dabei würden sie die *Jenolen* aber in einer Distanz halten, die es verhindern würde, daß die Traktorstrahlen sie in die Sphäre ziehen konnten. Scotty schlug vor, die *Jenolen* in das sich dann wieder schließende Portal zu manövrieren, um die Tür lange genug offenzuhalten, damit die *Enterprise* entkommen konnte. Eine einfallsreiche, aber gefährliche Idee. Es war fast sicher, daß die *Jenolen* dabei zerstört werden würde. Doch der abenteuerlustige Captain Scott überzeugte Mr. LaForge, daß die Schilde der *Jenolen* sie lange genug schützen würden, um die Aufgabe zu erledigen. Die Tatsache, daß sie sich dabei in große Gefahr brachten, war angesichts der Rettung der *Enterprise* und ihrer Crew zweitrangig.

Während wir weiter nach einem Ausweg aus unserer mißlichen Lage suchten, brachte Commander LaForge die *Jenolen* zwischen die Tore des Portals, blockierte sie so und rief uns dann. Diesmal wurde seine Nachricht empfangen, Geordi teilte uns ihre Position mit und die Tatsache, daß die Schilde der *Jenolen* nicht mehr lange halten würden. Sofort befahl ich, Kurs auf das Portal zu nehmen.

An Bord der *Jenolen* wurde die Situation rasch kritisch. Die Belastung, die durch die Blockade der Türen entstand, verlangte den Maschinen und Schilden der *Jenolen* alles ab. Während sie massiv durchgeschüttelt wurden, bemühten sich Commander LaForge und Captain Scott, ihre Position zu halten. Mr. LaForge setzte mich davon in Kenntnis, daß sie nicht in der Lage sein würden, die *Jenolen* aus der Flugbahn der *Enterprise* zu steuern. Wir mußten sie zerstören, wenn wir das Portal durchfliegen wollten.

Selbstverständlich hatte ich nicht die Absicht, die beiden umzubringen. Daher befahl ich dem Transporterchef, sich darauf vorzubereiten, Scott und LaForge von der *Jenolen* zu beamen, sobald wir in Reichweite waren. Dann wies ich Mr. Worf an, zwei Photonentorpedos abschußbereit zu machen. Als Data mich informierte, daß wir uns jetzt in Transporterreichweite befanden, wies ich den Transporterchef an, den Transfer zu starten, zugleich erteilte ich Mr. Worf den Feuerbefehl.

Dies war von meiner Seite ein *sehr* gewagtes Spiel, das keine noch so geringe Fehlerquote zuließ. Aber trotz der Gefahr sah ich keine andere Möglichkeit, Commander LaForge und Captain Scott zu retten und gleichzeitig die *Enterprise* aus der Dyson-Sphäre zu befreien. Zum Glück für alle Beteiligten erwiesen sich unsere kombinierten Taktiken als erfolgreich.

Nachdem Commander LaForge und Captain Scott sicher zurück an Bord der *Enterprise* waren, informierte ich Starfleet über unsere Entdeckung. Man schickte sofort zwei Forschungsschiffe auf den Weg, um die Dyson-Sphäre zu untersuchen. Die *Enterprise* setzte ihren Weg fort.

Persönliches Logbuch des Captains,
Sternzeit 46152.9.
Beobachtungen zum Prinzip ›Initiative‹.
Auf dem Weg nach Amargosa Diaspora

Natürlich war unsere Entdeckung der Dyson-Sphäre ein Zufallstreffer. Die Rettung von Captain Montgomery Scott geschah aber auf Initiative von Will und Geordi. Das zeigt, daß die Erforschung des Weltalls sowohl zufällige als auch bewußte Entdeckungen umfaßt. Vielleicht erklärt das auch, warum die Erforschung des Weltalls ein so fortwährend gefährliches, zugleich aber auch erfrischendes Unternehmen ist. Auf der *Jenolen* fragten Will und Geordi weder um Erlaubnis, noch zögerten sie, als sie die Möglichkeit erkannten, daß sich noch jemand lebend im Zwischenspeicher des Transporters befinden könnte. Daß Captain Scott gerettet wurde, verdankte er einzig der Tatsache, daß diese beiden herausragenden Offiziere die Initiative ergriffen.

Wie unsere jüngste Erfahrung zeigt, können Zufallsentdeckungen nie ganz verstanden werden, wenn nicht jemand, ungeachtet der damit verbundenen Gefahren, die Initiative ergreift, um herauszufinden, welche Mysterien und Wunder sie enthalten können. Natürlich müssen wir das Rätsel noch lösen, wer die Dyson-Sphäre erbaute oder wie die Erbauer diese wunderbare technische Meisterleistung überhaupt vollbrachten. Aber trotzdem wissen wir, warum man sie errichtete und warum man sie verließ.

Da er 75 Jahre im Transporter-Zwischenspeicher der *Jenolen* verbracht hatte, war Captain Scott nicht in der Lage, allen Anforderungen gerecht zu werden, die ein Raumschiff der Galaxy-Klasse mit sich bringt. Dennoch hatte er nicht den Ehrgeiz verloren, etwas zu bewirken. Und er bewirkte zweifellos etwas, als er uns aus der Dyson-Sphäre rettet.

Verständlicherweise war Geordi durch die Pflichten beschäftigt, die unsere Entdeckung der Dyson-Sphäre und der *Jenolen* mit sich brachte. Daher konnte er sich nicht mit allen Fragen befassen, die Captain Scott hatte. Auch konnte er keine Möglichkeit erkennen, wie der legendäre Chefingenieur ihm bei der Erfüllung seiner Pflichten hätte beistehen können. Aber als er mit einem Problem konfrontiert wurde, das er nicht alleine lösen konnte, zögerte Geordi nicht, sein Wissen und seine Erfahrung mit denen von Scotty zu kombinieren, um mit gemeinschaftlicher Anstrengung unsere Rettung in die Wege zu leiten. Es sollte auch nicht übersehen werden, daß diese zwei außergewöhnlichen Ingenieure die Initiative ergriffen, um ein Problem zu lösen, dessen Parameter ihnen unbekannt waren, und daß sie dabei ein großes Risiko für ihre eigene Sicherheit in Kauf nahmen. Vielleicht ist das eine der wichtigsten Erkenntnisse, die man über die Art von Initiative gewinnen kann, welche bei der Weiterentwicklung jeder Organisation nötig ist.

Ich darf nicht versäumen, auch die Initiative zu erwähnen, die die Crew der *Enterprise* zeigte, als sie wohlüberlegte Versuche unternahm, der Dyson-Sphäre zu entkommen. Aber trotz ihrer Fähigkeiten und Initiative konnte meine Crew den Ausweg nicht aus eigener Kraft finden. Glücklicherweise gaben sie die Hoffnung nicht auf und waren in der Lage, unsere Sicherheit aufrechtzuerhalten, bis Geordi und Scotty zu unserer Rettung eilten. Unsere Initiative wiederum führte zur Rettung von Geordi und Scotty vor deren sicherem Tod. Das ist eine andere wichtige Erkenntnis zu diesem Thema. Allen Fertigkeiten und aller Initiative zum Trotz gibt es Zeiten, in denen man eine Mission nicht erfolgreich abschließen kann, ohne die eigenen Anstrengungen mit denen anderer zu kombinieren. Aber Befähigung, Ehrgeiz und Hartnäckigkeit können nichts bewirken, wenn die Bedingungen außerhalb unserer Kontrolle liegen. Dennoch muß man stets so vorgehen, als würde man davon ausgehen, daß die Anstrengungen belohnt werden. Sonst verliert man den Mut, das Wissen und die Erfahrung zu benutzen, um das Schicksal in die eigene Hand zu nehmen.

Persönliches Logbuch des Captains,
Sternzeit 46193.2.
Erkenntnisse zum Prinzip ›Initiative‹.
Abflug von Amargosa Diaspora

Initiative ist eine wichtige Eigenschaft, die jeder Offizier erlernen muß, um sowohl bei Routineaufgaben als auch in Krisensituationen handeln zu können. Es ist auch eine Eigenschaft, die ein Offizier bei seiner Crew entwickeln und verstärken sollte. Daher stelle ich Ihnen nachfolgend die Erkenntnisse vor, die ich gewonnen habe und von denen ich glaube, daß Sie sie in Erwägung ziehen sollten.

- In den Tiefen des Weltalls sind die Bedingungen selten zum Vorteil eines noch so erfahrenen Offiziers oder seiner Crew. Daher hängt der Erfolg der meisten Missionen von denen ab, die bereit sind, die Hindernisse mit hartnäckigen und ausdauernden Anstrengungen zu überwinden.

- Ein Offizier ist weniger das Produkt der Zeit, vielmehr wird die Zeit zu dem, was der Offizier aus ihr macht.
- Die Initiative eines Offiziers oder Besatzungsmitglieds sollte weder unbesonnen noch launenhaft oder leicht ablenkbar sein. Sie kann nur ergriffen werden, wenn der Offizier die Absichten seines Kommandanten völlig versteht oder wenn er weiß, was unter den jeweiligen Umständen von ihm erwartet wird.
- Nichts kann das eigene Potential mehr einschränken als die Angst vor dem Unbekannten.
- Ich teile nicht die Ansicht, daß sich das Schicksal nicht beeinflussen läßt. Vielmehr glaube ich, daß jemand, der nicht handelt, sich zu sehr auf sein Schicksal verläßt.
- Da die Tendenz zum Zögern rasch zu einer Angewohnheit werden kann, ist ein Besatzungsmitglied, das gewohnheitsmäßig zögert, aufgrund seines Wissens und seiner Erfahrung zu handeln, wohl von geringerem Wert für die anderen als ein Besatzungsmitglied, dem es an Wissen und Erfahrung fehlt, um die Initiative ergreifen zu können.
- Persönliche Initiative ist nicht jedem Menschen in gleichem Maße gegeben. Daher muß ein Offizier lernen, andere zur Initiative anzuspornen, zu ermahnen und gelegentlich zu zügeln.
- Initiative ist ein direkter Ausdruck des Ehrgeizes. Der sollte sich aber stets in Handlungen äußern, die der Allgemeinheit zugute kommen. Auch wenn es Zeiten gibt, in denen jemandem beträchtliche Handlungsfreiheit gewährt wird, so bedeutet diese Freiheit nicht zugleich Straffreiheit bei der Verletzung von Gesetzen oder der Grundrechte anderer.
- Der große Unterschied zwischen belanglosen und außergewöhnlichen Leistungen ist im Grunde eine Sache des Enthusiasmus und der Entschlossenheit, mit der man seine Pflichten erfüllt.
- Ein Offizier, der das Gefühl hat, er müsse jede Handlung seiner Crew kontrollieren, zerstört deren Willen zur Initiative, wenn er nicht anwesend ist.

Und last, but not least:

- Wie uns klargeworden ist, hing der erfolgreiche Abschluß schwieriger Missionen – so wie der Fortschritt unserer Rasse – oft von denen ab, die agierten, als Aktion erforderlich war, und von denen, die agierten, wenn andere dazu keinen Grund sahen.

Während meines Kommandos auf der *Enterprise* habe ich jede Gelegenheit genutzt, um persönliche Initiative meiner Crew zu fördern und zu belohnen. Offen gesagt, war es oft die Initiative der Crew, die beim Erfolg und bei der Sicherheit unserer Missionen ausschlaggebend war. Ich möchte Ihnen raten, das gleiche zu tun. Und wenn man Sie um Zustimmung zu einer Aktion bittet, dann sollten Sie allen Grund haben, mit einem ›Erlaubnis erteilt‹ zu antworten.

IV

DAS PRINZIP ›QUALIFIKATION‹

VORWORT DER DIREKTORIN

Das Weltall ist luftleer und kalt. Es ist ohne Anfang und ohne Ende, seine unzähligen Himmelskörper befinden sich in immerwährender Bewegung. Von den eigenen Kräften regiert, respektiert das Weltall keine Personen oder Regierungen. Es hegt keine bösen Absichten gegenüber Reisenden, die nur auf den eigenen Vorteil bedacht sind. Und denen, die hehre Ziele verfolgen, gewährt es keine Vorteile. Es ist selbst für den gefährlich, der sich gründlich und gewissenhaft vorbereitet, und für den Ungeschickten ist es unerbittlich.

Obwohl Humanoide und andere Lebensformen seit Jahrtausenden oder Jahrmillionen bis in die fernsten Regionen des Alls gereist sind, sind seit dem ersten bemannten Raumflug um die Erde erst vier Jahrhunderte vergangen. Anders als bei primitiven Zivilisationen, wo demjenigen, der die größten Kräfte um sich versammeln konnte, der Vorteil im Wettbewerb sicher war, ist dies ein Zeitalter, in dem das Gehirn über die Muskeln siegt. Gewiß führt die produktivitätsgerichtete Nutzung der Technologie zu weit größeren Ergebnissen, als es die anstrengendsten menschlichen Bemühungen bei der Herstellung von Waren, der Suche nach Wissen, der Erforschung des Unbekannten oder in todbringenden Kämpfen vermögen.

Das 24. Jahrhundert ist auch eine Ära, in der alle hochentwickelten Gesellschaften bestimmte Technologien besitzen, die eine Spur höher entwickelt sind als die anderer Zivilisationen oder Allianzen. Da man aber bei allen Spezies hochentwickelte Technologie finden kann, fällt der Technologie nicht mehr die Rolle eines Machtmultiplikators zu wie einst.

Es stimmt auch, daß Führer niemals wirksamer sein konnten als die Leute, die sie umgaben. Selbst wenn sie mit hochentwickelter Technologie ausgerüstet waren, konnten die schlecht Ausgebildeten und ineffektiv Geführten niemals ihr Bestes geben. Folglich ist im Zeitalter der interstellaren Reise die Technologie von der Qualifikation als Multiplikator der Macht verdrängt worden.

ADMIRAL ANDREA BRAND
Leiterin der Starfleet-Akademie

Persönliches Logbuch des Captains,
Sternzeit 47573.2.
Abflug aus dem Argaya-System

Ich bin völlig sicher, daß das größte Kapital der Föderation nicht ihre Raumschiffe, Waffen, wissenschaftlichen Laboratorien, Kommunikationssysteme oder Sternenbasen sind, sondern die Fähigkeiten der Frauen und Männer, die bei Starfleet dienen. Seit mehr als 200 Jahren hat sich die Föderation aufgrund der Befähigung der Frauen und Männer, die in dieser Flotte Dienst tun, als überlebensfähig erwiesen. Es geschieht mit einem tiefen Gefühl des Bedauern und der Bewunderung, wenn ich die Ereignisse der letzten Tage ausgewählt habe, um diese Überzeugung zu illustrieren.

Während sich die *Enterprise* auf Kurs zu einem Rendezvous mit der *U.S.S. Clement* befand, bereiteten Mr. Riker und andere Mitglieder meines Offiziersstabes Crewbewertungen vor und entschieden, welche unserer jungen Offiziere wichtige Positionen auf der Brücke – die sogenannten ›Operations‹ oder kurz ›Ops‹ – besetzen könnten. Commander Riker führte außerdem Gefechtsübungen durch. Die individuellen Leistungen während dieser Übungen sollten bei der Bewertung jedes einzelnen gleichfalls eine Rolle spielen. Und niemand nahm diese Bewertungen auf die leichte Schulter.

Im Gesellschaftsraum bemerkte Commander Riker gegenüber Counselor Troi, daß Fähnrich Lavelle zwar der offensichtlichste Kandidat für den Ops-Posten sei, daß er – Riker – aber auch Fähnrich Sito in Erwägung zog. Mr. Rikers Bemerkungen wurden von dem Kellner Ben aufgeschnappt, der den Inhalt der Unterhaltung an Lavelle und Sito weitergab. Damit wurden Mr. Lavelles Bedenken hinsichtlich seiner Zukunft noch größer, und Fähnrich Sito wurde um einige Sorgen reicher. Warum zog man sie für eine Ops-Position in Erwägung? Immerhin hatte sie in den vergangenen sieben Monaten als Sicherheitsoffizier auf der *Enterprise* gedient. Bis zu diesem Moment hatte sie eine Karriere an der Taktischen Station in Betracht gezogen.

Unsere Mission, mit der *Clement* zusammenzutreffen, wurde unterbrochen, als ich eine codierte Mitteilung von Starfleet mit geheimen Befehlen erhielt. So geheim, daß die einzige Information, die ich auf der Brücke der *Enterprise* weitergeben konnte, die war, Kurs auf das Argaya-System zu nehmen und mit Maximalgeschwindigkeit dorthin zu fliegen.

Es ist meine übliche Vorgehensweise, die gesamte Crew über jede Mission bestens zu informieren. Diese Mission aber war außergewöhnlich gefährlich, und Menschenleben standen auf dem Spiel. Aus Sicherheitsgründen konnte ich nur die allernotwendigsten Informationen weitergeben. Es war ein glücklicher Zufall, daß wir die Crewbewertungen vorbereiteten, da sie eine nützliche Ablenkung von den missionsbezogenen Aktivitäten an Bord der *Enterprise* boten. Dennoch muß ich eingestehen, daß es bei den Gesprächen zu peinlichen Augenblicken kam, als berechtigte Fragen zu unserem Auftrag unbeantwortet bleiben mußten. Wie nicht anders zu erwarten, führten diese Umstände zu phantasiereichen Spekulationen und Gerüchten unter der Besatzung. Trotz aller ungewöhnlicher Bedingungen mußten wir auf dieser Grundlage mit unserer Mission fortfahren.

Während des Flugs zum Argaya-System setzten meine Offiziere ihre Bewertungen fort, während einige Besatzungsmitglieder Arbeiten erledigten, von denen sie hofften, daß sie damit ihren vorgesetzten Offizier beeindrucken konnten oder die Gelegenheit bekommen würden, mit meinen ranghöchsten Offizieren besser bekannt zu werden. Für talentierte Leute ist der Wunsch durchaus normal, anderen ihre Talente zu zeigen. Das ist ganz besonders der Fall bei Crewbewertungen oder wenn eine wichtige Aufgabe in Aussicht ist.

Fähnrich Taurik, ein junger Ingenieursoffizier, der seine Arbeit ernst nahm, versuchte Commander LaForges Aufmerksamkeit für eine Simulation zu gewinnen, mit der er eine neue Warpfeld-Konfiguration testete.

Schwester Ogawa gehörte ebenfalls zu denen, die bewertet werden sollten, aber sie machte sich weniger Gedanken über das Ergebnis ihrer Beurteilung. Vielmehr legte sie ihr Hauptaugenmerk darauf, ihre Arbeit zu erledigen und Dr. Crusher über den Zustand der Patienten auf dem laufenden zu halten. Ich empfand dies als eine recht willkommene Abwechslung.

Fähnrich Sito war nervös, als Commander Riker sie den Ops-Posten übernehmen ließ, während ich Data und die anderen über unsere neue Mission unterrichtete. Sie besprach diese Erfahrung später im Gesellschaftsraum mit ihrem vorgesetzten Offizier, Lieutenant Worf. Nachdem er ihrem Bericht zugehört hatte, erklärte Mr. Worf seinem jungen Schützling, daß der Ops-Job eine ganz andere Herausforderung als die Taktische Station sei. Sito stimmte ihm zu und sagte, daß sie eben aus dem Grund nicht verstehen konnte, warum man sie für diesen Bereich in Erwägung zog – sie war ein Sicherheitsoffizier. Die Antwort erhielt sie von Mr. Worf: Er hatte sie vorgeschlagen!

Lavelle und Taurik saßen auf der gegenüberliegenden Seite des Raums. Mr. Lavelle spekulierte laut darüber, ob Mr. Worf Sito Tips gab, wie sie den Ops-Posten bekommen könnte. Taurik fragte seinen Freund, ob er je daran gedacht hätte, die Technik zu erlernen, von den zu Lippen abzulesen; dann betrat Commander Riker den Gesellschaftsraum. Als Mr. Riker sich auf die Bar zubewegte, rief ihm der Kellner Ben quer durch den Raum »Hi, Will« zu. Commander Riker setzte seinen Weg fort und antwortete auf Bens vertraulichen Gruß mit »Ben«.

Diese lässige Vertrautheit überraschte Fähnrich Lavelle. Immerhin war Commander Riker Captain Picards direkter Stellvertreter auf der *Enterprise*. Ben erinnerte Lavelle daran, daß Commander Riker in dem Augenblick, in dem er den Gesellschaftsraum betrat, ein Zivilist war und als solcher behandelt werden wollte. Lavelle hatte dennoch Zweifel, daß Mr. Riker sich für irgend etwas interessieren würde, was nicht mit offiziellen Pflichten zu tun hatte.

Nachdem Ben erfahren hatte, daß Mr. Lavelle glaubte, sein vorgesetzter Offizier könne ihn nicht leiden, erklärte er dem Fähnrich, daß er das vielleicht nur meinte, weil er Commander Riker nicht richtig kennengelernt hatte. Mit ein wenig Ermutigung und einigen Fakten über Mr. Rikers Vergangenheit und seine Interessen bewaffnet, nahm Mr. Lavelle all seinen Mut zusammen und ging zur Bar, um dort mit seinem Commander ins Gespräch zu kommen. Zu seiner großen Enttäuschung scheiterte der Versuch, was seinen fälschlichen Glauben, daß Mr. Riker sich einfach nicht für ihn interessiere, nur noch vertiefte.

Als wir unsere vorgesehene Position im Argaya-System erreichten, berichtete Mr. Worf, er habe in der näheren Umgebung keine Schiffe entdeckt. Gerade hatte Data erklärt, daß wir weniger als 5000 Kilometer von der cardassianischen Grenze entfernt seien, da ertönte eine Warnung von den Sensoren. Worf teilte uns mit, daß die Sensoren ein kleines Objekt entdeckt hatten, bei dem es sich um eine Rettungskapsel handeln könnte. Mr. Riker hielt das für ein Anzeichen dafür, daß die Person, mit der wir uns hier hatten treffen sollen, gezwungen worden war, ihr Schiff aufzugeben. Das Objekt befand sich noch 50 000 Kilometer tief im cardassianischen Hoheitsgebiet, und ich fragte: »Wie zum Teufel sollen wir es nur da herausbekommen?«

Einige Augenblicke später stellte Data fest, daß die Lebenserhaltungssysteme der Rettungskapsel versagten. Wir mußten sofort handeln. Bereits bedenklich nahe an der cardassianischen Grenze, drangen wir weiter vor, um in Transporterreichweite zu gelangen. Um die Person, die sich an Bord der Kapsel befand, zu retten und auf die *Enterprise* zu beamen, ohne dabei in das Gebiet der Cardassianer einzudringen, mußte die Leistung des Erfassungsstrahls unseres Transporters um sieben Prozent erhöht werden.

Fähnrich Taurik half Commander LaForge bei der Leistungssteigerung des Strahls. Er wollte gerade versuchen, die Lebensform in der Kapsel zu identifizieren, als Geordi ihm sagte: »Niemand hat Ihnen das befohlen, Fähnrich. Wir wollen ihn nur sicher an Bord holen.« Nicht daran gewöhnt, daß man sich in seine üblichen Aufgaben einmischte, empfand Mr. Taurik Geordis Schroffheit als sonderbar.

In der Krankenstation half Schwester Ogawa Dr. Crusher dabei, alle Vorbereitungen zum Empfang unseres Gastes zu treffen. Als Beverly hörte, daß ihr Patient auf dem Weg sei, bedankte sie sich bei Schwester Ogawa und sagte ihr, sie solle nun gehen.

Sowohl Geordis als auch Beverlys Anweisung war ungewohnt. Unter normalen Umständen werden Initiative und Zusammenarbeit auf der *Enterprise* gern gesehen und gefördert.

Als sie die Krankenstation verließ, war Schwester Ogawa überrascht, daß Fähnrich Sito dort als Wache postiert war. Sie fragte sie, was sie dort tue. Sito sagte alles, was sie wußte: Sie durfte niemanden außer den ranghöchsten Offizieren in diesen Bereich der Krankenstation lassen. Es war eine ungewöhnliche Sicherheitsmaßnahme, so daß beide sich fragten, was wohl los sei.

Ich hatte mich zur Krankenstation begeben, um mich nach dem Befinden unseres Gastes zu erkundigen. Da Dr. Crusher alles bestens unter Kontrolle hatte, konnte ich beruhigt wieder gehen.

Als ich die Krankenstation verließ, befahl ich Fähnrich Sito, mich zu begleiten. Nachdem wir den Turbolift betreten hatten, fragte ich sie, ob sie eine ausgebildete Pilotin sei. Sie bestätigte das.

Wir begaben uns in meinen Arbeitsraum, wo ich ihr erklärte, daß mir bekanntgeworden war, sie sei für den Ops-Posten empfohlen worden. Ich fragte sie, ob sie dem gerecht werden könne. Sito bejahte, doch ich äußerte Zweifel. Ich hatte Bedenken, die aus ihrem Lebenslauf herrührten. Diese Bedenken betrafen den Versuch, einen Vorfall zu vertuschen, an dem sie an der Starfleet-Akademie beteiligt gewesen war.

Sito gehörte zu einer Gruppe von Kadetten, die bei dem Versuch der Nova-Schwadron beteiligt war, die Gäste anläßlich der Abschlußfeierlichkeiten mit der Vorführung eines Kolvoord-Manövers zu beeindrucken – ein Manöver, das wegen seiner extrem hohen Risiken verboten ist. Dieser kindsköpfige Versuch, andere zu beeindrucken, hatte den Tod eines Mitglieds der Nova-Schwadron zur Folge gehabt. Es war ein sinnloser Tod. Ein Tod, den die Mitglieder des Teams hatten vertuschen wollen, indem sie andere Ursachen vorschoben. Wesley Crusher hatte auch zu dieser Nova-Schwadron gehört. Weil die Untersuchungskommission das Gegenteil nicht beweisen konnte, schien es so, als würden die Mitglieder der Schwadron von jeglicher Verantwortung für den Tod ihres Kameraden freigesprochen werden. Das geschah dann aber nicht. Nachdem ich diese Angelegenheit und die oberste Pflicht eines Offiziers mit Wesley ausführlich diskutiert hatte, gestand er die Wahrheit über diesen Zwischenfall, woraufhin Strafen verhängt wurden.

Fähnrich Sito versuchte, meine Bedenken zu zerstreuen, indem sie mich darauf aufmerksam machte, daß der Vorfall vor drei Jahren stattgefunden hatte und ihre Akte seitdem... Ich unterbrach sie und sagte, daß es unwichtig sei, wieviel Zeit seitdem vergangen sei. »Würden Sie so etwas noch einmal machen?«

Sie versicherte mir, daß sie nie wieder Leben aufs Spiel setzen würde, indem... Ich unterbrach sie erneut und führte ihren Satz zu Ende: »Indem Sie an einem draufgängerischen Manöver teilnehmen. Ich hoffe, ganz sicher nicht!« Obwohl sie zugab, daß sie von Anfang an ehrlich hätte sein sollen, erinnerte ich sie daran, daß sie genau das nicht gewesen war. Das zeigte mir, daß es ihrem Charakter an etwas fehlte.

Sito bat um mein Verständnis. Nach dem Zwischenfall hatte sie an der Akademie keine Freunde mehr, sie konnte mit niemandem reden, sie mußte ihren Flugtest mit ihrem Lehrer durchführen, weil niemand sonst mit ihr fliegen wollte. Sie fuhr fort und sagte, daß es in vieler Hinsicht einfacher gewesen wäre davonzulaufen. Aber das tat sie nicht. Sie blieb dabei und glaubte, daß das etwas über ihren Charakter aussagte.

Ich sagte ihr, es tue mir sehr leid, daß die Zeit an der Akademie für sie nicht so schön gewesen sei. Aber was mich anging, so hätte man sie für das, was sie getan hatte, von der Akademie ausschließen sollen. »Offen gesagt weiß ich nicht, wie Sie es auf dieses Schiff geschafft haben. Weggetreten.«

Was Fähnrich Sito nicht verstand, war die Tatsache, daß ich ihre Courage auf die Probe stellte. Gewöhnlich bin ich einem Untergebenen gegenüber weder grob noch verletzend, selbst wenn ich jemandem eine Rüge erteile.

Um ein Ablenkungsmanöver auszuführen, das im größeren Rahmen unserer Mission eine wichtige Rolle spielen würde, bat ich Geordi, zusammen mit Fähnrich Taurik eines unseres Shuttles zu beschädigen. Es sollte so aussehen, als sei es während eines Ausweichmanövers von Phaserfeuer getroffen worden. Sicherheitsvorkehrungen machten es erforderlich, daß Mr. LaForge Taurik nicht sagen konnte, warum die Phaserspuren auf der Außenhülle des Shuttles notwendig waren.

Währenddessen war Schwester Ogawas Anwesenheit erforderlich, um synthetisches cardassianisches Blut für unseren geheimnisvollen Patienten herzustellen. Dr. Crusher erklärte, daß sie zu niemandem über das reden dürfe, was sie gleich zu sehen bekomme. Das war ebenfalls eine außergewöhnliche Anweisung. Eigentlich zählte Schwester Ogawa nicht zu denen, die medizinische Informationen an Unbefugte weitergaben, auch war sie nicht dafür bekannt, die notwendige Verschwiegenheit zu verletzen.

Später an diesem Abend entspannten sich die jungen wie die ranghöchsten Offiziere bei separaten Pokerpartien. Während die jungen Offiziere darüber spekulierten, warum wir uns wohl so nahe an der cardassianischen Grenzen befanden, drehten sich die Gespräche ihrer Vorgesetzten um andere Themen.

Will merkte Worf gegenüber an, daß er Sito für den Ops-Posten nicht für geeignet hielt. Worf teilte diese Ansicht nicht und sagte Commander Riker, daß dies seine Entscheidung sei. Wenn er aber Sito die Chance geben würde, könnte sie sich beweisen. Will sagte, er werde das tun. Außerdem war er sich über Lavelle noch nicht im klaren, da der zu leicht zufriedenzustellen war und zu oft versucht hatte, sich bei seinem Commander einzuschmeicheln. Counselor Troi betrachtete das nicht als ungewöhnliches Verhalten für jemanden, der auf eine Beförderung hoffte. Sie fuhr fort und erinnerte Will daran, daß er womöglich das gleiche getan hatte, als er während seines Dienstes auf der *Potemkin* mit den vorgesetzten Offizieren Poker gespielt hatte. Dann fügte sie hinzu: »Deine Vorgesetzten haben vielleicht auch gedacht, du würdest dich einschmeicheln. Ich glaube, es ist dein Glück, daß ihnen klar war, wie jung und unerfahren du warst, und daß sie sich entschieden, das nicht gegen dich zu verwenden.«

Deannas Beobachtung reichte aus, um Will das Eingeständnis zu entlocken, daß er möglicherweise ein wenig zu streng mit Lavelle war.

Während des Pokerspiels der jungen Offiziere berichtete Sito von unserer Unterhaltung. Wie erwartet, hatte sie unsere Begegnung schlecht aufgenommen und hielt mich für unfair. Und natürlich hielt es keiner ihrer Freunde für fair, daß ich mich ihrer Beförderung in den Weg stellen würde, nur weil in der Vergangenheit etwas geschehen war.

Einer aus der Gruppe schlug auch vor, Lavelle sollte sich vielleicht nicht so sehr bemühen, es Commander Riker recht zu machen. Schließlich hätte er es ja auch nicht bis zum Kandidaten für den Ops-Posten gebracht, wenn Riker ihn so sehr ablehnen würde. Lavelle stimmte ihm zu und fügte an, daß er vielleicht sich selbst davon überzeugen wollte, daß Riker ihn nicht mochte. So hätte er eine Entschuldigung, wenn er den Posten nicht bekäme.

Fähnrich Taurik fand es bemerkenswert, daß Commander LaForge verärgert zu sein schien, weil das von einem Nachwuchsoffizier konfigurierte Warpfeld tatsächlich effektiver war als die gegenwärtige Konfiguration der *Enterprise*. Wenig später betrat Commander LaForge den Raum und lud Taurik ein, ihm bei einigen Experimenten im Maschinenraum zur Seite zu stehen – eine Einladung, die Mr. Taurik gerne annahm. Es ist wirklich nicht Geordis Art, Ideen eines jungen Offiziers zurückzuhalten, auch verwirft er nicht die Vorschläge eines Untergebenen.

Am nächsten Morgen beendete Worf seinen Kampfsport-Grundkurs und bat Sito, noch zu bleiben. Er informierte sie, daß er auch eine höhere Klasse unterrichtete und glaubte, sie sei bereit, dort teilzunehmen. Zuerst müsse sie aber das Gik'tal ablegen, ein altes klingonisches Ritual, mit dem das Wissen der allgemeinen

Kampfsportarten getestet werden soll. Worf erklärte ihr, es gebe kein Training für den Test. Der zuvor nicht angekündigte Test sei Teil des Rituals. Sito war einverstanden, den Test abzulegen.

Worf verband ihr die Augen und befahl ihr, sich zu verteidigen. Natürlich konnte sie das nicht. Nachdem Worf sie mehrere Male zu Boden geschickt hatte, nahm Fähnrich Sito die Augenbinde ab und weigerte sich fortzufahren. »Das ist kein fairer Test.«

Mr. Worf gratulierte seiner Schülerin. Sie hatte den Test bestanden. Mut war Gegenstand des Tests, und man brauchte Mut, um den Test als unfair zu bezeichnen. Da sie die klingonische Sprache verstand, wußte Sito, daß Gik'tal ›bis zum Tod‹ bedeutete. Sie erkannte ebenfalls korrekt, daß es einen solchen Test nicht gab.

Worf gab zu, daß der Test eine Erfindung war. Dann sagte er: »Aber wenn Sie wieder einmal unfair behandelt werden, dann werden Sie nicht so viele Verletzungen davontragen, bevor Sie protestieren.«

Was ihr bis dahin nicht klar war, verstand sie nun: Mr. Worf hatte dieses erfundene Ritual benutzt, um ihr eine wichtige Erkenntnis für das Leben zu vermitteln – eine Erkenntnis, die sie sofort in die Tat umsetzte.

Nachdem sie wieder ihre Dienstuniform angezogen hatte, suchte sie mich in meinem Arbeitsraum auf. Unerschrocken teilte sie mir mit, daß alles, was sie immer hatte erreichen wollen, eine Karriere bei Starfleet war. An den Fehlern der Vergangenheit konnte sie nichts mehr ändern. Sie war bereit, hart zu arbeiten, um sich den Respekt ihrer Kameraden zu verdienen. Wenn ich ihr diese Chance nicht geben würde, würde sie sich auf ein anderes Schiff versetzen lassen.

So viel Mut hat mich schon immer beeindruckt. Dennoch erklärte ich ihr, daß sie wohl kaum einen nachsichtigeren Captain finden würde, wenn sie danach suchen sollte. Sito bat mich um Erlaubnis, frei zu sprechen. Natürlich gewährte ich ihr diese Bitte.

Sie sagte, wenn ich nicht gewollt hätte, daß sie auf der *Enterprise* dient, dann hätte ich das sagen sollen, als sie hierher versetzt wurde. Außerdem sei es nicht an mir, sie für Fehler zu bestrafen, die sie während ihrer Zeit an der Akademie beging. Sie sollte nur nach dem bewertet werden, was sie unter meinem Kommando getan hatte.

Ich war wirklich beeindruckt und teilte ihr mit, daß ich sie nach ihren gegenwärtigen Leistungen beurteilen würde. Zudem sagte ich ihr, daß es Mut erforderte, mir nach unserer letzten Begegnung erneut gegenüberzutreten. Nun konnte ich ihr auch den Zweck dieses Gesprächs darlegen. Meine Absicht war nicht, ihre Qualifikation für den Ops-Posten zu bewerten. Ich war so grob zu ihr gewesen, weil ich ihre Befähigung für eine sehr wichtige Mission einschätzen wollte – »eine Mission, die Sie in eine Situation bringen kann, die weitaus zermürbender ist, als von Ihrem vorgesetzten Offizier heruntergeputzt zu werden«.

Fähnrich Sito wollte mehr über diese Mission erfahren, aber anstatt mehr zu erklären, bat ich sie, sich meinen ranghöchsten Offizieren und mir im Beobachtungsraum um 9.00 Uhr Bordzeit anzuschließen, um die Lage zu besprechen. Als sie meinen Arbeitsraum verließ, fühlte ich mich verpflichtet, Fähnrich Sito davon in Kenntnis zu setzen, daß ich derjenige war, der sie ausgewählt hatte, um auf der *Enterprise* zu dienen. Ich wollte sicher sein, daß sie eine faire Chance erhielt, um sich zu bewähren. Und das hatte sie auch getan.

Exakt um 9.00 Uhr kam Fähnrich Sito zu uns in den Beobachtungsraum. Als Bajoranerin war es für Sito überraschend, einen Cardassianer in unserer Mitte anzutreffen. Offenbar erinnerte sie sich an die Grausamkeiten auf ihrer Heimatwelt, für die die Cardassianer verantwortlich waren.

Ich stellte Joret Dal vor. Er war ein Mitglied des cardassianischen Militärs und ein Agent der Föderation. Er hatte sein Leben riskiert, um uns wichtige Informationen über die strategischen Absichten der Cardassianer zu überbringen – Informationen, die die Sicherheit Bajors und anderer Planeten in diesem Sektor verbessern konnten. Unsere Aufgabe war es, Joret Dals Identität als Agent zu schützen und ihn sicher in cardassianisches Hoheitsgebiet zurückzubringen.

Es wäre für Joret Dal gefährlich gewesen, ohne glaubhafte Geschichte die schwer bewachte cardassianische Grenze zu überqueren, also lieferten wir ihm eine. Joret Dal würde das Shuttle erhalten, das Geordi und Fähnrich Taurik absichtlich beschädigt hatten. Joret Dal würde sich als Kopfgeldjäger ausgeben, der ein Föderationsshuttle gestohlen hatte und unter Beschuß aus unserem Territorium entkommen war. Er würde in das cardassianische Hoheitsgebiet zurückkehren, mit Fähnrich Sito, einer bajoranischen Terroristin, als seiner Gefangenen. Diese Geschichte – zusammen mit einem Bestechungsgeschenk – würde Joret Dal eine sichere Rückreise ermöglichen. Nach Überqueren der Grenze würde Sito die Rettungskapsel des Shuttles benutzen, um in Föderationsgebiet zurückzukehren, wo wir auf sie warten würden.

Es war meine Pflicht sicherzustellen, daß Fähnrich Sito verstand, wie außergewöhnlich gefährlich diese Mission war – eine Mission, bei der ich ihr nicht befehlen würde, daran teilzunehmen. Trotz meiner Sorge um ihre Sicherheit akzeptierte sie den Auftrag ohne Zögern: »Dann melde ich mich freiwillig, Sir.«

Beruhigt darüber, daß ihr das Risiko, das sie einging, völlig bewußt war – niemand außer einem Bajoraner weiß besser, was Cardassianer mit ihren Gefangenen machen –, schickte ich sie in die Krankenstation. Dr. Crusher würde dafür sorgen, daß Sito so aussehen würde, als sei sie eine von einem Cardassianer mißhandelte bajoranische Terroristin. Das war das mindeste, was man von Joret Dal erwarten würde. Ich wies sie auch an, mit niemandem über diese Mission zu reden. Sie bestätigte, daß sie meinen Befehl verstanden hatte. Während sich Fähnrich Sito auf den Weg in die Krankenstation machte, äußerte Joret Dal, er hätte nicht gedacht, daß sie so jung sein würde – eine lediglich auf den ersten Blick nachvollziehbare Bemerkung. Denn trotz ihres jugendlichen Alters war Sito absolut in der Lage, ihren Auftrag auszuführen.

Fähnrich Sito kehrte kurz darauf zum Shuttlehangar zurück. Nun trug sie auch die einer bajoranischen Terroristin entsprechende Kleidung. Sie ging zu Mr. Worf, ihrem Mentor und vorgesetzten Offizier, um ihm zu sagen, daß sie sein Vertrauen in ihre Fähigkeiten stets geschätzt hatte.

Augenblicke später befanden sich Joret Dal und Fähnrich Sito auf dem Weg ins cardassianische Hoheitsgebiet.

Wir begaben uns zu den Koordinaten, an denen wir mit Sitos Rettungskapsel auf dieser Seite der Grenze zusammentreffen sollten. Obwohl wir uns mehr als 30 Stunden in dem Gebiet aufhielten, konnten wir kein Anzeichen für ihre Rückkehr entdecken.

Meine Besorgnis über ihre Sicherheit wurde stündlich größer. Wir suchten mit Langstreckensensoren nach Lebenszeichen, konnten aber nichts finden. Da ihn die Situation allmählich ungeduldig werden ließ, empfahl Mr. Worf, eine Sonde vorzubereiten und ins Gebiet der Cardassianer zu schicken, um nach seinem Schützling zu suchen. Commander Riker machte darauf aufmerksam, daß der Abschuß einer Sonde in cardassianisches Gebiet eine Verletzung des Friedensvertrages bedeuten würde. Dennoch: Fähnrich Sito war ein Mitglied meiner Crew. Und damit war ich für ihre Sicherheit verantwortlich. Trotz des Friedensvertrages wies ich Mr. Worf an, eine Sonde vorzubereiten und auf den Weg zu schicken.

Kurz nach dem Start der Sonde informierte mich Data, daß die Sensoren Trümmer entdeckt hatten, rund 200 000 Kilometer tief im Gebiet der Cardassianer. Data hielt es für möglich, daß diese Überreste von einer Rettungskapsel der Föderation stammen könnten. Kurz nach dieser Entdeckung fingen wir eine cardassianische Nachricht ab, derzufolge eine bajoranische Gefangene entkommen war. Die Gefangene wurde in der Rettungskapsel getötet, mit der sie aus dem cardassianischen Territorium hatte entkommen wollen.

Es war weiterhin notwendig, Joret Dals Identität als Agent der Föderation geheimzuhalten. Daher war es meine Pflicht, das bedauerliche Ereignis der gesamten Crew mitzuteilen, auch wenn ich über die wahren Gründe ihrer Mission nichts sagen konnte.

Vom Bereitschaftsraum aus verkündete ich: »An die Mannschaft, hier spricht der Captain. Es ist meine traurige Pflicht, Sie darüber zu informieren, daß ein Mitglied unserer Besatzung, Fähnrich Sito Jaxa, in Erfüllung ihrer Pflichten ums Leben gekommen ist. Sie war das beste Beispiel für jeden Starfleet-Offizier, und eine junge Frau mit bemerkenswertem Mut und mit Charakterstärke. Ihr Verlust wird von allen tief empfunden, die sie kannten ... Picard Ende.«

Ich kann Ihnen versichern, daß ich niemals ehrlichere Worte gesprochen habe.

Persönliches Logbuch des Captains,
Sternzeit 47609.5.
Beobachtungen zum Prinzip ›Qualifikation‹.
In der Nähe von Barkon IV

Die Qualifikationen der Individuen und der gesamten Besatzung sind ein bedeutender Faktor für die Effizienz eines Raumschiffs. Diese Fähigkeiten sind auch das, was ein Mannschaftsmitglied von einem anderen unterscheidet, wenn es für einen Auftrag oder eine Beförderung in Erwägung gezogen wird. Da Qualifikation von verschiedenen Blickwinkeln aus betrachtet werden kann, ist es gut, daß Crewbewertungen unter den Offizieren diskutiert werden, die letztendlich die Aufgaben und die Beförderung der Individuen bestimmen. Aus diesem Grund arbeiten meine Offiziere bei Crewbeurteilungen zusammen, und ich muß sagen, daß dieser Prozeß sich als wirkungsvolles Instrumentarium erwiesen hat, um verantwortungsvolle Positionen mit fähigen Leuten zu besetzen.

Während dieser Mission machten unsere jungen Offiziere sich erwartungsgemäß Gedanken über das Ergebnis ihrer Beurteilungen und über ihre zukünftigen Einsatzmöglichkeiten. Ich versichere Ihnen, daß sich meine Offiziere gleichermaßen Gedanken machten, ob ihre Beurteilungen gerecht waren und die Leistungen sowie das Potential für verantwortungsvollere Positionen richtig wiedergaben. Und während Fähnrich Lavelle den Ops-Posten erhielt, zogen wir verschiedene Möglichkeiten in Betracht, um Fähnrich Sito die Gelegenheit zu geben, schneller auf der Dienstrangleiter emporzuklettern – Möglichkeiten, die hinfällig wurden, als ihr Leben von den Cardassianern ausgelöscht wurde.

Es muß Ihnen klar sein, daß die Befähigung für einen bestimmten Posten gehegt und entwickelt werden muß. So wie es im Verlauf dieser Mission bei Mr. Worf und Fähnrich Sito, bei Mr. LaForge und Fähnrich Taurik, bei Dr. Crusher und Schwester Ogawa und bei Mr. Riker und Fähnrich Lavelle zu beobachten war. Es ist auch wichtig, daß Sie verstehen, daß diese Pflege und Förderung viele Erscheinungsformen haben kann.

Als es unsere Mission erforderte, daß ein Besatzungsmitglied einen sehr gefährlichen Auftrag übernahm, wurde es notwendig, die fähigste Person für diese spezielle Aufgabe zu wählen. Fähnrich Sito war als Pilotin geeignet, und sie hatte bewiesen, daß sie die für diesen Auftrag erforderliche Charakterstärke besaß. Darum wurde sie ausgewählt. Ich bin sicher, daß ihr tragischer Tod auf Umstände zurückzuführen ist, die außerhalb ihrer Kontrolle lagen. Hätte sie überlebt, wäre ihr eine bemerkenswerte Karriere bei Starfleet sicher gewesen.

Persönliches Logbuch des Captains,
Sternzeit 47611.3.
Erkenntnisse zum Prinzip ›Qualifikation‹.
Auf dem Weg zum Treffen mit der U.S.S. Lexington

Als Starfleet-Offiziere erwartet man von Ihnen, daß Sie alle Ihre Pflichten qualifiziert erfüllen. Sie werden auch dafür verantwortlich gemacht, daß Ihre Untergebenen ebenso qualifiziert ihre Pflichten erfüllen. Daher stelle ich Ihnen nachfolgend die Erkenntnisse vor, die ich gewonnen habe und von denen ich glaube, daß Sie sie in Erwägung ziehen sollten.

- Ganz gleich, wieviel Wissen man sich angeeignet hat – Praxis und Erfahrung sind erforderlich, damit daraus Klugheit wird.
- Ein Offizier sollte sein Wissen durch die anderen und mit den anderen erweitern. Er sollte auch seine eigenen Erfahrungen durch die der anderen korrigieren und vervollständigen.
- Es ist unmöglich, eine Kunst oder eine Wissenschaft sofort zu beherrschen. Vielmehr muß man sich – um in einer Sache wirklich etwas zu erreichen – hindurchkämpfen, bevor die Geheimnisse offenbar werden.
- Ein Offizier, der mit Technologie und mit Arbeitsmitteln ausgerüstet ist, mit denen er nicht umzugehen weiß, hat wenig, wenn überhaupt einen Vorteil gegenüber einem anderen mit schlechteren Geräten und Instrumenten.
- Die Gefahr, die die Wirksamkeit eines Offiziers wohl am wenigsten beeinträchtig, ist die Gefahr, zuviel zu wissen. Es ist aber auch möglich, sehr viel zu lernen und trotzdem unfähig zu sein, aus dem Erlernten einen Nutzen zu ziehen. Aus diesem Grund ist es wichtig, daß ein Offizier sich *das* Wissen aneignet, das er in schwierigen Situationen benötigt.
- Niemand qualifiziert sich durch passive Erfahrungen. Wenn Erfahrung das Wissen und die Fertigkeiten eines einzelnen bereichern soll, dann muß sie mit der bewußten Absicht aufgenommen werden, jede möglicherweise damit verbundene Erfahrung zu machen.

- Ein Teil der Macht eines Offiziers resultiert aus der Position, die er bekleidet. Dennoch bemißt sich seine Macht vor allem danach, wie er mit seinen Aufgaben vertraut ist.
- Bei Starfleet wird ein Offizier mehr geschätzt, der die volle geistige Fähigkeit besitzt, sich den unterschiedlichen Anforderungen und ungewöhnlichen Situationen anzupassen, und der Notfällen mit Erfindungsreichtum begegnet, als ein Offizier, der wenig mehr kann, als seine Vorbilder nachzuahmen.
- Einer der sichersten Wege, um die Qualifikation unter der Besatzung zu erhöhen, besteht darin, ihren Mitgliedern zu helfen, ihre Fehleinschätzungen zu verarbeiten, bevor aus Fehlern Gewohnheiten werden.

Und last, but not least:

- Selbstvertrauen ist eine positive Eigenschaft eines Offiziers, aber das reicht nicht aus, um seine Qualifizierung zu gewährleisten. Um sich zu qualifizieren, muß ein Offizier seine Crew mit den Anweisungen und den Erfahrungen versorgen, die es ihr ermöglichen, erfolgreich zu sein.

Die Föderation legt großen Wert darauf, daß die Frauen und Männer, die bei Starfleet dienen, qualifiziert sind. Ein fähiger Offizier zu werden, sollte neben dem Abschluß aller Lehrgänge Ihre oberste Priorität sein, wenn Sie die Akademie besuchen. Aber denken Sie immer daran, daß man nie zu qualifiziert sein kann. Es gibt immer etwas, das man noch lernen kann. Es gibt immer jemanden, mit dem man sein Wissen und seine Erfahrung teilen kann. Und es gibt immer jemanden, dessen Wissen und Erfahrung Sie qualifizierter machen kann. Qualifikation ist ein wirklicher Machtmultiplikator.

V
DAS PRINZIP ›VERSTÄNDIGUNG‹

VORWORT DER DIREKTORIN

Im 24. Jahrhundert haben die Fortschritte in der Technologie zur Entstehung hochentwickelter Kommunikationssysteme und -geräte für Daten, Bilder und Sprache geführt. Diese Systeme und Geräte sind die Basis, um Nachrichten zwischen Menschen über große Entfernungen zu senden und zu empfangen.

Begegnungen zwischen der Föderation und Angehörigen verschiedener Spezies, Kulturen, Ideologien und Sprachen in dieser Ära interstellarer Reisen sind alltäglich geworden. Von daher ist Kommunikation ein unverzichtbarer Teil des täglichen Lebens. Aus diesem Grund wurde es für die Wissenschaftler der Föderation notwendig, noch ausgefeiltere Kommunikationstechnologien zu entwickeln.

Der Universal-Translator ist ein komplexer Hochgeschwindigkeits-Computer, der die Muster fremder Kommunikationsformen analysiert und eine Übersetzungsmatrix ableitet, die verständlichen Sprach- und Datenaustausch zwischen der Föderation und fremden Lebensformen ermöglicht. Obwohl der Universal-Translator seine Datenbanken permanent auf den neuesten Stand bringt, wird seine Wirksamkeit manchmal beeinträchtigt, wenn die Sprachkonzepte, das Vokabular oder die Wortverwendung zu sehr von dem Muster abweichen, auf dem die Übersetzungsmatrix basiert.

Und so kommt es, daß trotz der ständigen Weiterentwicklung der Föderationstechnologie die grundlegende Herausforderung einer wirksamen Kommunikation im 24. Jahrhundert die gleiche bleibt wie in den Jahrtausenden zuvor: Nachrichten müssen nicht nur empfangen, sie müssen auch verstanden werden. Diese Herausforderung kann nicht auf die Kommunikationstechnologie allein beschränkt bleiben.

ADMIRAL ANDREA BRAND
Leiterin der Starfleet-Akademie

Persönliches Logbuch des Captains,
Sternzeit 45068.1.
Abflug aus dem System El-Adrel

Es stimmt, daß die Kommunikation im Weltall oft nur mittels hochentwickelter Geräte möglich ist. Dennoch glaube ich nicht, daß die Technologie allein eine effektive Kommunikation ermöglichen kann. Eine tiefergehende Untersuchung der Kommunikation läßt erkennen, daß sie ohne Verstehen nie Wirkung zeigen kann. Das dürfte auch erklären, warum fehlgeschlagene Verständigungsversuche oft zu gefährlichen Situationen führen. Und wie ich erst vor kurzem gelernt habe, gibt es allen unseren fortschrittlichen Kommunikationsmitteln zum Trotz Zeiten, in denen die wirksamste Verständigungsmethode eine Begegnung von Angesicht zu Angesicht sein kann.

Starfleet empfing ein Subraumsignal von einem tamarianischen Raumschiff, das sich in der Nähe des unbewohnten Systems El-Adrel befand. Die Nachricht konnte zwar nicht entziffert werden, jedoch wies sie bestimmte mathematische Muster auf, die die Föderation als Anzeichen deutete, daß die Tamarianer versuchten, mit uns Kontakt aufzunehmen.

Während der vergangenen einhundert Jahre hatte die Föderation bei sieben Gelegenheiten versucht, mit ihnen in einen Dialog zu treten. Für die Föderation waren die Tamarianer – auch bekannt als die ›Kinder von Tama‹ – schlichtweg rätselhaft. Ihre Sprache blieb derart unverständlich, daß selbst der Universal-Translator nicht in der Lage war, eine Matrix zu entwickeln, die sich übersetzen ließ. Das Ergebnis war, daß bislang jeder Versuch, mit den Tamarianern in Kontakt zu treten, gescheitert war. Da aber alle Versuche zugleich ohne einen Zwischenfall verlaufen waren, hielt die Föderation die Tamarianer für eine friedliche, von guten Absichten geprägte Rasse. Das erklärte auch unseren Glauben daran, daß unsere so verschiedenen Kulturen gemeinsame Werte teilen könnten.

Starfleet erteilte der *Enterprise* den Auftrag, einen weiteren Versuch zu unternehmen, mit den Tamarianern einen formalen Kontakt zu begründen. Das tamarianische Schiff befand sich in der Nähe von El-Adrel IV. Seit drei Wochen hatten die Tamarianer ihre Signale in Richtung Föderationsgebiet gesendet.

Auf dem Weg nach El-Adrel IV diskutierte ich unsere Mission mit meinen ranghöchsten Offizieren. Worf äußerte, daß die Tamarianer eine Bedrohung für die Grenze der Föderation darstellen könnten. Aber angesichts der vorausgegangenen Kontakte glaubte die Föderation, daß die Tamarianer uns ein weiteres Mal eine offene Hand entgegenstreckten.

Die Erfahrung hat mich gelehrt, daß Kommunikation oft eine Sache von Geduld und Phantasie ist. Also sagte ich zu meinen Offizieren: »Ich würde sagen, daß dies [Geduld und Phantasie] Eigenschaften sind, die wir in ausreichendem Maße besitzen.« Tatsächlich fühlte ich, daß meine Erfahrung die Antwort dazu enthielt, wie wir da Erfolg haben könnten, wo die anderen versagt hatten.

Wir gingen in einen synchronen Orbit mit dem tamarianischen Schiff und öffneten einen Kommunikationskanal. Auf dem Bildschirm begrüßte uns der tamarianische Captain, der in Worten und Sätzen sprach, die wir auch mit der Hilfe unseres Universal-Translators nicht verstehen konnten. Counselor Troi spürte, daß sie nur gute Absichten hatten. In einem Versuch, ihre Sprache zu dechiffrieren, gelangte Data zu der Ansicht, daß der tamarianische Captain offensichtlich die Eigennamen von Individuen und von Orten nannte. Trotz dieser Beobachtung konnten wir den tamarianischen Captain nach wie vor nicht verstehen.

Ich erhob mich aus meinem Kommandosessel, ging näher zum Bildschirm, ergriff die Initiative und fragte den Tamarianer: »Captain, sind Sie bereit, die Schaffung eines gegenseitigen Nichtangriffspaktes zwischen unseren Völkern zu erwägen... mit der Möglichkeit von Handelsabkommen und Kulturaustausch? Klingt das für Sie nach einer vernünftigen Vorgehensweise?«

Seine Erwiderung war verwirrend. Der tamarianische Captain und die anderen auf der Brücke seines Schiffs brachen in Gelächter aus und unterhielten sich weiter, wobei sie Worte verwendeten, deren Sinn wiederum uns nicht zugänglich war. Dann wurden wir Zeuge einer Unterhaltung zwischen dem Captain und jemandem, der sein Erster Offizier zu sein schien. Auch diesmal konnten wir nicht verstehen, was sie sagten. Nachdem sie ihre Unterhaltung beendet hatten, zog der Captain einen Dolch aus dem Futteral, das der andere Tamarianer quer über seiner Brust trug. Der Captain griff an sein eigenes Futteral und zog einen zweiten Dolch hervor. Dann drehte er sich dem Bildschirm zu, hob beide Dolche und sagte: »Darmok und Jalad auf Tanagra.«

Exakt in dem Augenblick, da er seinen für uns unverständlichen Satz beendete, entmaterialisierte der Tamarianer – und ich auch. Ohne Vorwarnung hatten die Tamarianer uns auf die Planetenoberfläche gebeamt. Gleichzeitig legte das tamarianische Schiff ein Partikelstörfeld um die Ionosphäre des Planeten, wodurch Chief O'Brien mich nicht auf die *Enterprise* zurückbeamen konnte.

Ich fand mich auf einer kleinen Wiese wieder, umgeben von dichtem Gebüsch und kleinen Bäumen. Als ich versuchte, mich zu orientieren, hörte ich ein Rascheln. Ich drehte mich um. Es war der tamarianische Captain – mit den Dolchen in der Hand. Diesmal hob er die Dolche über seinen Kopf, sagte aber nichts. Er stand einfach da und starrte mich an.

Wie ich später erfuhr, versuchte Commander Riker, mit mir Kontakt aufzunehmen, aber seine Bemühungen waren vergeblich. Das tamarianische Schiff hielt das Partikelstörfeld stabil, das die Kommunikation zwischen der Planetenoberfläche und der *Enterprise* sowie ihrem eigenen Schiff unterband. Dennoch hatten die Tamarianer einige Frequenzen freigehalten, so daß man auf ihrem Schiff und auf der *Enterprise* mitverfolgen konnte, was sich auf dem Planeten ereignete. Daher gelangte Mr. Worf zu dem Eindruck, daß ein Wettkampf zwischen zwei Champions stattfinden sollte – zwischen dem Tamarianer und mir. Worfs Feststellung beunruhigte Commander Riker, da er daran dachte, daß der tamarianische Captain bewaffnet war.

Auf El-Adrel IV senkte der Captain unterdessen seine Waffen. Dann kam er auf mich zu und wiederholte: »Darmok und Jalad.« Ich hielt seine Handlungsweise für ein Zeichen, daß er mit mir kämpfen wollte. Ich erwiderte, daß ich weder wisse, wer oder was Darmok oder Jalad seien, und daß ich auch nicht kämpfen wolle. Meine Worte stießen anscheinend auf taube Ohren. Der Tamarianer warf einen der Dolche vor mir auf den Boden und sagte: »Darmok und Jalad auf Tanagra.«

Vorsichtig hob ich den Dolch auf und warf ihn zurück zu ihm und sagte: »Tut mir leid, Captain.«

Der Tamarianer schüttelte frustriert seinen Kopf und murmelte: »Shaka … als die Mauern einstürzten …«, während er den Dolch aufhob. Er steckte ihn zurück in sein Futteral, drehte sich um und ging davon.

In der Zwischenzeit hatte Commander Riker das tamarianische Schiff gerufen und dessen Erstem Offizier befohlen, mich freizulassen. Sonst würden ihre Aktionen als kriegerischer Akt angesehen. Obwohl keine Seite die andere verstand, beunruhigte Will das, was er auf dem Bildschirm sah. Durch seinen Tonfall und seine Körpersprache erweckte der tamarianische Erste Offizier den Anschein, als hege er aggressive Absichten. Commander Riker befahl daher, die Verbindung zu unterbrechen. Er wies Worf an, ein Sicherheitsteam zusammenzustellen, ein Shuttle zu nehmen, zum Planeten zu fliegen und den Captain zurückzuholen.

Der Abend brach an und die Luft wurde frostig. Ich versuchte, ein Feuer zu entfachen, aber es gelang mir nicht. Etwa 20 Meter entfernt hatte der Tamarianer sein eigenes Lagerfeuer entzündet. Ich hörte ihn lachend sagen: »Shaka. Als die Mauern einstürzten.«

Während wir unseren Abstand beibehielten, sprachen wir fortwährend zueinander. Noch immer verstand keiner von uns die Worte und die Absichten des anderen. Ich glaubte sogar, daß – sollte ich nicht eher erfrieren – der Tamarianer mich während der Nacht angreifen könnte. Und dann sagte er: »Darmok von Kanza. Jalad von den Kituay.«

Ich sah zu ihm hinüber und sagte: »Picard von der Föderation.«

Der Tamarianer schien mich nicht zu verstehen. Also fügte ich an: »Vom Raumschiff *Enterprise* … Vom Planeten Erde.«

Trotz aller meiner Verständigungsversuche waren meine Worte für den Tamarianer ohne Bedeutung. Wieder hörte ich ihn murmeln: »Kadir unter Mo Moteh …«

Dann begann der Tamarianer mit einem seltsamen Ritual. Er nahm einige kleine metallene Objekte von seiner Uniform und plazierte sie um seine Position herum. Dann gestikulierte er zum Himmel, nahm einen der Dolche in die Hand und legte sich neben sein Lagerfeuer.

Ich blieb vorsichtig, während es mir recht kalt wurde. Der Tamarianer erkannte offenbar mein Dilemma, stand auf, nahm ein Stück brennendes Holz von seinem Feuer und warf es in meine Richtung. Danach unternahmen wir einen weiteren Verständigungsversuch. Trotz der Tatsache, daß unsere Unterhaltung für beide Seiten unverständlich blieb, nickte ich dem Tamarianer zu und dankte ihm für das Feuer. Als hätte er mich verstanden, nickte er ebenfalls.

Commander Riker sagte mir später, daß Worf und sein Sicherheitsteam sich im Anflug auf El-Adrel IV befanden, als Data einen Energieanstieg im Plasmareaktor des tamarianischen Schiffs entdeckte. Da er annahm, daß das tamarianische Schiff im Begriff war, auf das Shuttle zu feuern, befahl Commander Riker Worf ein sofortiges Ausweichmanöver. Dennoch wurde das Schiff getroffen. Überraschend wurde nur die Antriebsdüse auf der Steuerbordseite des Shuttles zerstört. Commander Riker befahl Worf, zur *Enterprise* zurückzukehren.

Obwohl dieser Rettungsversuch fehlschlug, arbeiteten meine ranghöchsten Offiziere an alternativen Strategien. Geordi glaubte, daß er den ringförmige Fixierstrahl des Transporters genügend verstärken könne, um mich durch das Partikelstörfeld hindurch zurückzubeamen. Das größere Problem bestand jedoch darin, daß es mindestens einen Tag dauern würde, was Counselor Troi einige Bedenken bereitete. Bis dahin, so glaubte Deanna, könnte ich längst tot sein. Worf machte sich weniger Sorgen um meine augenblickliche Sicherheit. Offensichtlich hatte er großes Vertrauen in meine Fertigkeiten als Krieger. In seinen Vorstellungen würde ich in einem Kampf mit dem Tamarianer siegen. Während er sich das vorstellte, kam Worf zu der Ansicht, daß ich in ein Herausforderungsritual verwickelt sein könnte. Andere meiner Offiziere waren nicht so sicher, konnten aber hinsichtlich der Motive der Tamarianer auch nur Annahmen äußern. Aber diese Motive waren jetzt von geringerer Bedeutung als meine Rettung. Also besprachen sie weiter die Möglichkeiten für meine sichere Rückkehr.

Ein Angriff auf das tamarianische Schiff könnte dessen Störfeld außer Betrieb setzen und es der *Enterprise* ermöglichen, mich zurück an Bord zu beamen. Auf der anderen Seite bestand die Möglichkeit, daß ein solcher Angriff einen Krieg auslösen könnte – eine Entscheidung, die Commander Riker nur zu treffen bereit war, wenn sie die Ultima ratio darstellte.

Data machte Mr. Riker darauf aufmerksam, daß weiteres Studium dazu führen könnte, einen Weg zu finden, um mit den Tamarianern zu kommunizieren. Will teilte diese Ansicht und bat Deanna, Data bei der Suche behilflich zu sein.

Als ich aufwachte, war der Tamarianer verschwunden. Ich ging hinüber zu seiner Lagerstätte und stieß auf die kleinen metallenen Objekte. Ich hob eines von ihnen auf und begutachtete es. Was auch immer diese Objekte darstellten, ihr Zweck leuchtete mir nicht ein. Ich fand auch ein Notizbuch und studierte es.

Währenddessen sahen sich Data und Deanna die Aufzeichnungen an, die unsere früheren Bemühungen zeigten, mit den Tamarianern in Kontakt zu treten. Sie kamen zu dem Schluß, daß es einen gewissen strittigen Punkt zwischen dem tamarianischen Captain und seinem Ersten Offizier gab. Data hielt ›Darmok‹ für einen Eigennamen, der für die Tamarianer offensichtlich eine bestimmte Bedeutung hatte. Deanna befahl dem Computer, nach dem Begriff ›Darmok‹ in allen linguistischen Datenbanken des El-Adrel-Sektors zu suchen. 47 Eintragungen waren verzeichnet, von denen aber keine in einem Bezug zur Verwendung des Wortes durch die Tamarianer zu stehen schien.

Counselor Troi war frustriert, daß sie trotz all ihrer hochentwickelten Technologie keine Fortschritte machten. Zudem war Data in den 26 Jahren seines Dienstes bei Starfleet 1754 nichtmenschlichen Rassen begegnet, aber selbst er konnte den Tamarianern nicht einmal ›Hallo‹ sagen. Deanna, die bemerkenswerte Einsichten über den Umgang mit menschlichen und vielen fremden Rassen besaß, vermutete zu Recht, daß ein einziges falsch ausgesprochenes oder falsch verstandenes Wort eine Tragödie nach sich ziehen konnte. Glücklicherweise besitzen weder Data noch Deanna die Eigenart, schnell aufzugeben. Und bald trug ihre Hartnäckigkeit Früchte: Sie hatten etwas gefunden.

Auf El-Adrel IV hatte ich gerade festgestellt, daß es sich bei dem Notizbuch um eine Art Logbuch handeln mußte, als der Tamarianer laut rufend auf mich zugelaufen kam. »Darmok. Darmok und Jalad auf Tanagra.« Dann sagte er: »Shaka. Temba. Seine Arme ausgebreitet.«

Plötzlich war die Luft von einem furchterregenden Gebrüll erfüllt. Es schien von nirgendwo und überall zugleich zu kommen. Der Tamarianer drehte sich einmal im Kreis, dann sagte er: »Darmok und Jalad auf Tanagra.«

Mit dem Dolch in der Hand zog der Tamarianer vorsichtig Kreise, so als erwarte er einen Angriff. Mein Geist und Körper waren von Angst erfüllt, als das Gebrüll erneut über uns hereinbrach. »Temba. Seine Arme ausgebreitet«, sagte der Tamarianer und hielt mir einen seiner Dolche entgegen. Diesmal nahm ich sein Angebot an. Das, was dieses angsteinflößende Gebrüll von sich gab, war für uns beide eine Bedrohung.

Währenddessen ertönte auf der *Enterprise* eine Sensorwarnung. Worf berichtete Commander Riker, daß die Sensoren eine elektromagnetische Störung registrierten, die sich auf meine Position zubewegte – ein wechselndes Induktionsfeld, möglicherweise eine Lebensform. Das Feld war unregelmäßig, es tauchte auf und verschwand wieder, aber es schien sich auf mich zuzubewegen und irgendeine Art Angriff darzustellen. Geordi benötigte noch zwei oder drei Stunden, bevor er mich auf die *Enterprise* würde zurücktransportieren können. Mr. Riker befahl Geordi, einen anderen Weg zu versuchen, einen, der sofort eingeschlagen werden konnte. O'Brien wies er an, sich für den Transport bereit zu halten.

Mit dem Dolch in der Hand zogen der tamarianische Captain und ich im Einklang unsere Kreise, während wir darauf warteten, daß sich die Bedrohung zeigte. Aus dem Gebüsch erschien eine fast unsichtbare Kreatur vor uns, verschwand sofort wieder, nur um hinter uns erneut aufzutauchen. Ich versuchte, dem Tamarianer klarzumachen, daß wir uns zurückziehen sollten, aber er zuckte einfach mit den Schulter und sagte: »Mirab – seine Segel ausgebreitet?«

Ich verstand noch immer nicht und wollte den Tamarianer dazu bringen, mir von der Bedrohung fort zu folgen. Aber er blieb auf seiner Position und sagte: »Shaka. Als die Mauern einstürzten.«

In diesem Augenblick nahm die Gefahr Gestalt an. Der Tamarianer schubste mich zur Seite und nahm seine Position ein, um unseren gemeinsamen, unbekannten Feind zu bekämpfen. Obwohl es so schien, als wolle er mich beschützen, nahm ich sofort eine Position an seiner Seite ein. Ich war nicht gewillt hinzunehmen, daß sich der Tamarianer alleine der Bedrohung stellte.

Für einen Moment verschwand die Bedrohung, und der Tamarianer sagte: »Uzani. Seine Armee bei Lashmir.«

Als könnte er meine Sprache verstehen, hakte ich nach: »Bei Lashmir. War es so bei Lashmir? Ähnlich wie das, dem wir jetzt gegenüberstehen?«

Wieder hörten wir ein lautes Getöse, als die Bedrohung erneut Gestalt annahm, um sofort wieder zu verschwinden. Die Situation war angespannt. Wir versuchten beide, die nächste Position unseres Feindes abzuschätzen und dicht beieinander zu bleiben.

Der Tamarianer sagte: »Uzani ...« Dann machte er ein paar Schritte, so als wolle er Distanz zwischen uns bringen. Dann sagte er: »Seine Armee. Mit geöffneter Faust.«

Ich spürte eine gewisse Erregung, als ich zu verstehen glaubte, daß der Tamarianer mir eine Strategie mitteilen wollte. Ich machte eine Geste und öffnete meine Hand, dann fragte ich ihn: »Eine Strategie? Mit geöffneter Faust ...« Während ich meine Hand weiter offenhielt, forschte ich weiter: »Mit geöffneter Faust. Warum ...? Um den Feind zu ködern ...«

Der Tamarianer sah mich an und sagte: »Seine Armee. Mit geschlossener Faust.«

Ich schloß meine Hand und fragte: »Mit geschlossener Faust. Eine Armee. Offen ... um den Feind zu ködern.«

Obwohl ich ihn nicht völlig verstand, wurde mir endlich klar, daß die Kinder von Tama sich unterhielten, indem sie Beispiele heranzogen – sie sprachen in Metaphern.

Der Tamarianer schien sehr glücklich und sagte: »Sokath. Seine Augen unbedeckt!«

Unser neuerlicher Verständigungsversuch machte gerade Fortschritte, als die Bedrohung plötzlich materialisierte und die Form eines fremden Wesens annahm, das uns angriff. Ich stieß sofort meinen Dolch in die Kreatur, gleichzeitig gab sie eine beträchtliche elektrische Entladung ab, die mich zu Fall brachte. Dann stieß der Tamarianer zu. Auch er wurde sofort zur Seite gestoßen. Ich unternahm einen zweiten Angriff, erhielt aber von der Kreatur einen massiven Schlag. In der Zwischenzeit hatte sich der Tamarianer wieder aufgerichtet und griff erneut an. Er rang mit der Kreatur, als ich die vertraute, aber unerwartete Zielerfassung eines Transporterstrahls bemerkte. Instinktiv schrie ich: »Nein!« Offensichtlich konnte mich niemand auf der *Enterprise* hören, und niemand konnte ahnen, daß ich auf dem Planeten bleiben und meinem neuen Freund im Kampf gegen die Kreatur beistehen wollte.

Die Bemühungen, mich auf die *Enterprise* zurückzubeamen, waren erfolglos – der Schild des tamarianischen Schiffs blockierte immer noch das Signal, und Geordi konnte den Erfassungsstrahl des Transporter nicht bis auf ein Niveau erhöhen, das die Störungen des Feldes überwinden konnte. Infolgedessen war ich zeitweise zwischen der *Enterprise* und der Planetenoberfläche gefangen.

Da meldete Worf, die Sensoren würden anzeigen, daß der tamarianische Captain und die Kreatur sehr nahe beieinander waren und die Lebenszeichen des Tamarianers immer schwächer wurden. Commander Riker war irritiert. Was stimmte nicht mit der tamarianischen Besatzung? Zweifellos zeigten ihnen ihre eigenen Sensoren, daß ihr Captain in Schwierigkeiten war. Dennoch unternahmen sie anscheinend nichts, um ihn aus der Situation zu retten.

Commander Riker ließ eine Verbindung zum tamarianischen Schiff herstellen und erklärte ihnen, daß sich ihr Captain in Schwierigkeiten befand; er bat sie, das Störfeld abzuschalten.

Der tamarianische Erste Offizier blickte auf sein Kontrollpult, äußerte etwas Unverständliches, dann schloß er augenblicklich den Kanal.

Chief O'Brien konnte mich nicht länger festhalten und mußte mich aus dem Erfassungsstrahl des Transporters entlassen. Als ich wieder auf dem Planeten materialisierte, verschwand die Kreatur. Den Tamarianer fand ich auf dem Boden liegend, er war verwundet, aber er lebte noch. Er hatte nicht die Kraft, sich aufzurichten, aber er konnte »Shaka« sagen.

Ich beendete den Satz für ihn. »Als die Mauern einstürzten.« So, wie der Tamarianer zusammengebrochen war.

Die Situation hatte sich zu einer ausgewachsenen Krise entwickelt. Für Commander Riker wurden die Alternativen und die Geduld knapp. Dr. Crusher stellte fest, daß meine Lebenszeichen stabil waren, während die des Tamarianers immer schwächer wurden. Commander LaForge meldete, daß die Tamarianer ihr Störfeld ausgeweitet hatten. Damit war es völlig ausgeschlossen, mich auf die *Enterprise* zurückzubeamen. Die Quelle für den Partikelstrahl anzugreifen, schien die einzige Lösung zu sein. Aber dieser schwer geschützte Bereich des Schiffs konnte nicht mit einem einzigen Phaserschuß ausgeschaltet werden – dafür waren mehrere direkte Treffer notwendig.

Will war der Ansicht, daß Geordis neue Strategie zuviel Zeit in Anspruch nahm. Die *Enterprise* mußte einen einzigen Schlag gegen das tamarianische Schiff führen und mich zurückbeamen, bevor die Tamarianer wußten, was geschehen war. Geordi überlegte einen Moment und sagte Will, daß es vielleicht einen Weg gab, genau das zu tun. Aber die Lösung erforderte Worfs Hilfe und einige Stunden für die Vorbereitung. Will ließ die beiden sofort mit ihrer Arbeit beginnen.

Trotz dieser neuen Strategie suchte Commander Riker noch immer nach einer friedlichen Lösung der Situation. Obwohl eine solche Lösung nicht in Reichweite schien, fragte er Data und Deanna, was sie bei ihrem Studium der tamarianischen Sprache herausgefunden hatten. Data berichtete, daß die Ego-Struktur der Tamarianer nicht das kennt, was Menschen normalerweise als ihre eigene Identität betrachten. Zudem schienen die Tamarianer sich durch bildhafte Sprache zu verständigen, wobei sie sich auf Individuen und Orte aus mythologischen und historischen Begebenheiten bezogen. Deanna fügte hinzu, daß die bildhafte Sprache für die Tamarianer alles bedeutete, da sie so ihren emotionalen Zustand ausdrückten ... es war ihr Denkprozeß. »Das ist ihre Art zu kommunizieren und ihre Art zu denken.«

Will befragte daraufhin Data und Deanna. Wenn sie die tamarianische Denkweise verstanden, sollte es dann nicht möglich sein, ihnen etwas mitzuteilen?

Data beantwortete die Frage. »Nein, Sir. Bislang verstehen wir zwar ansatzweise die Grammatik dieser Sprache, aber nicht das Vokabular.« Zuerst sei es erforderlich, die Bilder zu verstehen, auf die sie sich bezogen, um sich mit den Tamarianern verständigen zu können. In Anbetracht der momentanen Situation war ein solches Verständnis nicht sehr wahrscheinlich.

Als die Nacht über uns hereinbrach, entfachte ich ein Feuer und hielt Wache bei dem tamarianischen Captain. Trotz seiner Verletzungen versuchte er noch immer, sich mit mir zu unterhalten. Er sagte: »Darmok und Jalad auf Tanagra.«

Er schien sich auf unsere isolierte Situation zu beziehen. Und so sagte ich zu ihm: »Unsere Situation entspricht ihrer. Ich verstehe das. Aber ich muß mehr wissen. Erzählen Sie mir mehr. Über Darmok und Jalad. Erzählen Sie.«

Ich durchsuchte mein Gedächtnis nach anderen Worten und Sätzen, die er zu mir gesprochen hatte.

»Sie haben die Worte ›Temba. Seine Arme ausgebreitet‹ benutzt, als Sie mir das Messer und das Feuer gaben. Kann das ›geben‹ bedeuten?« Dann zeigte ich auf ihn und sagte: »Temba. Seine Arme ausgebreitet. Darmok. Geben Sie mir mehr über Darmok.«

Der Tamarianer sah mich an, lächelte und sagte: »Darmok auf dem Ozean.«

An diesem Punkt entschied ich mich, einen neuen Anlauf zu nehmen, um eine Verständigung mit ihm zu erzielen. Ich legte einen Stein auf die Erde, zog mit dem Finger einen Kreis darum, zeigte auf den Stein und sagte: »Darmok.« Dann fragte ich, ob der Kreis den Ozean darstellen könnte.

Vielleicht waren es unsere gegenseitige Geduld und Phantasie, die schließlich eine Verbindung zwischen uns entstehen ließen. Mit einem Mal wurde es mir klar. »Darmok und Jalad auf Tanagra.« Der Tamarianer sprach in einer Metapher. Er betrachtete sich als ›Darmok‹, ich stellte ›Jalad‹ dar. ›Tanagra‹ war ein Ort, an dem zwei Fremde getrennt voneinander ankamen und einen gemeinsamen Feind bekämpften – die Kreatur. Der gemeinsame Kampf gegen den gemeinsamen Feind machte aus Fremden Freunde, die gemeinsam Tanagra verließen. Der Tamarianer hatte gehofft, daß sich dies auch hier ereignen würde. Er wußte, daß es auf dem Planeten eine gefährliche Kreatur gab. Und er wußte, daß eine Gefahr, der zwei Leute gemeinsam begegnen, diese beiden manchmal zusammenbringen kann.

Endlich waren wir am Anfang einer Verständigung. Ich fühlte, daß der sterbende Tamarianer von mir eine Geschichte hören wollte. Während mein neuer Freund im Sterben lag, erzählte ich ihm eine Geschichte, die mir vertraut war. Eine Geschichte von der Erde. Eine Geschichte über zwei Fremde, die gegen einen gemeinsamen Feind kämpfen und dabei Freunde werden, die fortan zusammen gegen andere Feinde kämpfen. Es ist leider eine Geschichte mit einem traurigen Ende. Einer der beiden Freunde wird in einen Kampf verwickelt und stirbt. Während der Überlebende den Verlust seines Freundes beweint, beendet er die Geschichte, indem er sagt: »Er, der mein Begleiter war im Abenteuer und in der Not, ist für immer von mir gegangen.«

Es hatte etwas Ironisches. Denn als ich die letzten Worte meiner Geschichte erzählte, starb auch mein neugewonnener Freund. In dem Bemühen, für sein Volk neue Freunde zu gewinnen, hatte er sein Leben geopfert. Erst da verstand ich sein Opfer. Aber selbst in diesem Augenblick der Trauer befand ich mich immer noch in großer Gefahr.

Auf der *Enterprise* hatten unterdessen Geordi und Worf ihre Vorbereitungen abgeschlossen. Da ihm keine andere Alternative blieb, befahl Commander Riker Worf, er solle sich darauf vorbereiten, auf das tamarianische Schiff zu feuern. In diesem Augenblick meldete ihm Data, daß der Bio-Scan des tamarianischen Captains nicht mehr zu empfangen war und er tot sein könnte. Will bemerkte, wenn die Offiziere der *Enterprise* es wußten, dann wußten es auch die Tamarianer. Data unterbrach ihn und meldete, daß die Sensoren erneut die Kreatur anzeigten, die sich mir wieder näherte.

Ein weiteres Mal begann die Kreatur damit, fortwährend zu materialisieren und wieder zu verschwinden. Nur mit einem Dolch des Tamarianers bewaffnet, war ich bereit, bis zum Tod zu kämpfen.

Exakt in dem Augenblick, da die Kreatur mich angriff, wurden die Phaser der *Enterprise* auf das tamarianische Schiff abgefeuert, woraufhin der Partikelstrahl ausfiel. Das Störfeld war abgeschaltet. Während die Kreatur auf mich zusprang, aktivierte Chief O'Brien den Transporter und beamte mich auf die *Enterprise* zurück. Von dem Planeten war ich gerettet, aber nun sahen wir uns einer anderen Bedrohung gegenüber.

Commander Riker war klar, daß die Tamarianer sich für den Angriff der *Enterprise* rächen würden. Unmittelbar nach dem Phaserbeschuß des tamarianischen Schiffs und nach meinem Rücktransport auf die *Enterprise* löste er Alarmstufe Rot aus und befahl, die Schilde zu aktivieren. Wie erwartet erwiderten die Tamarianer das Feuer. Ihr Schuß war perfekt gezielt und machte die *Enterprise* teilweise funktionsunfähig. Die *Enterprise* erwiderte ihrerseits das Feuer, weitere Phasersalven wurden ausgetauscht. Während die Schilde des tamarianischen Schiffs hielten, war es um die *Enterprise* schlechter bestellt. Ihre Schilde würden einen weiteren Treffer nicht überstehen.

Ich rannte vom Transporterraum auf die Brücke und befahl Worf, eine Verbindung zum tamarianischen Schiff herzustellen. Auf dem Bildschirm sah ich den Ersten Offizier. Er war außer sich. Da ich wußte, daß wir jetzt ein leichtes Ziel waren, begann ich mit ihm zu reden. Ich wiederholte die Metaphern, die ich von seinem Captain gelernt hatte. Zu unserem großen Glück verstand der Tamarianer mich. Wir wußten jetzt, daß sie für uns keine Bedrohung darstellten, ebensowenig wie umgekehrt. Die Tamarianer hatten meine Nachricht verstanden, stellten das Feuer ein und verließen den Sektor.

Ehrlich gesagt weiß ich nicht, ob die Kinder von Tama neue Freunde der Föderation geworden sind. Aber zumindest weiß ich, daß sie nicht unsere Feinde sind.

Persönliches Logbuch des Captains, Sternzeit 45071.3. Beobachtungen zum Prinzip ›Verständigung‹. Auf dem Weg nach Solarion IV

Unser Auftrag, mit den Tamarianern in einen Dialog einzutreten, enthält viele wertvolle Erkenntnisse für die Verständigung mit anderen Rassen, deren Sprache und Denkprozesse für uns unverständlich sind. Diese Begegnung bestätigte auch andere wichtige Prinzipien einer effektiven Kommunikation des tagtäglichen Lebens. Viele Leute verstehen zwar die Sprache des anderen, sind aber nicht in der Lage, die Absichten des Gegenübers zu erkennen.

Es ist nicht zu übersehen, daß dies eine sehr ungewöhnliche Mission war. Unsere Universal-Translatoren sind üblicherweise in der Lage, eine Übersetzungsmatrix zu erstellen, die es uns ermöglicht, uns auch mit bislang unbekannten Lebensformen zu verständigen. Diese Mission erwies sich als seltene Ausnahme. Sie bestätigte auch ein grundlegendes Element der Kommunikation: Daß man sich nicht in jeglicher Hinsicht auf die Technologie verlassen kann, um einen aussagekräftigen Dialog zu beginnen.

Obwohl der tamarianische Captain sein eigenes Leben opferte, um Verständigung und eine Verbindung zu anderen Lebewesen herzustellen, ist es außergewöhnlich selten, daß jemand sein Leben geben muß, um sich anderen verständlich zu machen. Doch die Geschichte ist voller furchtbarer Zwischenfälle, bei denen viele sterben mußten, weil zwei Personen nicht in der Lage waren, sich zu verständigen.

Ich muß gestehen, daß ich zunächst die Aktion der Tamarianer, mich auf den Planeten El-Adrel IV zu beamen, fälschlicherweise für einen feindseligen Akt hielt. Glücklicherweise hatten die Tamarianer keine derartigen Absichten und legten das Störfeld nur um El-Adrel IV, um

›Darmok‹ und ›Jalad‹ genug Zeit zu geben, einander zu verstehen. Sie gaben den Eigenschaften Geduld und Phantasie Zeit, um unverständliche Sprache und Ideologie in eine verständliche Form der Kommunikation zu verwandeln. Seltsamerweise diente sogar die Anwesenheit einer todbringenden, fremden Kreatur einem Zweck. Genaugenommen war diese fremde Kreatur der ungewöhnliche auslösende Faktor, der dazu diente, daß wir einen Weg finden konnten, um uns zu verständigen.

Trotz der Erkenntnisse, die ich gewann, während ich mich mit dem tamarianischen Captain auf dem Planeten befand, bin ich absolut sicher, daß es unter anderen Umständen Data und Troi gelungen wäre, erfolgreich eine Verständigung mit den Tamarianern zu erreichen.

Commander Rikers Aktionen während dieser Mission waren ebenfalls bemerkenswert. Viele Offiziere hätten sofort einen umfassenden Angriff auf die unvertraute Rasse gestartet, wenn diese einen offenbar feindseligen Akt begeht. Doch Will versuchte weiter, mit den Tamarianern Kontakt aufzunehmen, obwohl er sich darauf vorbereiten mußte, gegen sie ins Gefecht zu ziehen.

Warum ich diese Mission ausgewählt habe, um die Bedeutung der Verständigung zu verdeutlichen, ist leicht erklärt. Sie soll die schlichte und einfache Wahrheit unterstreichen, daß es Gründe dafür gibt, warum sich zwei verschiedene Rassen mißverstehen. So wie es Gründe gibt, warum auch Vertreter der gleichen Rasse, Kultur und Sprache sich manchmal mißverstehen.

Es ist durchaus so, daß Sie als Starfleet-Offizier es normalerweise mit Personen zu tun haben werden, deren Worte und Ausdrucksweisen Sie verstehen können. Ziehen Sie daraus aber keine falschen Schlüsse: Wenn Sie sich nicht fortwährend bemühen, Worte zu wählen, die die anderen verstehen werden, und wenn Sie nicht zuhören, solange die anderen reden, kann es keine echte Verständigung geben.

Persönliches Logbuch des Captains, Sternzeit 45075.1. Erkenntnisse zum Prinzip ›Verständigung‹. Auf dem Weg zur Lya-Station Alpha

Wir haben soeben Solarion IV verlassen, wo wir Überlebende eines Angriffs bajoranischer Terroristen aufgenommen haben, und sind jetzt auf dem Weg zur Lya-Station Alpha. Ich möchte einen Teil der vor uns liegenden Flugzeit dazu nutzen, um die Erkenntnisse zusammenzustellen, die ich gewonnen habe und von denen ich glaube, daß Sie sie in Erwägung ziehen sollten.

- Wirksame Verständigung wird allgemein als *das* wichtigste Element betrachtet, um eine Krisensituation zu bewältigen. Sie ist zugleich auch *der* wichtigste Faktor, um einer Krisensituation vorzubeugen.
- Um sich wirkungsvoll zu verständigen, müssen Sie nicht stets den Ansichten anderer zustimmen. Es ist jedoch wichtig, daß Sie die bestehenden Differenzen tolerieren.
- Die erste Schlacht der meisten feindseligen Begegnungen beginnt üblicherweise da, wo der Verständigungsprozeß endet. So wahr das ist, so wahr ist es auch, daß die letzte Schlacht erst endet, nachdem die Gespräche wiederaufgenommen wurden.
- Schweigen ist zwar nicht immer Gold, doch bedeutende Botschaften können auch ohne ein einziges Wort vermittelt werden. Mit anderen Worten: Das, was nicht gesagt wird, ist oft wichtiger als das, was gesagt wird.
- Urteilt man allein nach Körpersprache, Betonung, Gesichtsausdruck und Gesten, kann man die Angehörigen fremder Kulturen und Ideologien falsch verstehen. Das trifft allerdings auch zu, wenn Sie mit Angehörigen Ihrer eigenen Kultur zu tun haben, die Ihre Ideologie teilen. Aus diesem Grund ist es von größter Bedeutung, daß Sie nicht unbeabsichtigt durch Ihr Verhalten andere zu einer falschen Interpretation Ihrer Aussage verleiten.

- Geduld ist eine Eigenschaft, die dann zum Tragen kommt, wenn jemand versucht, einen anderen zu verstehen, der Schwierigkeiten hat, seine Gedanken, Gefühle, Meinungen oder Ideen auszudrücken.
- Wer anderen nicht zuhört, was sie sagen, wird keine passende Antwort auf das Gesagte geben können.
- Wenn Sie aufmerksam zuhören, werden Sie zumindest merken, wann Ihr Gegenüber wenig zu sagen hat.
- Effektive Verständigung führt nicht immer zu einer Einigung. In den wirkungsvollsten Fällen führt die Verständigung lediglich zu der Erkenntnis, warum Ihre Ansichten sich von denen eines anderen unterscheiden.
- Einen anderen mitten im Satz zu unterbrechen ist grundsätzlich unhöflich. Dennoch gibt es Zeiten, in denen eine Unterbrechung mitten im Satz das höflichste ist, was man für den anderen im Augenblick tun kann.
- Die Verwendung von hochentwickelter Kommunikationstechnologie eliminiert zwangsläufig die Gefühle aus dem Gesagten. Jedoch ist keine Technologie in der Lage, den bitteren Beigeschmack unpassender Bemerkungen zu beseitigen.

Und last, but not least:

- Denken Sie immer daran: Ganz gleich, welche Botschaften ausgesendet oder empfangen werden, Ihre Art der Verständigung muß es ermöglichen, daß die Botschaften inhaltlich verstanden werden. Eine effektive Verständigung ist das, was eine reibungslose und wirkungsvolle Führung ermöglicht.

Ich kann Ihnen garantieren, daß Sie als Starfleet-Offizier niemals eine wirkungsvolle Führungspersönlichkeit werden, wenn man Sie nicht versteht oder wenn Sie die nicht verstehen, auf die Sie sich verlassen müssen.

VI
DAS PRINZIP ›POLITIK‹

VORWORT DER DIREKTORIN

Man unterschätzt leicht, wie weit Menschen gehen können, um Anerkennung oder Belohnung für sich sicherzustellen, wenn sie in Konkurrenz mit anderen stehen.

Ob sie absichtlich geschaffen wurden oder durch wohlgemeinte Mißachtung der menschlichen Natur entstehen: Funktionsstörungen in der Politik einer Organisation schaffen ein Klima, das die Produktivität beeinträchtigt und den menschlichen Geist strapaziert.

Solche Funktionsstörungen schaffen auch Bedingungen, die alle Arten von Intrigen, Sabotage und bösartigen Gerüchten entstehen lassen. Machtspiele, die sich nur wenig von der Primitivität der Gladiatorenkämpfe unterscheiden, aber in vielen Aspekten weitaus barbarischer sind.

Erfreulicherweise sind in der Mitte des 24. Jahrhunderts wenn auch nicht alle, so doch die meisten destruktiven Elemente aus den politischen Organisationen Starfleets verbannt worden. Da ist es eine willkommene Abwechslung, daß es auf dem Flaggschiff der Föderation unter den ranghöchsten Offizieren kein schädliches Wetteifern gab. Der Hauptgrund für diesen erfreulichen Zustand lag darin, daß Captain Jean-Luc Picard keine Quoten für Anerkennung und Belohnung setzte. Zudem erlaubte sein Führungsstil nach dem Grundsatz »Einer für alle, alle für einen« keine kleinlichen Eifersüchteleien und keine verächtlichen Gemeinheiten. Niemand konnte es sich leisten, mangelnde Kooperationsbereitschaft zu zeigen, Vorgesetzte zu umgehen oder Gerüchte zu verbreiten – Dinge, die alle das Schlechteste im Menschen hervorbringen.

Dennoch gab es auch an Bord der Enterprise Situationen, in denen Funktionsstörungen politischer Art ins Spiel gebracht wurden und etwas unerledigt oder ungelöst blieb.

ADMIRAL ANDREA BRAND
Leiterin der Starfleet-Akademie

Persönliches Logbuch des Captains, Sternzeit 44801.2. Auf dem Weg nach Kaelon II

Um Teil Starfleets zu sein, bezahlt man fortwährend einen Preis. Dieser Preis ist der schlimmsten Art von Politik unterworfen – der Politik der Angst. Bedenken Sie, daß einige von denen, die Angst verbreiten, nicht so leicht auszumachen sind. Sie verbergen ihr wahres Ich oft unter dem Mantel des Wohltätigen. Ich würde gerne glauben, daß die Leute in der Föderation die kleinlichen Meinungsverschiedenheiten überwunden haben und daß sie daher immun sind gegen die politischen Spiele, die nur dem Zweck dienen, Angst zu verbreiten und das Leben derer zu zerstören, die sie sich als Opfer ausgesucht haben. Wie aber der jüngste Zwischenfall zeigt, stellt Politikergebenheit eine konstante Gefahr für die individuellen Rechte eines jeden einzelnen von uns dar – ob einfaches Besatzungsmitglied oder Captain.

Der klingonische Exobiologe J'Ddan befand sich seit einigen Wochen an Bord der *Enterprise*, um Experimente durchzuführen, die Teile eines wissenschaftlichen Austauschprogramms zwischen der Föderation und den Klingonen sind. Während dieser Zeit erfuhr der Starfleet-Geheimdienst, daß Pläne der Dilithiumkammer der *Enterprise* den Romulanern in die Hände gefallen waren. Eine Explosion riß die Ummantelung von der Dilithiumkammer und setzte den Warpantrieb unseres Schiffs außer Betrieb. Als Verdächtigungen laut wurden, daß

J'Ddan in diesen Akt von Spionage und Sabotage verwickelt sein könnte, geriet die Zukunft des Austauschprogramms zwangsläufig in ernste Gefahr.

Als ersten Schritt unserer Ermittlungen bat ich Commander Riker und Counselor Troi, J'Ddan zu befragen. Aus Sicherheitsgründen wohnte auch Lieutenant Worf dieser Befragung bei. Trotz des Beweises, daß er Zugang zu streng geheimen Daten gefunden hatte, bestritt J'Ddan, von einer Weitergabe der Pläne der Dilithiumkammer an die Romulaner zu wissen. Er bestritt auch jegliche Beteiligung an der Zerstörung der Dilithiumkammer. Er war der Ansicht, daß der einzige Grund für unsere Anschuldigungen der war, daß er Klingone war. Nichts hätte weiter von der Wahrheit entfernt sein können.

Trotz seines Dementi wußten wir, daß J'Ddan Zugang zu streng geheimen Dateien gefunden hatte. Wir waren aber nicht in der Lage, mit Bestimmtheit zu sagen, ob er überhaupt mit einer der beiden oder sogar mit beiden kriminellen Handlungen zu tun hatte. Er protestierte gegen unsere Anschuldigungen seiner Beteiligung und wollte nach Hause zurückgebracht werden, wenn wir ihm nicht vertrauen konnten. Commander Riker teilte ihm mit, daß wir bereits Kontakt mit dem Klingonischen Hohen Rat aufgenommen hatten und ihn tatsächlich nach Hause zurückschicken wollten, nicht jedoch vor Abschluß unserer Ermittlungen.

Verständlicherweise war Starfleet Command angesichts der Situation zutiefst beunruhigt. Aus diesem Grund holte man Admiral Norah Satie aus dem Ruhestand und schickte sie auf die *Enterprise*. Sie sollte uns bei den Ermittlungen in diesen beiden vermutlich zusammenhängenden Ereignissen zur Seite stehen. Admiral Satie hatte sich durch die Aufdeckung von Verschwörungen einen Namen gemacht. Ihren Ermittlungen war es zu verdanken, daß eine Verschwörung Außerirdischer gegen die Föderation drei Jahre zuvor aufgedeckt wurde. Sie kam auf unser Schiff in Begleitung zweier früherer Mitarbeiter,

Sabin Genestra, einem Berater vom Planeten Betazed, und Nellen Tore, einer Assistentin von Deneb II.

Admiral Satie nahm sofort die Untersuchungen auf. Die Explosion hatte sich vier Tage zuvor ereignet. Niemand war ums Leben gekommen, aber zwei Mitglieder unseres Ingenieursteams hatten Strahlenverbrennungen davongetragen. Während weitere Nachforschungen warten mußten, bis der Maschinenraum wieder betreten werden konnte, berichtete Data, daß eine Zeitlupenstudie der visuellen Logbuchaufzeichnung der Explosion darauf hinwies, daß der Verbindungsrahmen zusammengebrochen war. Admiral Satie machte darauf aufmerksam, daß die Pläne der *Enterprise,* die sich jetzt in romulanischer Hand befanden, auch Details dieses Verbindungsrahmens enthielten – einer der Gründe, warum Starfleet an Sabotage glaubte. Data fügte hinzu, daß ein anderer Beweis diesen Verdacht erhärtete. Alle Systeme hatte innerhalb normaler Parameter gearbeitet – bis 52 Millisekunden vor der Explosion. Es gab keine Hinweise auf irgendeine Fehlfunktion.

Im Bereitschaftsraum tranken Admiral Satie und ich eine Tasse Tee, während wir unsere Unterhaltung fortführten. Ich war sehr beunruhigt bei dem Gedanken, daß ein Klingone wertvolle Informationen den Romulanern zugespielt haben könnte. Daher fragte ich Admiral Satie, ob Starfleet von anderen Verbindungen zwischen den Klingonen und den Romulanern in jüngster Zeit wußte. Ihre Antwort beunruhigte mich, aber ich ließ es mir nicht anmerken. Sie sagte, daß sie nicht über das reden könne, was Starfleet über eine mögliche Allianz zwischen Klingonen und Romulanern wisse. Ich erklärte ihr daraufhin, daß wir in jüngster Vergangenheit verschiedene Vorfälle registriert hatten, die darauf hindeuten mochten, daß die Klingonen und die Romulaner engere Beziehungen entwickelten. Admiral Satie sagte, daß Starfleet diese Vorfälle wohl bekannt seien, daß wir aber nicht darüber diskutieren, sondern uns auf das konzentrieren sollten, was sich gerade erst auf der *Enterprise* abgespielt hatte.

Da betrat Worf den Raum und brachte einen Injektor mit, den J'Ddan benutzt hatte, um eine Krankheit zu behandeln. Mr. Worf glaubte entdeckt zu haben, wie J'Ddan seine Spionage durchgeführt hatte. Dieser spezielle Injektor war mit einem optischen Lesekopf ausgestattet worden, der Informationen von den isolinearen Datenchips der *Enterprise* lesen konnte. So war es J'Ddan möglich gewesen, digitale Daten aus unserem Computer zu holen, sie in Form von Aminosäureketten zu codieren und in eine Flüssigkeit zu übertragen. Indem er diese Lösung jemandem injizierte – der nicht unbedingt wissen mußte, wofür er benutzt wurde –, gelangten die Informationen in Form inaktiver Proteine von Bord der *Enterprise.* Später wurde dieser Prozeß dann umgekehrt, und so gerieten die Informationen in die Hände der Romulaner.

Admiral Satie war recht beeindruckt von der Entdeckung unseres Sicherheitschefs; sie sagte, daß sie ihn gerne als nächsten J'Ddan befragen lassen würde. Mr. Worf erklärte, das sei eine Ehre für ihn.

Während wir das Verhör mit J'Ddan fortsetzten, konfrontierte Worf den klingonischen Exobiologen mit einem neuen Beweis. Worf hatte die Bewegungen jedes einzelnen, der seit J'Ddans Ankunft die *Enterprise* verlassen hatte, nachvollzogen. Alle ihre gegenwärtigen Aufenthaltsorte konnten bestätigt werden – mit Ausnahme eines tarkanianischen Diplomaten, der vor kurzem die *Enterprise* verlassen hatte und später im Cruses-System verschwand. J'Ddan erklärte, das sei kein Beweis für seine Schuld.

Dann konfrontierte Worf ihn mit dem Injektor, der in seinem Quartier gefunden worden war. J'Ddan versuchte, das Instrument als für seine Injektionen notwendig abzutun, die eine chronische Krankheit kontrollierten. Trotz der Notwendigkeit solcher Injektionen war das Gerät nicht für diesen Zweck verwendet worden. Worf wies J'Ddan darauf hin, daß dieser spezielle Injektor mit einem optischen Lesekopf versehen worden war. Für Injektionen war er damit nicht zu gebrauchen. Er hatte nur eine Funktion – Computerinformationen in biologische Sequenzen umzuwandeln.

Dieser unwiderlegbare Beweis brachte J'Ddan plötzlich dazu, seine Schuld zu gestehen. Tatsächlich hatte er streng geheime Informationen von der *Enterprise* gestohlen, bestritt aber entschlossen, die Ursache für die Explosion zu kennen. An diesem Punkt angelangt, trug ich Mr. Worf auf, J'Ddan unter Arrest zu stellen, bis er zu seinem Volk zurückgeschickt werden konnte. Sein eigener Hoher Rat würde einen Weg finden, ihn für sein Verbrechen zu bestrafen.

Admiral Satie glaubte noch immer nicht an J'Ddans Unschuld, was die Explosion betraf. Sie fragte ihren betazoidischen Berater Sabin, was er fühle. Sabin berichtete, daß er nichts fühlen könne, was auf eine Lüge des Klingonen hinsichtlich seiner Beteiligung an der Explosion hindeuten würde.

Aufgrund dieser Informationen mutmaßte ich, daß jemand anderes beteiligt sein müsse. Admiral Satie fügte hinzu, sie glaube nun, daß es auf meinem Schiff ein größeres Problem als nur diesen einen klingonischen Austauschoffizier gebe. Da ahnte ich noch nicht, wie groß ihr Hunger auf Intrigen geworden war.

In meinem Quartier erzählte sie mir, daß sie schon viele Verschwörungen gesehen hatte, daß aber allein der Gedanke an eine Verschwörung auf der *Enterprise* ihr Angst mache. Ich sagte ihr, daß ich es selbst kaum glauben konnte – und daß ich sehr dankbar war, sie an Bord zu haben. Sie würde uns zweifellos helfen, der Angelegenheit auf den Grund zu gehen.

Obwohl Starfleet ihr mitgeteilt hatte, daß wir während der Ermittlungen gleichrangig arbeiten sollten, stellte ich schon bald fest, daß sie sich über mich stellen und auf eigene Faust eine äußerste verachtenswerte Hexenjagd starten würde – und das mit Einverständnis Starfleets.

Wegen der Gründlichkeit, durch die Worfs Untersuchungen zum Schuldanerkenntnis von J'Ddan geführt hatten, faßten Admiral Satie und Sabin rasch Vertrauen zu meinem Sicherheitschef, zu seiner Loyalität gegenüber der Föderation und zu seinen Fähigkeiten als Ermittler. Sie zählten darauf, daß Worf bei ihren weiteren Untersuchungen eine große Hilfe sein würde.

Admiral Satie war nach wie vor der Ansicht, daß J'Ddan einen Komplizen haben mußte, der sich noch auf der *Enterprise* befand. Also versammelten wir uns erneut zu einer informellen Untersuchung. Als erste Zeugin wurde Dr. Crusher aufgerufen. Admiral Satie befragte sie nach ihren Kenntnissen von J'Ddans medizinischer Behandlung. Dr. Crusher wußte in vollem Umfang über J'Ddans Zustand Bescheid, aber sie verabreichte die Injektionen nicht selbst. Das ließ sie von ihren Mitarbeitern erledigen.

Der nächste, der befragt wurde, war der Sanitäter Simon Tarses, der J'Ddan die wöchentliche Injektion verabreichte. Aus Gründen, die ich zunächst nicht verstand, wollte Admiral Satie etwas über Tarses' Herkunft wissen. Mr. Tarses bestätigte, daß er auf dem Mars geboren war und daß sein Großvater väterlicherseits ein Vulkanier war. Die weitere Befragung des Zeugen ergab, daß er mehrere Male J'Ddan eine Injektion gegeben hatte, daß aber auch andere seiner Kollegen dies getan hatten. Tarses erklärte, er habe keine weitergehende Beziehung zu J'Ddan. Ich entließ Tarses.

Nachdem er jedoch den Raum verlassen hatte, wies Sabin darauf hin, er habe gefühlt, daß Tarses gelogen hatte. Er sei zutiefst verängstigt und er verberge etwas. Ich räumte ein, daß Tarses unübersehbar verängstigt war. Diese Tatsache konnte aber kaum ein Grund zu der Annahme sein, er lüge oder er verberge etwas. Sabin war dennoch nicht von seiner Ansicht abzubringen. Er wußte, daß Tarses in einem sehr ernsten Punkt log, und kam zu dem Schluß, er sei der Verschwörer, den wir suchten.

In meinem Quartier teilte ich Admiral Satie mit, sie solle nicht erwarten, daß ich irgendwelche Schritte gegen Tarses einleiten würde wegen eines Verdachts, der lediglich auf betazoidischer Intuition beruhte.

Sie erwiderte, daß Sabin große Fähigkeiten besitze und daß sie gelernt habe, ihm zu vertrauen. Trotz ihres Vertrauens in ihn sagte ich, daß ich mit ihrer Art, diesen Betazoiden einzusetzen, nicht glücklich war. Sie protestierte und erinnerte mich daran, daß ich eine betazoidische Counselor an Bord habe und zweifellos die Vorteile ihrer Fähigkeiten, Gefühle zu empfinden, kennen würde. Damit hatte sie zwar recht, doch ich sagte ihr, daß es für mich einen deutlichen Unterschied zwischen einer Counselor und einem Ermittler gebe. Sie fragte mich, ob ich damit sagen wollte, daß ich niemals Counselor Troi in eine Untersuchung miteinbezog. Ich räumte ein, daß ich das sehr wohl tat, aber ich würde niemals ausschließlich auf der Grundlage ihrer Wahrnehmungen handeln. Admiral Satie erwiderte daraufhin: »Ich auch nicht.« Dann fragte sie mich, ob ich die Bewegungsfreiheit von jemandem an Bord einschränken würde, wenn Counselor Troi mir von dessen potentieller Gefährlichkeit berichtet hätte. Ich mußte zugeben, daß ich das wahrscheinlich tun würde und daß ich meine Ansicht über Mr. Tarses überdenken würde.

In einem recht zänkischen Tonfall informierte mich Admiral Satie dann, daß wir unsere Prioritäten nicht aus den Augen verlieren sollten. Unsere Aufgabe war, eine Verschwörung aufzudecken und weiteren Schaden von der *Enterprise* abzuwenden. Mr. Tarses war eindeutig der Sabotage verdächtig. Seine Bewegungsfreiheit sollte eingeschränkt werden, und er sollte unter permanente Überwachung gestellt werden. Ich sagte ihr, daß ich mehr Beweise haben wollte, bevor ich solch drastische Maßnahmen ergreifen würde. Sie erklärte, derartige Beweise seien bald verfügbar. Trotzdem stellte ich ihr gegenüber klar, daß ich Tarses nicht wie einen

Kriminellen behandeln würde, solange ich dafür keinen Grund hätte.

Admiral Satie reagierte sehr extrem auf meine Entscheidung. Sie begann, mir über die Schwere der Situation eine strenge Predigt zu halten, und sagte, ich handele verantwortungslos, als – erfreulicherweise – ihre Tirade durch einen Ruf von Commander LaForge unterbrochen wurde. Er bat uns, sofort in den Maschinenraum zu kommen.

Als wir dort ankamen, erfuhren wir die Ergebnisse der von Geordi und Data durchgeführten Analyse der Explosionsursache. Sie waren zu dem Schluß gekommen, daß bei der letzten Wartung der *Enterprise* der alte Verbindungsrahmen der Dilithiumkammer durch einen neuen mit einem verborgenen Schaden ersetzt worden war. Dieser defekte Rahmen war durch Neutronenermüdung zusammengebrochen und hatte zur Explosion geführt. Es gab keine Sabotage. Die Explosion war nicht mehr und nicht weniger als ein Unfall.

Wir verließen den Maschinenraum und begaben uns in den Beobachtungsraum, wo wir die neuen Erkenntnisse Sabin, Worf und Nellen mitteilten. Sabin schnitt eine Grimasse, die seine Enttäuschung offensichtlich machte, und kommentierte, daß er nur schwer an einen Unfall glauben könne. Ich versicherte ihm, daß meine Crew zu dem Schluß gekommen war und daß er daher sicher sein konnte, daß die Explosion ein Unfall war. Erst dann wurde mir Admiral Saties unstillbares Verlangen bewußt, die Untersuchung fortzusetzen. »Lassen Sie uns unsere Sichtweise bewahren, meine Herren. Nur weil es keine Sabotage war, bedeutet das nicht, daß es an Bord nicht doch eine Verschwörung gibt. Wir haben einen geständigen Spion«, stellte sie klar.

Sabin fügte an, daß J'Ddan Verbündete hatte. Ich fragte, ob er sicher sei, nur um von Admiral Satie zu hören, daß das offensichtlich sei. Ohne Hilfe von einem Mitglied meiner Besatzung hätte er nicht an Bord des

Flaggschiffs der Föderation kommen und seine Arbeit erledigen können. Ich stimmte zu, daß dies schwierig gewesen sein müsse, aber nicht unmöglich.

Ich war verblüfft, als Mr. Worf vorschlug, Tarses weiter zu verhören. Admiral Satie hatte es geschafft, meinen Sicherheitschef auf ihre Linie einschwenken zu lassen. Ich erinnerte die Anwesenden, daß Mr. Tarses unschuldig sei, bis man ihm die Schuld nachgewiesen habe. Admiral Satie versicherte mir, daß sie Tarses' völlige Unschuld allein schon seinetwegen beweisen wollten. Widerstrebend erlaubte ich Worf und Sabin, weitere Nachforschungen anzustellen, forderte aber beide auch auf, diese so schnell wie möglich abzuschließen.

Als ich mich später in den Raum begab, in dem das Verhör wiederaufgenommen werden sollte, war ich sehr irritiert, als ich sah, daß sich eine große Menge Besatzungsmitglieder auf den Rängen versammelt hatte. Ich begab mich sofort zu Admiral Satie und fragte sie leise: »Sie haben die Anhörung für Zuschauer freigegeben?«

Sie erwiderte barsch, daß es nicht gut sei, Anhörungen zu lange unter Ausschluß der Öffentlichkeit durchzuführen. So etwas führe zu Gerüchten und Spekulationen. Außerdem erlaube das den Spionen und Saboteuren, das grelle Licht einer offenen Befragung zu meiden. Ich war bestürzt, erklärte mich aber einverstanden, für den Augenblick auf diese Weise fortzufahren.

Tarses betrat den Zeugenstand. Für das Protokoll erklärte ich offiziell die Wiederaufnahme der Anhörung. Dann erklärte ich Mr. Tarses, daß ich Commander Riker zu seinem Berater ernannt habe. Mr. Tarses bedankte sich bei mir, erklärte aber, er benötige keinen Schutz, da er nichts Falsches getan habe.

Zu meiner Überraschung und Abscheu begann Admiral Satie die Befragung, indem sie Dr. Crusher – die sich unter den Zuschauern befand, nicht aber im Zeugenstand – fragte, ob sie Tarses mit J'Ddan gemeinsam gesehen habe. Beverly bejahte diese Frage. Sie hatte gesehen, wie Mr. Tarses dem Klingonen die Injektion verabreichte, und möglicherweise hatte sie die beiden auch zusammen im Gesellschaftsraum gesehen. Admiral Satie wollte Dr. Crusher weiter befragen, aber ich war außer mir über den Kurs, den sie mit ihren Fragen eingeschlagen hatte. Ich dankte Dr. Crusher für ihre Beobachtung und entließ sie von weiteren Aussagen. Dann lehnte ich mich zu Admiral Satie hinüber und sagte ihr unmißverständlich, daß sie sich auf das Verhör von Mr. Tarses beschränken solle. Andernfalls würde ich dem Treiben ein rasches Ende bereiten.

Der Betazoide Sabin übernahm dann die Befragung. Zunächst stellte er fest, daß Mr. Tarses unbeschränkten Zugang zu den medizinischen Vorräten hatte, die J'Ddan benutzt hatte, um die gestohlenen Informationen vom Schiff zu schaffen. Dann erzählte Sabin Mr. Tarses eine offenkundige Lüge. Er teilte Tarses mit, es gebe Beweise, daß die Explosion durch eine zersetzende Chemikalie ausgelöst worden war – eine Chemikalie, auf die er Zugriff hatte. Ich war im Begriff, meine Selbstkontrolle zu verlieren, aber ich hatte mich noch genug unter Kontrolle, um Sabin mit der Befragung des jungen Sanitäters fortfahren zu lassen.

Tarses sagte aus, daß er mit keinem der beiden Fälle etwas zu tun habe. Sabin fragte Mr. Tarses dann, wie er erwarten könne, daß wir ihm glaubten, wenn wir doch wußten, daß er ein Lügner war. Gegen Commander Rikers Einspruch, daß es keinen Anlaß gebe, Tarses als Lügner zu bezeichnen – ein Einspruch, dem ich zustimmte –, versicherte Sabin mir, daß die Grundlage für seine Anschuldigungen gleich offenbar werden würden. Ohne weitere Verzögerung enthüllte Admiral Saties Berater, daß Simon Tarses in seiner Bewerbung für die Aufnahme in die Flotte vorsätzlich gelogen hatte. Tarses hatte diese Lüge noch gesteigert, als er sie kurz zuvor vor unserem Komitee wiederholt hatte. Simon Tarses' Großvater väterlicherseits war ein Romulaner – kein Vulkanier! Sabin fragte Mr. Tarses dann, daß es doch romulanisches Blut war, das er in sich trug, und daß er romulanischer Abstammung war. Eine Herkunft, die er ehrte. Den Ratschlag seines Beraters befolgend, verweigerte Tarses die Antwort auf Sabins Frage, da die Antwort ihn belasten könnte.

Sabins Art der Befragung hatte mich sehr wütend gemacht. Ich verkündete eine Vertagung der Verhandlung. Das würde jedem Gelegenheit geben, sich zu beruhigen. Mir würde es Gelegenheit geben, wieder Herr der Lage zu werden.

Ich begab mich in den Bereitschaftsraum, als ich feststellte, daß Mr. Worf Mitglieder seines Sicherheitsstabs anwies, Tarses' Vergangenheit noch gründlicher zu untersuchen. Ich unterbrach Worf und sagte ihm, ich müsse mit ihm reden.

Ein wenig irritiert über den Enthusiasmus, den er dieser Untersuchung entgegenbrachte, fragte ich meinen Sicherheitschef, ob ihm klar war, was sich auf unserem Schiff abspielte. Er verstand nicht, worauf ich hinauswollte. Ich sagte ihm, es sei nicht viel anders als die Standgerichte vor 500 Jahren, als hohe Militärs auf dem Schlachtfeld eine Trommel hochkant aufstellten, sich daraufsetzten und in aller Eile Recht sprachen. Sie trafen eilige Entscheidungen, ihre Strafen waren drastisch. Ich sagte ihm, wir seien alle dem Untergang geweiht, wenn sich unsere Situation auf der *Enterprise* ähnlich entwickeln würde.

Worf protestierte. Wir hätten mit J'Ddan einen geständigen Verräter, und Tarses hätte seine eigene Schuld eingestanden. Ich fragte Mr. Worf, wie genau Tarses seine Schuld erklärt hatte. Indem er die Antwort auf die Frage Sabins nach seinem romulanischen Großvater verweigert habe, antwortete Worf. Ich war nicht nur wegen Worfs Argumentation alarmiert, ich war auch auf ihn wütend. Ich brüllte ihn an, daß die Weigerung, eine Frage zu beantworten, kein Verbrechen sei. Auch könnten wir nicht Tarses' Schuld daraus ableiten, daß er sich weigerte, auf Sabins Frage zu antworten!

Worf brüllte zurück: »Captain, wenn ein Mann die Wahrheit nicht fürchten müßte, würde er antworten!«

»O nein«, sagte ich. »Das dürfen wir nicht denken.«

Ich fuhr fort und erinnerte Mr. Worf an den Artikel Sieben, eines der wichtigsten Grundrechte in der Verfassung der Föderation. Es schützt unsere Leute davor, sich selbst zu belasten. Wir durften es nicht zulassen, daß dieses Grundrecht *gegen* einen Bürger angewendet wurde.

Nachdrücklich erwiderte er, die Föderation habe Feinde, und es sei unsere Pflicht, sie ausfindig zu machen.

Worfs Eifer, einen Verschwörer zu finden, wo es keinen gab, entsetzte mich noch mehr. Ich sagte zu ihm: »O ja. So fängt es an. Aber der Weg von … legitimem Verdacht hin zu maßloser Paranoia ist viel kürzer, als wir glauben.«

Es war unübersehbar, daß Worf davon nicht überzeugt war. Er war auf Admiral Satie und ihren geschickten Berater hereingefallen. Worf hatte sich in Saties fanatische Suche verstrickt, um aus irgend jemandem einen Verräter zu machen, auch aus einem Unschuldigen. Nichts ließ mich in dem Augenblick ahnen, daß sie bald ihre Inquisition gegen mich richten würden.

Ich konnte die Situation nicht länger tolerieren. Etwas völlig Falsches spielte sich auf meinem Schiff ab, und es gefiel mir nicht. Ich ließ Worf sitzen, stand auf und stattete Mr. Tarses einen Besuch ab.

Bei einer Tasse Tee erzählte mir Mr. Tarses, daß er sein Leben lang Mitglied bei Starfleet hatte sein wollen. Er hatte das Bewerberprogramm der Akademie und dann mit Erfolg den Kurs für Sanitäter absolviert. Nachdem er auf verschiedenen Außenposten gedient hatte, war er für den Dienst auf der *Enterprise* ausgewählt worden. Das war der glücklichste Tag seines Lebens gewesen. Obwohl er mir versicherte, daß die gegen ihn vorgebrachten Beschuldigungen unbegründet waren, war er sicher, daß seine Karriere wegen der Lüge in seiner Bewerbung beendet war. Als er geendet hatte, empfand ich großes

Bedauern. Die Dinge waren außer Kontrolle geraten. Ich mußte auf meinem Schiff wieder Ordnung schaffen.

Nach meinem Besuch bei Mr. Tarses traf ich mich sofort mit Admiral Satie und berichtete ihr von meinem Gespräch mit Tarses. Das Eingeständnis, daß er bei seiner Bewerbung gelogen hatte, machte ihn nicht zu einem Verräter. Sie jagte einen Unschuldigen, und das mußte aufhören. Ich konnte nicht zulassen, daß das so weiterging.

Admiral Satie hielt mich für naiv. Sie hatte die letzten vier Jahre ihres Lebens damit verbracht, eine Verschwörung nach der anderen aufzudecken. Infolgedessen hatte sie keine Heimat, keine Freunde. Aber das störte sie nicht, sie hatte in ihrem Leben eine größere Aufgabe. Obwohl sie einst ein herausragender Offizier bei Starfleet gewesen war, war es ihre Lebensaufgabe geworden, jeden an dem Versuch zu hindern, die Föderation zu zerstören. Nachdem sie das klargestellt hatte, sagte ich ihr, daß die Verhöre von Mr. Tarses enden würden. Wenn ihr das nicht gefiel, würde ich mich an Starfleet wenden.

Voller Stolz verkündete sie mir daraufhin, daß es dafür zu spät sei. Sie stand in dauerndem Kontakt mit Starfleet Command. Die Verhöre würden nicht nur fortgesetzt, sie würden ausgeweitet. Sie war bestrebt, den Kern der Verschwörung ausfindig zu machen, selbst wenn jedes einzelne Besatzungsmitglied verhört werden müßte. Admiral Thomas Henry vom Sicherheitsdienst Starfleets, mit dem sie in der Vergangenheit eng zusammengearbeitet hatte, befinde sich auf dem Weg, um den Rest des Verfahrens zu beobachten. Sie hatte persönlich um seine Anwesenheit gebeten. Admiral Satie erklärte mir dann, daß sie für diese Handlungsweise weder meine Erlaubnis noch meine Zustimmung benötige – sie unterstand Starfleet unmittelbar.

Es mag für den Captain eines Raumschiffs schlimmere Dinge geben, als von einem Mitglied des Kommandos der Flotte seiner Autorität beraubt zu werden, aber in diesem Moment fiel mir nichts Entsprechendes ein. Trotz meiner Wut mußte ich ein Mindestmaß an Fassung bewahren, wenn ich die Kontrolle über mein Schiff zurückerlangen wollte. Als Admiral Satie den Bereitschaftsraum verließ, sagte ich ihr, daß das, was sie tat, unethisch und verwerflich sei, und daß ich dagegen ankämpfen würde.

Unbeeindruckt erwiderte Admiral Satie: »Tun Sie, was Sie tun müssen, Captain … So wie ich tue, was ich tun muß.«

Zurück auf der Brücke informierte mich Data, daß unser Warpantrieb repariert war. Er war bereit, die Startsequenz zu beginnen. Ein paar Augenblicke später kam Nellen auf die Brücke. Mit einem blasierten Lächeln überreichte sie mir ein kleines Display – ein sogenanntes Padd –, das den Befehl enthielt, vor der Untersuchungskommission am nächsten Morgen zu erscheinen. Über diese Vorladung war ich ein wenig irritiert, aber nicht wirklich überrascht.

Am nächsten Morgen war Admiral Henry eingetroffen. Gegen den Protest von Admiral Satie begann ich meine Aussage mit einer Erklärung.

Ich brachte meine große Sorge über den Fortgang der Untersuchung zum Ausdruck. J'Ddan hatte seine Schuld zugegeben und würde sich vor dem Klingonischen Hohen Rat für sein Verbrechen verantworten müssen. Aber die Jagd auf den Verräter nahm an dieser Stelle kein Ende. Tarses, ein unschuldiger Mann, wurde vor Gericht gestellt, obwohl es keinen Beweis gab, daß er ein Verbrechen begangen hatte. Weil sein Großvater ein Romulaner war, stand Mr. Tarses jetzt vor dem Scherbenhaufen seiner Karriere. Ich wandte mich an das Komitee: »Sind wir so … ängstlich geworden … und so feige … daß wir die Existenz eines Mannes vernichten müssen, weil er in sich das Blut eines augenblicklichen Feindes trägt?«

Ich fuhr fort und bat Admiral Satie, Mr. Tarses oder jeden anderen nicht wegen seiner Abstammung zu verurteilen und nicht gegen unschuldige Bekannte eines überführten Verräters zu ermitteln. Nachdem ich das gesagt hatte, beschwor ich sie, das Verfahren zu beenden.

Admiral Satie schenkte meiner Bitte keine Beachtung. Statt dessen begann sie sofort, meine Loyalität zur Ersten Direktive in Frage zu stellen. Sie machte mich darauf aufmerksam, daß ich diese Direktive bei neun vorangegangenen Gelegenheiten verletzt hatte – die jeweiligen Umstände hatte ich umfassend und wahrheitsgemäß Starfleet Command gemeldet. Aber diese Tatsache befriedigte nicht Admiral Saties Leidenschaft, den wahren Verräter an Bord der *Enterprise* zu enttarnen: mich.

Sabin setzte seine Fragetaktik fort, indem er mich über einen Zwischenfall befragte, der sich ereignet hatte, als ich eine vulkanische Botschafterin zu einem Punkt in der Neutralen Zone brachte. Wie sich herausstellte, war die Botschafterin keine Vulkanierin, sondern eine romulanische Spionin. Admiral Satie mischte sich ein und fragte mich, ob ich, nachdem die wahre Identität der Botschafterin bekanntgeworden sei, Schritte unternommen hätte, um die Spionin zurückzuholen. Immerhin trug sie Föderationsgeheimnisse mit sich, die sie über Jahre hinweg hatte sammeln können. Ich gab zu, einen solchen Versuch nicht unternommen zu haben.

Worf sprang auf und protestierte gegen die Schlußfolgerung des Admirals. Er rief, ich habe das Angemessene getan, um zu verhindern, daß die *Enterprise* in die Gewalt der Romulaner geriet. Sofort schoß sich Admiral Satie auf Worf ein. Sie fragte, wo er sich befunden habe, als diese Verräterin auf der *Enterprise* war. Warum hatte der Sicherheitschef des Schiffs nichts unternommen? Es war nicht zu übersehen, daß sie Worf als einen weiteren Verschwörer betrachtete.

Sabin ergänzte die Beleidigungen von Admiral Satie, indem er mich fragte, ob ich es nicht für eine fragwürdige Einstellung halte, einen Sicherheitsoffizier an Bord zu haben, dessen Vater ein romulanischer Kollaborateur war. Es war zwar richtig, daß der klingonische Hohe Rat Worfs Vater Mogh des Verrats auf Khitomer beschuldigt hatte. Aber der Beweis gegen Mogh war von der politisch einflußreichen Duras-Familie gefälscht worden. Außerdem hatte der klingonische Hohe Rat sich fortwährend geweigert, neue Beweise zu hören, die das Täuschungsmanöver entlarvt hätten. Tatsächlich war Mogh genauso Opfer eines Standgerichts gewesen wie vor Jahrhunderten viele Soldaten auf den Schlachtfeldern. Worf war so wütend, daß er Sabin fast angegriffen hätte, wenn ich ihm nicht bedeutet hätte, er solle sich beherrschen.

Unbarmherzig startete Admiral Satie eine neue Fragestrategie. Sie wollte von mir wissen, ob ich mich vollständig von meiner Erfahrung mit den Borg erholt habe. Dann fuhr sie fort und sagte, wie schrecklich es für mich gewesen sein mußte zu wissen, daß die Borg mein Wissen während ihres Angriffs auf die Erde genutzt hatten – ein Angriff, der 39 Raumschiffe zerstörte und rund 11 000 Angehörigen der Flotte das Leben kostete. Sie fragte mich, wie ich angesichts der Verantwortung für eine solche Zerstörung nachts noch schlafen könne. Ungeachtet der Tatsache, daß alle ihre Behauptungen völlig falsch waren, hatte sie unmittelbar meine Loyalität gegenüber der Föderation herausgefordert.

Ich erinnerte sie an ein Zitat über die Freiheit – ein Zitat, das von ihrem Vater stammte, der diese Worte als Weisheit und als Warnung zugleich niedergeschrieben hatte. »... das erste Mal, daß die Freiheit irgendeines Menschen mit Füßen getreten wird, tragen wir alle Schaden davon.«

Als sie hörte, daß ich ihren Vater zitierte, verlor Admiral Satie die Kontrolle und attackierte mich mit ungebremstem Haß. Wie könne ich, der ich mit Romulanern gemeinsame Sache mache, es wagen, mich auf die Weisheit ihres Vaters zu berufen, um meine verräterischen Argumente zu untermauern! Ihr Vater war ein großer Mann gewesen, voller Loyalität gegenüber der Föderation. Ich zog seinen Namen in den Schmutz. Sie würde mich als das bloßstellen, was ich in ihren Augen war – ein Verräter!

Admiral Henry hatte das Verfahren schweigend mitverfolgt, nun hatte er offensichtlich genug gehört. Er stand auf und verließ ohne Kommentar den Raum. Sabin schlug daraufhin vor, daß es Zeit sei für eine Vertagung auf den nächsten Tag.

Ich ging zum Beobachtungsraum, um meine Gedanken zu ordnen. Worf suchte mich wenig später auf und teilte mir mit, daß Admiral Henry alle weiteren Anhörungen in dieser Sache abgesagt hatte. Admiral Satie und ihr Stab hatten die *Enterprise* verlassen. Worf gestand, daß er sich von Admiral Satie hatte täuschen lassen. Er hatte ihr geglaubt und ihr sogar noch geholfen. Er hatte sie falsch eingeschätzt, aber da sie entlarvt worden war, würde man ihr zukünftig nicht mehr vertrauen.

»Vielleicht«, sagte ich. Dann erklärte ich meinem Sicherheitschef daß jemand wie Admiral Satie immer unter uns sei, jemand, der auf der Lauer lag und auf die richtige Stimmung wartete, um im Namen der Gerechtigkeit Angst zu verbreiten.

Persönliches Logbuch des Captains,
Sternzeit 44815.3.
Beobachtungen zum Prinzip ›Politik‹.
Abflug von Kaelon III

Während der Fortschritt der Föderation oftmals aus den Handlungen derer resultiert, die unerschütterlichen Eifer besitzen, um ihre Ziele zu erreichen, wird diesem Fortschritt dann geschadet, wenn auch nur eines ihrer Mitglieder übereifrig und fälschlich für Verbrechen verfolgt wird, die es nicht begangen hat. Vielleicht ist das der Grund, warum ich über Admiral Saties jüngste Aktionen auf meinem Schiff so entsetzt war. Sie hatte seinerzeit Vertrauen in meine Kommandotauglichkeit und meine Loyalität gegenüber Starfleet gesetzt, als sie sich dafür einsetzte, daß ich das Kommando über das Flaggschiff der Föderation erhielt. Jedoch offenbarte ihr jüngstes Verhalten, daß sie bereit war, sowohl diese Tatsache als auch jede andere unbequeme Wahrheit zu ignorieren, nur um eine Verschwörung an Bord der *Enterprise* aufzudecken.

So, wie sie sich allerdings selbst während der Ermittlungen zeigte, bezweifele ich, daß Starfleet Command ihr zukünftig noch Vertrauen entgegenbringen wird. Ich frage mich nun, ob Admiral Satie bei ihren vorangegangenen Aufdeckungen von Verschwörungen ebenfalls Unschuldige zu Opfern gemacht hat. Und obwohl Admiral Satie einmal als herausragender und bemerkenswerter Starfleet-Offizier angesehen wurde, wird man sich nun an alle ihre vergangenen Leistungen weit weniger genau und weit weniger oft erinnern als an ihre bösartige, zweck- und grundlose Hexenjagd, mit der sie um jeden Preis eine Verschwörung aufdecken wollte, wo es keine gab.

Sabin und Nellen erwiesen sich als entweder blind für Admiral Saties wahre Absichten oder als willige Gehilfen. Sabins betazoidische Fähigkeiten, Gefühle zu empfangen, waren ein mächtiges Mittel, mit dem Admiral Satie nach Verschwörern suchte. Nellen schadete niemandem, da sie einfach nur die Verfahren protokollierte und andere administrative Aufgaben für jemanden erledigte, der ihre Loyalität vielleicht sogar verdient hatte. Ungeachtet ihrer Gründe, Admiral Satie bei ihrer rücksichtslosen Suche nach einer Verschwörung zu unterstützen, kann ich nur hoffen, daß Sabin und Nellen als Beispiel dienen werden, das es anderen ermöglicht, zwischen den Verdiensten gerechtfertigter Loyalität und den Fallstricken blinden Gehorsams zu unterscheiden.

Es dem Klingonischen Hohen Rat zu überlassen, sich mit J'Ddans Verletzung des Vertrages zwischen Föderation und Klingonen zu beschäftigen, war politisch eine angemessene Entscheidung. Ich bin sicher, daß J'Ddan für die Weitergabe einer Kopie der Pläne an die Romulaner hart bestraft worden ist. Wir können nur hoffen, daß diese streng geheimen Informationen niemals zu einem strategischen Vorteil werden, den die Romulaner gegen uns verwenden können.

Wenngleich ich den Grund für Tarses' Lüge in seiner Bewerbung verstehen kann, so kann ich ihm dies nicht verzeihen. Die oberste Pflicht eines Starfleet-Offiziers ist nun einmal die Wahrheit, und diese Pflicht ist auch für jeden anderen Angehörigen der Flotte gültig. Da Mr. Tarses bewiesen hat, daß er für meine Mannschaft ein wertvolles Mitglied ist und er in allen anderen Angelegenheiten ehrlich ist, bin ich bereit, ihm seinen Fehler nachzusehen. Daher habe ich Starfleet empfohlen, ihn nicht aus dem Dienst zu entlassen. Dennoch hoffe ich, daß Simon Tarses' Herkunft niemals wieder der Grund dafür sein wird, daß andere gegen ihn Anklage erheben.

Es ist nachvollziehbar, daß die Erfolge von Admiral Satie bei der Aufdeckung von Verschwörungen Admiral Henrys Vertrauen in ihre Fähigkeiten zu ermitteln gestärkt hatten. Als Admiral Henry an Bord der *Enterprise* kam, um sich einen Überblick über den Umfang der Ermittlungen von Admiral Satie zu verschaffen, hätte er die Leitung übernehmen und die Anhörungen selbst durchführen können. Indem er aber Admiral Satie erlaubte, vor seinen wachsamen Augen das Verfahren zu führen, konnte er selbst mitansehen, daß sie die Grenze zur Paranoia überschritten hatte und zu einer zerstörerischen Kraft geworden war.

Da Mr. Worf für die Sicherheit unseres Schiffs verantwortlich ist und er entdeckte, daß J'Ddan Spionage betrieben hatte, war es nur ein logischer Schluß, daß Admiral Satie ihn an Sabins Seite bei den Ermittlungen in einer möglichen Verschwörung haben wollte. Ich war in der Tat sehr verärgert, als ich erkannte, daß sich Mr. Worf so sehr in Admiral Saties Taktik verstrickt hatte, daß er sogar bereit war, Mr. Tarses' verfassungsgemäßes Recht der Aussageverweigerung zu mißachten. In erster Linie mangelte es Mr. Worf an Erfahrung im Umgang mit einem Starfleet-Offizier von Admiral Saties Kaliber, die andere täuschte, indem sie ihre wahren Absichten geschickt verbarg. Ich bin sicher, daß sich Mr. Worf künftig nicht so leicht täuschen lassen wird. So war es trotz seiner Fehleinschätzung für Mr. Worf eine wichtige Erfahrung, und mein Vertrauen in ihn ist sogar noch größer geworden.

Dieses Ereignis löste auf der *Enterprise* beträchtliche Verwirrung aus; da aber meine Crew unverwüstlich ist, haben wir den Preis dafür bezahlt, der Politik der Angst ausgesetzt zu sein. Nun sind wir wieder völlig auf unsere jeweils aktuelle Mission konzentriert.

Persönliches Logbuch des Captains,
Sternzeit 44820.1.
Erkenntnisse zum Prinzip ›Politik‹.
Auf dem Weg nach Peliar Zel

Man kann nicht leugnen, daß Politik das Mittel ist, mit dem zivilisierte Völker ihre Beziehungen und Angelegenheiten handhaben. Zivilisierter Umgang hilft den Leuten auch, die gelegentlichen Wogen zu glätten, die in den Beziehungen einer Raumschiff-Crew auftauchen. Gutgemeinte und funktionierende Politik ist lebensnotwendig für die Kontrolle der Organisationen und der Leute, die ihnen dienen.

Dennoch gibt es in uns allen ein allgegenwärtiges Potential, die dunkle Seite von Macht und Autorität zu offenbaren. Als Starfleet-Offizier erwartet man von Ihnen nichts Geringeres, als solches Fehlverhalten zu kontrollieren.

Daher stelle ich Ihnen nachfolgend die Erkenntnisse vor, die ich gewonnen habe und von denen ich glaube, daß Sie sie in Erwägung ziehen sollten.

- Wenn es gilt, auf einem Raumschiff die Unvernunft zu kontrollieren, dann schaffen festgelegte Umgangsformen eine angenehme Atmosphäre.
- Ein Offizier, der versucht, sich auf Kosten Unschuldiger zu profilieren, sollte gleich zwei Gräber ausheben. Denn die fälschliche Zerstörung des Rufes eines anderen führt bald zum Tod des eigenen Rufs.
- Es ist möglich, daß selbst der bemerkenswerteste Offizier durch Schmeicheleien so geschwächt wird, daß er aufhört, seine Autorität angemessen zu pflegen, Fakten anzuerkennen und ehrliche Kritik anzunehmen ... bis er eines Tages feststellen muß, daß die, die ihm einmal vertrauten, sich von ihm abgewendet haben.
- Ein Offizier, der die Gemeinsamkeiten seiner Crew hervorhebt und der die Fähigkeit hat zu verstehen, was sie voneinander trennen kann, verleiht seiner Crew viel von der Fähigkeit, die eigene Unvernunft zu kontrollieren.
- Ein Offizier, der stets versucht, bei anderen Fehler zu finden, verletzt seine Kameraden und schafft eine für alle Beteiligten vergiftete Atmosphäre.
- Wenn ein Offizier auch nicht immer davon überzeugt sein muß, auf der Basis von Fakten zu handeln, so sollte er sich niemals von dem Eifer korrumpieren lassen, sich ungeachtet der Wahrheit einen Vorteil zu verschaffen.
- Die Abstammung einer Person ist ein Geburtsmerkmal, aber weder ein Grund, ihn eines Verbrechens für schuldig zu erklären, noch ein Grund, ihn zu disqualifizieren, ein Mitglied der Flotte zu werden. Wenn die Menschheit sich entwickeln will, dann sollte uns allen klar sein, daß wir das Recht aller respektieren müssen, uneingeschränkten Anteil an unserem Fortschritt zu haben.
- Obwohl ein Offizier zu Recht erwarten kann, daß seine Crew rechtmäßige Befehle befolgt, hat kein Offizier die Befugnis, ir-

gendein Mitglied der Crew zu zwingen, an seinen illegalen Aktivitäten oder an seinem Machtmißbrauch teilzunehmen.

- Bedenken Sie immer, daß ein Offizier, der die Autorität und die Macht respektiert, die mit seiner Position verbunden ist, diese in Erfüllung seiner Pflicht dazu nutzt, andere auf dem Weg zum Erfolg zu unterstützen.
- Kein Offizier und keine Gruppe von Offizieren kann jemals andere völlig davon abhalten, die Saat der Angst, des Zweifels und des Mißtrauens zu streuen. Folglich sollte jeder Offizier bereit sein, jede derartige Saat unerschrocken auszumerzen.

Und last, but not least:

- Denken Sie stets daran: Politische Spiele enden nie und werden nie zur Zufriedenheit aller gelöst. Immer bleibt etwas unerledigt und ungesagt, und immer ist jemand bereit, den Platz derer einzunehmen, die dabei entlarvt werden, wie sie Funktionsstörungen innerhalb der Organisation schaffen.

Alle zahlen den Preis für diejenigen, die im Namen der Selbstgerechtigkeit Angst verbreiten oder die auf andere Weise Mißtrauen, Verdächtigungen und Angst bei der Crew erzeugen. Die Rechte einzelner zu beschützen ist ein fortwährend zu zahlender Preis dafür, Mitglied bei Starfleet zu sein. Es ist ein Preis, den ein Offizier bereitwillig zahlen sollte, damit er selbst nicht korrupt wird. Es gibt wirklich keinen Erfolg, der es wert ist, die individuellen Rechte irgendeines anderen zu opfern. Und es gibt keinen Grund, warum durch die korrupten Absichten einer Person auch die anderen korrumpiert werden sollten.

VII
DAS PRINZIP ›EHRLICHKEIT‹

VORWORT DER DIREKTORIN

Der Wunsch der Völker, den Worten und Taten ihrer Führer zu vertrauen, ist für die, die im 24. Jahrhundert leben, nicht neu. Ehrlichkeit wurde schon immer außerordentlich bewundert, bei den Führern und bei denen, die ihnen folgen.

Das Versagen einiger Führer und Gefolgsleute, den wahren Wert zu schätzen, den andere ihren Worten und Taten zumessen, hat stets den Mangel an Integrität im sozialen, politischen, militärischen und im Geschäftsleben erklärt. Auch wenn sie korrupt sind, so sind die Unehrlichen nicht zugleich dumm. Sie verbergen ihre Unredlichkeit hinter Halbwahrheiten, falschen Versprechungen und anderen Täuschungspraktiken. Dennoch werden sie üblicherweise durchschaut. Zudem machen sie weder ihrem eigenen Leben noch dem derjenigen Ehre, die sie in die Irre führen. Das Traurige hierbei ist, daß es keine Rechtfertigung für Unehrlichkeit gibt. Auch haben die momentanen Belohnungen keinen bleibenden Wert.

Diejenigen, die auf der Enterprise dienten, waren Personen von höchster persönlicher Integrität. Seinen Überzeugungen getreu, war Captain Picard das Beispiel, dem alle folgen sollten. Es war ein mitreißendes Beispiel, das die Crew der Enterprise veranlaßte, ihr ganzes Vertrauen in ihn zu setzen. Umgekehrt setzte Captain Picard sein volles Vertrauen in seine Crew. Mit anderen Worten: Die Enterprise bewahrte ein Klima, das frei war von dem Teufelskreis aus Zweifel und Mißtrauen, der überall lauert, wo Unehrlichkeit toleriert wird.

Welche Konsequenzen die Wahrheit auch mit sich bringen mochte, der Captain und die Crew des Flaggschiffs der Födera-

tion stellten die Wahrheit über alles. Für sie war Ehrlichkeit ihr ›Ehrenkodex‹.

ADMIRAL ANDREA BRAND
Leiterin der Starfleet-Akademie

Persönliches Logbuch des Captains,
Sternzeit 46381.7.
Abflug aus dem System Minos Korva

Die jüngsten Ereignisse haben mir sehr viel persönliches Leid und Erniedrigung gebracht. Auch meine ranghöchsten Offiziere und meine Crew befanden sich in Gefahr und waren sinnloser Erniedrigung ausgesetzt. Es ist für mich eine große Erleichterung, sagen zu können, daß das Leben an Bord der *Enterprise* wieder in normale Bahnen zurückgekehrt ist. Dennoch verdeutlichen diese Ereignisse, wie wichtig Ehrlichkeit im Leben eines Starfleet-Offiziers ist. Ich neige durchaus nicht zu offener Kritik an ranghohen Offizieren, aber ich glaube, daß es meine Verantwortung gebietet, Ihnen gegenüber offen und ehrlich zu sein. Ich werde daher auf dieser Grundlage fortfahren.

Starfleet beorderte uns zu einem Treffen mit der *U.S.S. Cairo* in der Nähe der cardassianischen Grenze für eine dringende Besprechung mit Vizeadmiral Nechayev. Commander Riker hatte Nechayev gerade zu mir gebracht, da ließ sie ihn kurz angebunden wegtreten und setzte mich davon in Kenntnis, daß sie gekommen war, um mich meines Kommandos über die *Enterprise* zu entheben. Da das völlig unerwartet kam, war ich von dieser Mitteilung wie vor den Kopf gestoßen.

Sie teilte mir auch mit, daß Dr. Crusher und Lieutenant Worf mich auf einer Geheimmission begleiten würden. Diese Mission war so geheim, daß ich den beiden keine Einzelheiten mitteilen durfte, auch nicht, als wir uns vorbereiteten, indem wir uns einem Training in einem der Holodecks der *Enterprise* unterzogen. Dieser Befehl stand in direktem Widerspruch zu meinem Kommandostil.

Ich war ernsthaft verärgert über Admiral Nechayevs Weigerung, Alternativvorschläge für die Durchführung dieser Mission überhaupt nur anzuhören. Natürlich war ihr Lösungsansatz bei diesem Problem *eine* Möglichkeit, aber nicht die *einzige*.

Als ich mich auf den Weg zum Training mit meinem Landeteam machte, berief Admiral Nechayev Commander Riker, Commander Data und Counselor Troi zu einer Lagebesprechung, in deren Verlauf sie die drei davon unterrichtete, daß die cardassianischen Streitkräfte, die sich erst vor kurzem aus dem bajoranischen Sektor zurückgezogen hatten, sich nun entlang der cardassianischen Grenze neu formierten. Zusätzlich hatte die cardassianische Union drei Divisionen Bodentruppen mobilisiert und die Subraumkommunikation um 50 Prozent erhöht. Angesichts dieser Aktivitäten glaubte Starfleet Command, daß die Cardassianer sich auf ein Eindringen in das Territorium der Föderation vorbereiteten.

Ein Bericht jüngeren Datums, den unser Geheimdienst erstellt hatte, erwähnte die Möglichkeit, die Cardassianer würden sich darauf vorbereiten, Minos Korva einzunehmen, eines der umstrittenen Systeme entlang der Grenze zwischen Föderation und Cardassianern. Die Cardassianer setzten darauf, daß die Föderation nicht wegen eines einzigen Systems einen Krieg riskieren würde. Um einem solchen Übergriff zuvorzukommen, wurde die *Enterprise* an die cardassianische Grenze abkommandiert. Man glaubte, daß die Präsenz des Flaggschiffs der Föderation der cardassianischen Union die Botschaft vermitteln würde, daß die Situation durchaus ernst genommen wurde. Starfleet hatte außerdem entschieden, mit den Cardassianern in einen Dialog zu treten. Die *Enterprise* sollte sich mit dem Repräsentanten der Cardassianer in der Nähe ihrer Grenze treffen.

Irritiert über meine Abwesenheit während dieser Besprechung, erkundigte sich Commander Riker nach meinem Verbleib. Admiral Nechayev erklärte ihm und den anderen Offizieren, daß der Captain, die Chefärztin und der Sicherheitschef versetzt worden waren. Mehr könne sie ihnen zu diesem Zeitpunkt nicht sagen. Dann teilte sie der Crew mit, daß am Nachmittag Captain Edward Jellico das Kommando über die *Enterprise* übernehmen würde. Sie erklärte, daß Captain Jellico zwei Jahre zuvor dabei geholfen hatte, den ursprünglichen Waffenstillstand zwischen der Föderation und den Cardassianern auszuhandeln. Ihrer Ansicht nach war er der qualifizierteste Mann, um diese Mission zu leiten. Der Kommandowechsel würde um 13.00 Uhr Bordzeit stattfinden. Damit beendete sie die Besprechung.

Wie ich später erfuhr, wartete Will, bis Data und Deanna den Raum verlassen hatten, um dann höflich seiner Meinung Ausdruck zu verleihen, daß es nicht notwendig sei, Captain Jellico das Kommando über die *Enterprise* zu übertragen, nur um eine Verhandlung zu leiten. Admiral Nechayev erwiderte, daß sie Rikers Meinung nicht teile. Die *Enterprise* würde sich auf eine sehr gefährliche Mission begeben, und sie wollte jemanden auf der Brücke wissen, der viel Erfahrung mit den Cardassianern hatte. Desinteressiert an Commander Rikers herausragendem Lebenslauf und an seinen Führungsqualitäten, sagte sie ihm einfach – ohne ihn beleidigen zu wollen: »Und das sind nicht Sie!«

Commander Riker begab sich in den Transporterraum, wo er Captain Jellico auf der *Enterprise* willkommen hieß. Obwohl er keine Erfahrung auf einem Raumschiff der Galaxy-Klasse hatte, meine Crew nicht kannte und zudem noch nicht offiziell das Kommando über mein Schiff erhalten hatte, erließ Captain Jellico augenblicklich eine Reihe von Befehlen, die Veränderungen in den Routineschichten der *Enterprise* betrafen. Zudem verlangte er detaillierte Informationen und Statusberichte.

Nach der offiziellen Kommandoübergabe versuchte ich, meinem Nachfolger ein paar Informationen über die *Enterprise* mit auf den Weg zu geben, die sich für ihn als nützlich erweisen könnten. Wie ich aber sehr schnell herausfand, wollte mich Captain Jellico nur aus dem Weg haben. Er hatte seine eigene Art, Dinge zu tun, und berücksichtigte nicht, welche Last seine Anforderungen für die Crew darstellen könnten. Der neue Captain der *Enterprise* fragte schlichtweg niemanden nach seiner Meinung, und er wollte nicht seine Befehle hinterfragt sehen. Er wollte nur, daß die Dinge erledigt wurden – auf seine Art und sofort.

Angeblich war er gekommen, um Gespräche zu führen, die auf friedliche Weise die Spannung zwischen der Föderation und den Cardassianern abbauen sollten. Dieser Aufgabe zuwiderhandelnd, begann er kurz nach Aufbruch der *Enterprise* zur Grenze, Veränderungen in den Konfigurationen des Schiffsantriebs, des Computers und der Waffensysteme anzuordnen. Obwohl er darauf hingewiesen wurde, daß einige der von ihm gewünschten Befehle den Eigenheiten eines Schiffs der Galaxy-Klasse widersprachen, waren solche technischen Details für ihn unbedeutend – die gegenwärtige Konfiguration der *Enterprise* war ihm einfach nicht gut genug. Captain Jellico argumentierte, daß im Falle des Versagens seiner Gespräche mit den Cardassianern die *Enterprise* sich in Kriegshandlungen verwickelt werden könnte. Und wenn das geschah, dann wollte er auf alles vorbereitet sein. Zusätzlich befahl er Commander Riker, persönlich eine Gefechtsübung für jede Schicht zu überwachen – Übungen, die eine Angriffsserie seitens einer cardassianischen Schwadron simulierten.

Counselor Troi spürte die Wirkung, die der Kommandowechsel auf die Moral der Crew hatte; also bat sie Captain Jellico um ein Gespräch. Jellico sagte ihr, daß ihm Widerstand unter der Besatzung aufgefallen war. Deanna erklärte, sie halte das nicht für Widerstand, sondern für Unsicherheit. Der größte Teil der Crew hatte mehrere Jahre unter meinem Kommando gedient. Daher kannten sie mich und wußten, was ich erwartete. Nun sollte die Crew sich auf einen neuen Captain einstellen und auf eine neue Art, Dinge zu tun. Sie waren einfach nur unsicher, wie sie darauf reagieren sollten.

Captain Jellico dankte Counselor Troi, daß sie ihm ihre Bedenken mitgeteilt hatte. Er sagte, er könne verstehen, wie ›unbequem‹ das für die Crew war. Deanna kam zu der Erkenntnis, daß es für ihn gleichermaßen unbequem sein könnte. Vielleicht benötigten beide Seiten ein wenig Zeit, um sich aufeinander einzustellen. Auch wenn er ihr grundsätzlich zustimmte, teilte Captain Jellico Counselor Troi mit, daß er unglücklicherweise nicht die Zeit für ›Flitterwochen‹ mit der Crew hatte. Er wies Deanna an, sich um die Aufrechterhaltung der Moral zu kümmern. Sie sollte dafür sorgen, daß sich die Crew an die neue Routine schnell und problemlos gewöhnte.

Unmittelbar vor meiner Abreise von der *Enterprise* traf ich mit Captain Jellico zusammen, um mit ihm die Befehle für meine Mission durchzugehen. Unsere Unterhaltung wurde unterbrochen, als Mr. Riker Captain Jellico rief und ihm mitteilte, daß wir die Koordinaten erreicht hatten, an denen ich mich mit meinem Team an Bord eines Shuttles auf den Weg machen sollte. Captain Jellico fragte Commander Riker, ob er die Sonde gestartet habe, um die er gebeten hatte – eine Sonde, die mich mit den letzten Geheimdienstinformationen für meine Mission versorgen würde. Mr. Riker bestätigte das, sagte aber, er hätte nicht gewußt, daß Captain Jellico darüber informiert werden wollte. Captain Jellico beendete das Gespräch und bemerkte, es sei kein Wunder, daß Commander Riker immer noch Erster Offizier ist. Ich teilte ihm mit, daß Commander Riker auf eigenen Wunsch mein Erster Offizier geblieben ist. Als hochqualifizierter Offizier war Riker mehr als einmal ein eigenes Kommando angeboten worden. Wenn man ihm die Gelegenheit gab, würde Commander Riker unter Beweis stellen, daß er ein herausragender Offizier war. In diesem Moment gab Captain Jellico mehr von seinem wahren Charakter zu erkennen. Er glaube nicht, meinte er, daß ich von meiner Mission lebend zurückkehren würde. Er glaube auch nicht, daß die Gespräche mit den Cardassianern erfolgreich verlaufen würden; die Föderation würde deren Forderungen nicht nachkommen. Zudem hätte er keine Zeit, Riker oder jemand anderem eine Chance zu geben. Und außerdem stehe die *Enterprise* nun unter seinem Kommando.

Offensichtlich war Captain Jellico ein Offizier, der viele besondere Eigenschaften besaß; sonst hätte er es nicht bis zum Rang eines Starfleet-Captains geschafft. Für mich war jedenfalls klar, daß Diplomatie nicht dazugehörte.

Nachdem wir uns im Shuttle befanden, war ich berechtigt, Beverly und Worf über den genauen Zweck unserer Mission zu informieren. Der Geheimdienst von Starfleet glaubte, daß die Cardassianer heimlich ein neues Transportsystem für metagenische Waffen entwickelten. Dieses neue System würde es ermöglichen, ein inaktives, genetisch manipuliertes Virus auf einer Subraumträgerwelle im Thetaband zu übertragen. Die Waffe sollte die Viren nach dem Start aktivieren, was die Cardassianer davor schützen würde, sich versehentlich selbst aktiven metagenischen Wirkstoffen auszusetzen.

Ich war mit solchen Waffen vertraut. Sie sind dazu bestimmt, ganze Ökosysteme mit sämtlichen Lebensformen innerhalb weniger Tage nach der Freisetzung zu zerstören. Nach einem Monat sterben die Viren ab und lösen sich völlig auf, wobei sie jede Stadt, jede Straße und jeden Ausrüstungsgegenstand vollkommen intakt zurücklassen. Eine intergalaktische Vereinbarung hatte solche Waffen vor mehreren Jahren geächtet; selbst die Romulaner hatten sich an die Vereinbarung gehalten.

Emissionen von Subraumträgerwellen im Thetaband waren vor kurzem als von Celtris III kommend entdeckt worden. Wir wußten wenig über diesen Planeten, außer daß wir ihn bis zur Entdeckung der Emissionen für unbewohnt gehalten hatten. Der Geheimdienst von Starfleet glaubte, daß die Cardassianer irgendwo unter der Planetenoberfläche ein Labor eingerichtet hatten, wo sie heimlich diese entsetzliche Waffe entwickelten. Unser Auftrag lautete: in diese Einrichtung einzudringen und herauszufinden, ob die Cardassianer wirklich diese Waffe entwickelten. War das der Fall, sollten wir sie zerstören – um jeden Preis.

Als Captain der *Stargazer* hatte ich ausgiebige Tests von Thetaband-Wellen geleitet. Diese Erfahrung war einer der Gründe, warum ich für diese Mission ausgewählt worden war. Dr. Crushers Aufgabe war es, biologische Kampfstoffe zu finden und zu zerstören. Mr. Worfs Aufgabe war offensichtlich.

Celtris III befand sich im Territorium der Cardassianer. Unbehelligt dorthin zu gelangen war keine leichte Aufgabe, und wenn man uns entdeckte, würde man unsere Anwesenheit auf diesem Planeten als Verletzung der Friedensvereinbarung zwischen Föderation und Cardassianern betrachten. Jedoch wußte ich einen Weg, wie wir auf diskrete Weise nach Celtris III gelangen konnten. Also nahmen wir Kurs auf Torman V.

Als wir dort ankamen, begaben wir uns in eine Bar, in der sich noch mehr verabscheuenswürdige Gestalten befanden, als mir aus der Bonestell-Freizeiteinrichtung in Erinnerung waren. Wir nahmen Kontakt auf mit dem Ferengi DaiMon Solok, einem Schmuggler, dessen Skrupellosigkeit es ihm erlaubte, von Geschäften auf beiden Seiten der Grenze zu profitieren. Diese gleiche Skrupellosigkeit nutzten wir aus, um Solok dazu zu bringen, uns nach Celtris III zu befördern.

Nachdem wir Celtris III erreicht hatten, fanden wir schnell den Zugang zu einem tiefgelegenen und langen

Tunnel, der zu dem geheimen Labor führte, in dem die Cardassianer die metagenische Waffe entwickelten.

Währenddessen war die *Enterprise* mit dem cardassianischen Raumschiff *Reklar* zusammengetroffen, um die diplomatischen Gespräche zu beginnen. Gul Lemec, der cardassianische Abgesandte, wurde auf die *Enterprise* gebeamt, mußte aber dann über eine Stunde im Beobachtungsraum auf Captain Jellico warten. Letzterer erklärte Commander Riker und Counselor Troi, daß dieses Warten dem Cardassianer zeigen würde, wer am längeren Hebel saß. Sie mögen dies als eine kindische Verhandlungstaktik betrachten, so wie ich auch. Aber dieser Trick sollte erst der Anfang der Machtspielchen sein, die Captain Jellico mit dem cardassianischen Abgesandten spielen würde.

Gul Lemec war der Ansicht, nur er und Captain Jellico würden diese Gespräche führen, was erklärte, daß er äußerst überrascht war, als der Captain von Commander Riker und Counselor Troi begleitet eintrat. Jellico glaubte, ihre Überzahl würde den Cardassianer dazu veranlassen, seine Forderungen vorsichtiger zu stellen. Das war aber nicht der Fall. Ihn so lange warten zu lassen war für den cardassianischen Repräsentanten eine Beleidigung; außerdem protestierte er gegen die Anwesenheit von Commander Riker und Counselor Troi bei den Gesprächen. Captain Jellico nutzte Lemecs Protest sofort gegen den Cardassianer. Er erklärte ihm, daß seine Bedenken sich lediglich mit Kleinigkeiten befaßten – ein Zeichen, daß er die Gespräche nicht ernst nahm. Wenn die cardassianische Union wirklich an Friedensgesprächen interessiert war, dann sollte sie vielleicht einen Vertreter schicken, der sich in einer zivilisierteren Art und Weise beteiligen würde. Mit diesen Worten verließ Jellico den Beobachtungsraum.

Auf der Brücke wies der Captain Will und Deanna an, den Cardassianer ein paar Minuten schmoren zu lassen, dann zurückzukehren und ihm zu erklären, der Captain sei zu einem einzigen weiteren Treffen bereit. Da Jellico aber unberechenbar und zudem unvernünftig sei, müßte Gul Lemec bei der Aufhebung seiner Forderungen mehr Vernunft walten lassen.

Als die Gespräche wiederaufgenommen wurden, hatten sich Gul Lemec zwei Berater angeschlossen. Unglücklicherweise wurde aus den Verhandlungen rasch ein Austausch von Vorwürfen. Die Föderation betrachtete die Massierung cardassianischer Truppen entlang der Grenze als einen provozierenden Akt. Gul Lemec sagte, die Cardassianer würden dort lediglich Übungen durchführen. Trotzdem verlangte er, daß die Föderation nachgeben sollte, was die umstrittenen Territorien anging.

Gul Lemec sagte dann, daß ihm ein Gerücht zu Ohren gekommen sei, die Föderation habe ein kleines Team in das Gebiet der Cardassianer geschickt. Captain Jellico bestritt, etwas über dieses Gerücht zu wissen. Trotz dieser Aussage wußte Gul Lemec genau über die Anwesenheit unseres Teams auf Celtris III – ein cardassianischer Planet! – Bescheid. Da die Cardassianer uns keine Aufenthaltserlaubnis erteilt hatten, war unsere Mission auf Celtris III eine Verletzung des Waffenstillstands und ein kriegerischer Akt. Er schlug eine kurze Vertagung der Gespräche vor und ließ durchblicken, er wisse, daß ich Teil des Teams war, das die Föderation nach Celtris III geschickt hatte. Wie wir schon bald feststellen sollten, hatten die Cardassianer die Föderation nur glauben lassen, daß sie eine neue metagenische Waffe entwickelten. Da sie richtigerweise annahmen, daß ich zu dem Team gehören würde, das der Sache nachgehen sollte, war die Entwicklung einer metagenischen Waffe eine List. In Wirklichkeit hatten die Cardassianer eine Falle vorbereitet – und zwar für mich.

Nachdem wir das ›geheime Laboratorium‹ betreten hatten, stellten wir fest, daß dort niemand arbeitete. Genaugenommen gab es gar kein Laboratorium. Bevor wir entkommen konnten, wurden wir von einer kleinen Gruppe cardassianischer Söldner angegriffen. Wir kämpften mit ihnen Mann gegen Mann. Zu unserem Pech waren wir schon bald unterlegen; ich wurde gefangengenommen, Beverly und Worf konnten entkommen. Da es für die beiden im Augenblick unmöglich war, mich zu retten, begaben sich Dr. Crusher und Lieutenant Worf zu dem vereinbarten Treffpunkt, wo sie von einem Shuttle aufgenommen und sicher zurück zur *Enterprise* gebracht werden sollten.

Auf der *Enterprise* informierte Commander Riker Captain Jellico, daß die Schiffssensoren eine Reihe codierter Mitteilungen von Celtris III empfangen hatten. Sie konnten nur Rückstände von Thetaband-Emissionen feststellen. Captain Jellico schloß daraus, daß dieses Signal ein Zeichen dafür war, daß wir auf irgendeine Weise unsere Mission erledigt hatten, und informierte Admiral Nechayev. Trotzdem wußte er weder, wo sich mein Landeteam gegenwärtig aufhielt, noch vermochte er zu sagen, ob wir überhaupt lebten.

In der Zwischenzeit wurde ich in eine Einrichtung gebracht, wo mich ein cardassianischer Captain mit Namen Gul Madred verhörte. Er wollte von mir etwas erfahren über die Pläne der Föderation, Minos Korva zu verteidigen. Da sie glaubten, daß ich als Captain der *Enterprise* in vollem Umfang über diese Pläne informiert worden war, hatten sie einen ausgefeilten Plan entwickelt, um mich in ihre Gewalt zu bringen. Zu ihrem Pech wurden die Pläne der Föderation erst an die *Enterprise* übermittelt, nachdem ich das Schiff mit meinem Team bereits verlassen hatte. Das bedeutete, daß ich den Cardassianern nicht das sagen konnte, was sie wissen wollten, auch wenn sie mir eine Art Wahrheitsserum injizierten.

Die Cardassianer informierten Gul Lemec von meiner Gefangennahme, der wiederum Captain Jellico unterrichtete. Dann fügte er noch ein paar Falschinformationen über das hinzu, was sich auf Celtris III ereignet haben sollte. Er erklärte Captain Jellico, daß die cardassianische Union noch keine Entscheidung getroffen hatte, wie sie auf diese Provokation reagieren sollte – aber sie würde darauf reagieren.

Ihm gegenüber behauptete Jellico, er wisse nichts über ein Föderationsteam, das in cardassianisches Territorium geschickt worden war. Commander Riker und Counselor Troi gegenüber enthüllte Captain Jellico dann aber sein Wissen über unsere Mission. Da er nicht zu denen gehörte, die den Cardassianern trauten, schickte er Mr. Riker in einem Shuttle zu unserem verabredeten Treffpunkt in Lyshan-System – nur für den Fall, daß wir hatten entkommen können.

Währenddessen begann Gul Madred, einen anderen Plan mit mir zu verfolgen. Er sagte mir, wenn ich kooperieren und ihm die Verteidigungspläne der Föderation für Minos Korva verraten würde, dann würde meine Bestrafung als Spion … zivilisiert ausfallen. Es stand außer Frage: Gul Madred wußte genau, daß ich ihm nichts verraten konnte. Immerhin hatte er mich unter dem Einfluß eines Wahrheitsserums verhört. Das hinderte ihn aber nicht, mich brutaler Folter zu unterwerfen. Meiner Kleidung beraubt, wurde ich die Nacht über mit gefesselten Händen an der Decke aufgehängt. Als ich wieder erwachte, erfuhr ich, daß die Cardassianer mir ein Gerät in die Brust implantiert hatten, das unerträglichen Schmerz gezielt in jeden Teil meines Körpers schicken konnte.

Madred kehrte am nächsten Morgen zurück und gab zu, er sei sicher, daß ich ihm alles erzählt hatte, was ich wußte. Doch das genügte ihm nicht. Jetzt wollte er das erreichen, was er von Anfang an beabsichtigt hatte – er wollte, daß ich mich *ihm* unterwarf. Es war ein geistiges Kräftemessen.

Der Cardassianer schaltete vier grelle Lichter ein, die direkt auf mein Gesicht gerichtet waren. Er fragte mich, was ich sehe. Ich sagte: »Vier Lichter.«

Gul Madred verneinte: »Es sind fünf.«

Da ich ihm nicht zustimmen wollte, aktivierte Gul Madred das Gerät in meiner Brust. Der Schmerz war kaum auszuhalten, aber ich war entschlossen, ihn nicht die Kontrolle über mich erlangen zu lassen. Ich bezahlte einen hohen Preis für meinen Widerstand, als Gul Madred einen weiteren extrem schmerzhaften Stoß durch meinen Körper jagte.

Die Cardassianer hatten mein Geständnis aufgezeichnet und eine Kopie an Gul Lemec geschickt, der sie Captain Jellico vorführte. Dieser erklärte Gul Lemec, daß ich nicht auf seinen Befehl hin gehandelt hätte und daß mein Schicksal ihm nichts bedeute. Der Gul sicherte Jellico meine Freilassung zu, wenn die Föderation sich dazu bereit erklären würde, sich aus dem Sektor Minos Korva zurückzuziehen. Ansonsten würde man mich als Terroristen behandeln und sehr wahrscheinlich hinrichten.

Captain Jellico erklärte, er müsse diese Angelegenheit mit seinen Vorgesetzten besprechen. Gul Lemec gab ihm sieben Stunden, um zu entscheiden, wie die Föderation auf seinen Vorschlag reagieren würde.

Unter vier Augen wies Captain Jellico Commander Riker an, eine Nachricht an Admiral Nechayev zu senden, mit der Empfehlung, Lemecs Vorschlag abzulehnen. Will fragte ihn daraufhin, was er in meiner Sache zu tun gedenke. Captain Jellico schüttelte den Kopf – also nichts.

Mr. Riker erklärte, er schlage zwar nicht vor, ein Sternensystem aufzugeben, nur um das Leben eines einzelnen Mannes zu retten, aber das mindeste, was Captain Jellico tun könnte, war zuzugeben, daß ich auf Befehl der Föderation gehandelt hatte. Das würde mir wenigstens den Status eines Kriegsgefangenen garantieren. Captain Jellico sagte, er würde keine Zugeständnisse machen. Das wäre ein Zeichen von Schwäche bei den Verhandlungen.

Mr. Riker war außer sich, daß Captain Jellico bereit war, mich zum Bestandteil seiner Verhandlungstaktik zu machen und mein Leben aufs Spiel zu setzen. Da Will der Erste Offizier der *Enterprise* war, war es seine Pflicht, den kommandierenden Offizier darauf aufmerksam zu machen, wenn eine Aktion ein Fehler sein könnte. Will war keineswegs mit Jellicos Weigerung einverstanden, die Cardassianer davon in Kenntnis zu setzen, daß ich im Auftrag der Föderation gehandelt hatte. Da aber der Captain bereits zuvor gezeigt hatte, daß ihn Vorschläge nicht interessierten und er Kritik nicht länger hinzunehmen bereit war, enthob er Commander Riker mit sofortiger Wirkung seiner Pflichten und machte Data zum Ersten Offizier der *Enterprise*.

Auf der Grundlage seiner Analyse der Ereignisse der letzten Tage berichtete Data, daß er glaubte, daß die Cardassianer einen Angriff im Sektor Minos Korva planten. Captain Jellico wies Commander LaForge an herauszufinden, wo das sein würde. Geordi benutzte die Sensoren, um die Außenhülle des Schiffs von Gul Lemec zu analysieren. So fand er Anhaltspunkte, daß es durchaus möglich war, daß die Cardassianer ihre Invasionsflotte im McAllister-Nebel versteckt hielten – noch in cardassianischem Territorium, aber nur elf Lichtjahre von Minos Korva entfernt. Geordi schätzte ferner, daß die Cardassianer nur noch weitere 17 Stunden in dem Nebel bleiben konnten, ohne der Außenhülle ihrer Schiffe Schäden zuzufügen. Aufgrund dieser Einschätzungen befahl der Captain Data, sofort nach Minos Korva aufzubrechen.

Währenddessen fuhr Gul Madred fort, mich zu quälen und zu foltern. Glauben Sie mir, ich habe schwer mit mir gekämpft, ihm nicht zu sagen, daß es wirklich ›fünf Lichter‹ waren. Dann – völlig überraschend – gab Gul Madred zu, daß er meinen Willen nicht brechen könne, also gab es auch keinen Grund, mich weiter bei sich zu behalten. Ich durfte gehen. Als ich mich aufrichtete und durch den Raum bewegte, sagte Madred, daß die Cardassianer das, was sie wissen wollten, von der Menschenfrau bekommen würden – Worf sei beim Fluchtversuch getötet worden, Dr. Crusher hätte man lebend fangen können. Jedenfalls ließ er mich das glauben. Da ich fürchtete, daß Beverly der gleichen – oder vielleicht einer noch schlimmeren – Folter wie ich ausgesetzt werden würde, entschloß ich mich zu bleiben. Das schien Gul Madred zu gefallen, da er so unseren Wettstreit des Willens fortsetzen konnte.

In der Zwischenzeit hatte Captain Jellico Admiral Nechayevs Zustimmung erhalten, einen Präventivschlag gegen die cardassianische Flotte im McAllister-Nebel zu führen. Seine ranghöchsten Offiziere stimmten dieser Entscheidung nicht zu, was Captain Jellico jedoch nicht im geringsten störte. Also ordnete er an, daß sie sich auf den Präventivschlag vorbereiten sollten.

Jellicos Plan bestand darin, ein Shuttle in den Nebel zu schicken und Antimaterie-Minen in der Nähe der cardassianischen Schiffe auszulegen. Wenn die Minen erst einmal am Platz waren, mußten die Cardassianer auf seine Forderungen eingehen. Sonst würden sie zerstört werden. Geordi informierte den Captain, daß das Auslegen der Minen recht schwierig sein würde und den besten Shuttlepiloten erfordern würde: Commander Riker.

Daraufhin begab sich der Captain sofort zu Commander Rikers Quartier. Typischerweise nahm Jellico auch hier kein Blatt vor den Mund. Ihre Dienstränge für den Augenblick ignorierend, erklärte er Riker, daß er ihn weder mochte noch viel von seinen Führungsqualitäten hielt. Da Mr. Riker aber der beste Shuttlepilot an Bord war, war er hier, um ihn um seine Hilfe zu bitten.

Commander Riker antwortete entsprechend. Er sagte Captain Jellico, daß er auch von ihm nicht viel halte. Will warf ihm vor, er sei so arrogant und engstirnig, daß er alles und jeden kontrollieren müsse. Er verbreite keine vertrauensvolle Atmosphäre und könne die Crew nicht dazu bewegen, sich für ihn einzusetzen. Es war einfach so, daß Captain Jellico alles so fest im Griff hatte, daß nichts mehr Freude machte. Außerdem hielt Will Jellico nicht für einen besonders guten Captain.

Da er seine Verpflichtung gegenüber der Sternenflotte und der *Enterprise* aber über seine Abneigung gegen Captain Jellico stellte, erklärte Commander Riker, er werde das Shuttle fliegen.

Nachdem die Minen ausgelegt waren, ordnete Captain Jellico Alarmstufe Rot an und rief Gul Lemec, der auf sein Schiff zurückgekehrt war. Gul Lemec protestierte sofort gegen die Anwesenheit der *Enterprise* in cardassianischem Territorium, wurde aber von Captain Jellico unterbrochen, der dem Cardassianer erklärte, er werde nicht mit ihm diskutieren. Dann informierte er Gul Lemec, jedes cardassianische Schiff im Nebel sei vermint. Er habe den Finger auf dem Auslöser, und Gul Lemec befinde sich in einer sehr schlechten Position. Als der Cardassianer erwiderte, er lasse sich nicht einschüchtern, ließ Captain Jellico eine der Minen hochgehen. Sie war zu weit entfernt, um einem der Schiffe Schaden zuzufügen, aber sie war nahe genug, um seinen Worten Nachdruck zu verleihen. Nun zeigte sich Gul Lemec sofort verhandlungsbereit.

Captain Jellico forderte, daß die cardassianischen Schiffe nacheinander den Nebel verließen. Bevor es Kurs auf die nächste cardassianische Basis nehmen würde, sollte jedes Schiff die Hauptphaserspule abwerfen. Ich sollte ebenfalls freigelassen werden – sofort.

Trotz des Befehls, mich freizulassen, setzte Gul Madred sein Spiel fort. Gul Madred erzählte mir, daß die *Enterprise* getroffen worden war und brennend im All trieb und daß die Invasion von Minos Korva erfolgreich verlaufen war. Die Cardassianer würden der Föderation mitteilen, daß ich im Verlauf der Invasion ums Leben gekommen sei. Sie beabsichtigten, mich für eine sehr, sehr lange Zeit als Gefangenen zu behalten. Ich war am Boden zerstört. Aber Gul Madred war bereit, es mir zu überlassen, ob ich mein Leben als Gefangener in relativem Luxus oder in Schmerz fristen würde. Ich sollte ihm einfach nur sagen, wieviele Lichter ich sah. Ehrlich gesagt, weiß ich nicht, was ich erwidert hätte. Aber in dem Augenblick betrat Gul Lemec den Raum, befahl Gul Madred, ich solle sofort zur *Enterprise* zurückgeschickt werden. Bevor ich ihn verließ, wollte ich Gul Madred zeigen, daß er meinen Willen nicht gebrochen hatte. Daher rief ich ihm zu: »Es sind vier Lichter!«

Nachdem ich wieder meine normale Uniform trug und meinen Bericht für Starfleet abgeschlossen hatte, ging ich auf die Brücke, wo mich Captain Jellico auf der *Enterprise* willkommen hieß. Ich würde, meinte er, die *Enterprise* im gleichen Zustand vorfinden, wie ich sie verlassen hatte ... vielleicht eine Spur besser. Dann wies er den Computer an, das Kommando auf mich zurückzuübertragen. Danach verließ er die *Enterprise* und begab sich zurück auf die *Cairo*.

Ich übergab das Kommando an Commander Riker und besprach die Ereignisse der letzten Tage mit Deanna.

Persönliches Logbuch des Captains,
Sternzeit 46422.3.
Beobachtungen zum Prinzip ›Ehrlichkeit‹.
Auf dem Weg ins Detrian-System

Wir sind jetzt auf dem Weg ins Detrian-System, wo wir hoffentlich die Kollision zweier Gasriesen und die Geburt eines neuen Sterns beobachten können. Wir sind sehr nervös angesichts der Möglichkeit, ein solches Ereignis miterleben zu können. Die Entstehung eines neuen Sterns zu erleben gehört zu den Erfahrungen, die nicht vielen Menschen in ihrem Leben vergönnt ist. Da ich ein wenig Zeit zur freien Verfügung habe, werde ich nun meine Beobachtungen zu den zuvor berichteten Erfahrung niederschreiben, um den Stellenwert der Ehrlichkeit zu verdeutlichen.

Ohne Frage gehören die quälenden Schmerzen und die Folter, denen ich sowohl bei den Borg als auch bei den Cardassianern ausgesetzt war, zu den erniedrigendsten und schmerzhaftesten Erfahrungen, die mir in den vielen Jahren meines Dienstes bei Starfleet widerfuhren. Dennoch kann ich Ihnen versichern, daß ich mir für den Captain eines Raumschiffs nur schwer eine entwürdigendere Erfahrung vorstellen kann, als plötzlich und unsanft seines Kommandos enthoben zu werden – ohne Begründung oder Rechtfertigung. Aus diesem Grund kann ich weder für den Grund noch für die Art Verständnis aufbringen, wie Admiral Nechayev mir das Kommando über die *Enterprise* entzog.

Ich verstehe auch die Notwendigkeit, entscheidende Aktionen durchzuführen, um die Interessen der Föderation zu beschützen und zu verteidigen. Dennoch sollte diese Erkenntnis nicht dazu benutzt werden, um daraus zu schlußfolgern, daß ausnahmslos jede in einer Krisensituation ergriffene Maßnahme notwendig ist. Ich stehe vor einem Rätsel, wenn ich die Denkweise jener Offiziere verstehen will, die ein Team auf eine extrem gefährliche Mission schicken, ohne ihm die Möglichkeit einzuräumen, den Auftrag abzulehnen.

Offensichtlich setzte Admiral Nechayev großes Vertrauen in die Kommandofähigkeiten von Captain Jellico bei dieser Mission. Aber ich kann nicht umhin festzustellen, daß dies eine unüberlegte Maßnahme war. Gestatten Sie mir eine Erklärung. Commander Riker hat bei mehreren Gelegenheiten unter Beweis gestellt, daß er in der Lage ist, die *Enterprise* zu befehligen. Außerdem hätten die Gespräche mit den Cardassianern von Captain Jellico auf der *Enterprise* geführt werden können, ohne ihn zum Captain des Schiffs zu machen. Er hätte einfach das

Kommando über die *Cairo* behalten und sich für die Gespräche auf die *Enterprise* beamen lassen können. Und wenn es irgendeinen Grund zu der Annahme gab, die Gespräche könnten fehlschlagen und zu militärischen Aktionen der Föderation gegen die Cardassianer führen, dann war Captain Jellico einfach nicht der richtige Mann, um solche Aktionen zu leiten. Schließlich war er noch nie auf einem Schiff der Galaxy-Klasse gewesen, und es gab keinen zwingenden Grund, das Kommando über das Schiff einem anderen zu übertragen. Trotz der Tatsache, daß Captain Jellico Erfahrung bei Friedensverhandlungen mit den Cardassianern hatte, zeugten seine Aktionen während dieser Mission nicht von diplomatischem Talent. Jellicos Aktionen als Captain der *Enterprise* sprechen für sich.

Trotz der Schwierigkeiten, die Admiral Nechayev und Captain Jellico meinen Offizieren und der gesamten Crew bereiteten, war ich voller Vertrauen, daß sie alle ihre Pflichten Starfleet und sich selbst gegenüber erfüllen würden. Da unsere Mission auf Celtris III möglicherweise ungewöhnliche Sicherheitsvorkehrungen erforderte, war das gegenseitige Vertrauen zwischen Dr. Crusher, Worf und mir stark genug, um uns in einer Zeit der Ungewißheit zusammenzuhalten.

Persönliches Logbuch des Captains,
Sternzeit 46459.7.
Erkenntnisse zum Prinzip ›Ehrlichkeit‹.
Auf dem Weg zu einer Relais-Station nahe der klingonischen Grenze

Die *Enterprise* befindet sich gegenwärtig auf dem Weg zu einer Relais-Station der Föderation nahe der klingonischen Grenze, wo wir planmäßig Vorräte abliefern sollen. Ich möchte diese Gelegenheit nutzen, um meine Erkenntnisse zum Prinzip ›Ehrlichkeit‹ aufzuzeichnen. Als

Offizier erwartet man von Ihnen, daß Sie für Ihre persönliche Ehre einen hohen Maßstab anlegen. Daher stelle ich Ihnen nachfolgend die Erkenntnisse vor, die ich gewonnen habe und von denen ich glaube, daß Sie sie in Erwägung ziehen sollten.

- Da die Menschen gefühlsbetonte Wesen sind, kann es geschehen, daß sie das Falsche tun, weil es für den Augenblick notwendig erscheint – diese Notwendigkeit erweist sich oft als das Ergebnis von Ignoranz oder Verleugnung.
- Ich glaube, daß Mißtrauen auf viele Arten entsteht. Ein Offizier, der durch selbstsüchtige Pläne und hinterlistige Praktiken etwas erreicht, mag glauben, daß er den Schlüssel zum Erfolg gefunden hat. Aber der Tag wird kommen, an dem man ihn durchschaut. Dann werden selbst seine überzeugendsten Worte ihren Wert verlieren.
- Jemand, der in hohem Maße unehrlich ist, wird bald keine Gelegenheit mehr haben, ehrlich zu sein, weil die Türen sich hinter ihm geschlossen haben. Sich selbst gegenüber ehrlich zu sein bedeutet, denen gegenüber ehrlich zu sein, die die Schlüssel für jene Türen in den Händen halten.
- Es ist recht einfach, die Fehler anderer zu erkennen, aber es ist viel schwieriger zuzugeben, daß man für die Fehler, die man bei anderen findet, verantwortlich sein könnte.
- Um hohes Ansehen zu genießen, sollten die Handlungen eines Offiziers nicht seinen Worten widersprechen. Zugleich ist es aber ebenso wichtig, daß die Handlungen eines Offiziers nicht dem Allgemeinwohl schaden.
- Ein Offizier, der stets sich selbst und anderen gegenüber ehrlich ist, ist ein Offizier, dem man vertrauen und auf den man sich in Krisensituationen verlassen kann. Das gilt auch für andere Crewmitglieder.
- Aus Sicherheitsgründen mag es einem Offizier verboten sein, die Art eines Auftrages jedem Besatzungsmitglied gegenüber umfassend zu erklären. Dennoch sollte ein Offizier unter keinen Umständen seine Crew bezüglich des Charakters eines Auftrages in die Irre führen.

- Die Zeit, in der ein neuer Offizier eine vernünftige Beziehung zu seiner Crew entwickeln kann, mag knapp bemessen sein. Was jedoch kein ausreichender Grund ist, sich erst gar nicht um ein vertrauensvolles Miteinander zu bemühen.
- Moral und Motivation der Besatzungsmitglieder spiegeln direkt wider, wie sie die Integrität ihres Kommandanten einschätzen.

Und last, but not least:

- Ehrlich zu sein kann dazu führen, daß man Sie für einen kurzen Zeitraum daran hindert, Ihren Dienst zu verrichten. Man wird Sie aber spätestens dann zur Pflicht zurückrufen, wenn der Erfolg einer Mission von Ihnen abhängt, weil man Ihnen vertrauen kann.

Ich bin sicher, daß man als Starfleet-Offizier Integrität nicht nur in Worten und Taten zeigen muß, sondern auch in den Ideen und den Prinzipien. Dies sollte der Ehrenkodex eines Starfleet-Offiziers sein.

VIII

DAS PRINZIP ›ABHÄNGIGKEITEN‹

VORWORT DER DIREKTORIN

Die Fortschritte in der Konstruktion der Raumfahrzeuge des 24. Jahrhunderts haben praktisch die physikalischen, mechanischen und technologischen Mängel verschwinden lassen, die für frühere Generationen Gefahren darstellten. Und trotzdem: Im All können weder das Überleben noch der Erfolg einer Mission durch noch so hochentwickelte Ingenieurs- und Physikerleistungen garantiert werden.

Der Weltraum ist nun einmal ein gnadenloses Arbeitsgebiet. Die Reise zwischen den Himmelskörpern ist oft gefährlich, und man trifft auf unverhoffte und unvorhersehbare Notfälle, die zu Umständen und Situationen führen, die die Enterprise *und ihre Crew einem großen Risiko aussetzen können. Zudem kann die Mission der* Enterprise *nicht von einer einzigen Person erfüllt werden. Das erklärt, warum die Besatzungsmitglieder der* Enterprise *sich stets aufeinander verließen, sowohl was ihre Sicherheit als auch den Erfolg der Mission betraf.*

Für diejenigen, die bei Starfleet dienen, ist es wichtig, daß sie folgendes verstehen: Die gegenseitige Abhängigkeit beginnt nicht erst auf einem Raumschiff und sie endet auch nicht dort. Vielmehr ist sie in der Flotte allgegenwärtig – sie beginnt überall und endet nirgends.

Als Führungsqualität erfordert die gegenseitige Abhängigkeit von anderen, daß ein Offizier nicht auf die angemessene Autorität verzichtet, daß er in der Ausübung seiner Pflichten nicht selbstgefällig wird, daß er seine Individualität nicht aufgibt und nicht versucht, so wie die Masse zu denken oder zu handeln, um akzeptiert zu werden. Das wäre nicht nur falsch, es würde entwe-

der ins Chaos führen oder darin resultieren, daß sich die Flotte wie die Borg verhält, deren maßgebliche Verwundbarkeit gerade ihre vollständige gegenseitige Abhängigkeit ist, in der das ›Individuum‹ völlig vernichtet wird.

Über gegenseitige Abhängigkeit kann man leicht reden, sie ist jedoch nur schwer kultivierbar, und man kann sich ihrer nie völlig sicher sein. Daher muß selbst im 24. Jahrhundert Starfleet gelegentlich die Offiziere disziplinieren, deren unüberlegte, unabhängige Aktionen andere in Gefahr bringen.

ADMIRAL ANDREA BRAND
Leiterin der Starfleet-Akademie

Persönliches Logbuch des Captains, Sternzeit 44441.7. Abflug von der Sternenbasis 211

Obwohl die Föderation vielen Feinden in kriegerischen Auseinandersetzungen begegnet ist, haben diplomatische Initiativen zu Friedensvereinbarungen und Waffenstillstandsabkommen mit einigen unserer aggressiveren Gegner geführt. Frieden ist oft ein zerbrechlicher Zustand. Ihn zu bewahren, erfordert von jedem Offizier, die Verpflichtung der Föderation zu befolgen, die Vereinbarungen mit anderen Völkern zu wahren. Aus diesem Grund muß ich mit einem tiefen Gefühl der Enttäuschung davon berichten, wie ein hochrangiger Starfleet-Offizier vor kurzem den Frieden mit einem ehemaligen Feind der Föderation aufs Spiel setzte. Wie das Ereignis verdeutlicht, stellen Offiziere, die unüberlegte, einzelgängerische Maßnahmen ergreifen, für uns alle eine große Gefahr dar.

Wir waren routinemäßig mit kartographischen Arbeiten in der Nähe des cardassianischen Sektors beschäftigt. Seit dem Abschluß des Friedensvertrags, der einen langen Konflikt zwischen der Föderation und den Cardassianern beendete, war fast ein Jahr vergangen. Trotz dieses Vertrages wachten die Cardassianer voller Nervosität über ihre Grenze. Als Data mich informierte, daß sich die *Enterprise* dem Grenzbereich des Sektors 21503 nähere, befahl ich Mr. Worf, nach einem cardassianischen Patrouillenschiff Ausschau zu halten. Sicher würde bald eines mit uns Kontakt aufnehmen.

Auf der Brücke erinnerte ich mich im Kreise meiner Offiziere an das letzte Mal, da ich mich in diesem Sektor befunden hatte. Während meiner Zeit als Captain der *U.S.S. Stargazer* war ich auf eine Mission geschickt worden, um die ersten Schritte hin zu einem Waffenstillstand mit den Cardassianern zu tun. Beim ersten Kontakt mit den Cardassianern senkte ich die Schilde als Zeichen meines guten Willens. Dieser gute Wille war bei den Cardassianern aber fehl am Platz. Sie reagierten auf meine Geste, indem sie auf mein Schiff feuerten. Sie konnten die meisten unserer Waffen ausschalten und den Impulsantrieb beschädigen, bevor ich den Befehl zum Rückzug geben konnte.

Aufgrund dieser Erfahrung kam Worf zu der Erkenntnis, daß die Cardassianer ohne Ehre seien und man ihnen nicht vertrauen könne. Amüsiert, aber nicht überrascht über diese Beobachtung bemerkte Counselor Troi, daß Worf den Cardassianern nun vertrauen müsse, da sie unsere Verbündeten seien. Zu Recht – wenn auch mehr seinem klingonischen Ehrgefühl entsprechend – erinnerte Worf Deanna daran, daß Vertrauen verdient werden müsse, daß man niemandem Vertrauen einfach schenke.

Ich war ein wenig nervös angesichts des Scoutschiffs, das bald mit uns Kontakt aufnehmen würde. Ungeachtet des Friedensabkommens war es keine gute Idee, zu lange an der cardassianischen Grenze zu bleiben, ohne die eigenen Absichten kundzutun.

Wenig später – und zu unserer völligen Überraschung – war es kein Scoutschiff, das mit uns Kontakt aufnahm.

Die *Enterprise* wurde unerwartet durchgeschüttelt, als wir von einem cardassianischen Kriegsschiff angegriffen wurden. Während des Alarms stellte Worf fest, daß die Cardassianer sich auf eine zweite Attacke vorbereiteten. Ich befahl ihm, unsere vorderen Schilde zu aktivieren und das cardassianische Schiff zu rufen. Sie reagierten nicht auf unseren Ruf und feuerten erneut. Da mir noch immer nicht klar war, was den Angriff der Cardassianer auf unser Schiff provoziert hatte, wies ich Worf an, sie noch einmal zu rufen.

Ein Schadensbericht zeigte an, daß wir geringen Schaden erlitten hatten, bevor wir unsere Schilde aktiviert hatten. Die Schiffsstruktur war intakt, und wir hatten keine Opfer zu beklagen, aber Commander LaForge meldete, daß unser Steuerbordantrieb ausgefallen war.

Während sie weiterhin unsere Rufe ignorierten, setzten die Cardassianer ihren rücksichtslosen Angriff auf die *Enterprise* fort. Ich befahl Ausweichmanöver und sagte Mr. Worf, er solle die Phaser vorbereiten. Angewiesen, das Feuer auf die Schilde und Maschinen des cardassianischen Kriegsschiff zu begrenzen, feuerte Worf mehrere Phasersalven ab. Nach einer Reihe direkter Treffer war das Kriegsschiff außer Gefecht gesetzt.

Wir sendeten noch einmal einen Ruf. Diesmal wurden wir gehört. Ich identifizierte mich, und der cardassianische Captain stellte sich als Gul Macet, Kommandant des Schiffs *Trager* vor.

Ich fragte Gul Macet, warum er auf uns gefeuert hatte. Er machte mich darauf aufmerksam, daß meine Frage seltsam sei: »Im Krieg greift man seine Feinde an.«

Irritiert über seine Bemerkung, erinnerte ich ihn daran, daß es einen Friedensvertrag zwischen unseren Völkern gab. Er erwiderte, daß dieser Vertrag wohl dem Föderationsschiff entgangen sein mußte, das vor zwei Tagen eine unbewaffnete Forschungsstationen angegriffen hatte. Nun war ich noch irritierter. Ich fragte mich, warum ein Schiff der Föderation eine cardassianische

Raumstation zerstören sollte. Eine solche Handlung war eine Verletzung des Friedensvertrages und konnte durchaus Auslöser für einen weiteren Krieg mit den Cardassianern sein.

Ich sagte Gul Macet, daß die Föderation und die Cardassianer zu hart um diesen Frieden gerungen hatten, um ihn so schnell wieder aufzugeben. Er erinnerte mich daran, daß nicht sie es waren, die den Frieden aufgekündigt hatten. Ich erklärte Gul Macet, daß mir von dieser Vertragsverletzung nichts bekannt sei und ich mit meinen Vorgesetzten sprechen müsse. Ich bat ihn also um eine Stunde Zeit, damit ich herausfinden konnte, was es mit diesen Aktionen auf sich hatte. Die einzige andere Möglichkeit bestand darin, daß wir uns weiter gegenseitig beschossen. Ich wies den cardassianischen Captain darauf hin, daß er in einem solchen Wettstreit im Nachteil sein würde, eine Bemerkung, die möglicherweise der Grund für sein rasches Einverständnis war.

Ich begab mich in den Bereitschaftsraum und nahm Kontakt mit Admiral Haden auf, dem Commander des Sicherheitsdienstes von Starfleet. Nachdem er meinen Bericht bestätigt hatte, sagte der Admiral, daß es sich bei dem Föderationsschiff, das den Angriff geführt hatte, um die *U.S.S. Phoenix* unter dem Kommando von Captain Benjamin Maxwell handele.

Das waren schockierende Nachrichten. Ben Maxwell war einer der besten Captains bei Starfleet. Ich teilte Admiral Haden meine Ansicht mit, daß Captain Maxwell sicherlich provoziert worden war, um solche Maßnahmen zu ergreifen. Admiral Haden erwiderte, daß Starfleet liebend gerne wissen würde, was geschehen war. Doch Captain Maxwell reagierte nicht auf die Aufforderungen der Sternenflotte, sich zu melden und eine Erklärung abzugeben.

Admiral Haden informierte mich weiterhin darüber, daß sich die von der *Phoenix* zerstörte cardassianische Wissenschaftsstation im Sektor 21505 befand. Starfleet hatte keine Ahnung, wo sich die *Phoenix* gegenwärtig aufhielt, aber man nahm an, daß sie sich noch immer in cardassianischem Territorium befand.

Ich sollte mich auf die Suche nach der *Phoenix* machen und Captain Maxwell davon abhalten, noch mehr Unheil anzurichten. Admiral Haden erklärte mir, daß die Cardassianer uns zur Ausführung dieser Mission freies Geleit gewährt hätten. Als Zeichen des guten Willens hatte sich die Föderation einverstanden erklärt, daß eine kleine Delegation cardassianischer Beobachter uns auf der *Enterprise* begleiten durfte. Ohne ausdrückliche Erwähnung der kürzlichen Begegnung mit den Borg erinnerte mich Admiral Haden daran, daß die Föderation noch nicht für eine neue, ausgedehnte Auseinandersetzung bereit war. Als Konsequenz daraus war der wichtigste Teil meiner Mission der, den Frieden zu bewahren, koste es, was es wolle.

Ich kehrte auf die Brücke zurück und berichtete meinen Offizieren von unserer neuen Mission. Gul Macet und zwei Berater würden auf die *Enterprise* kommen. Ich beabsichtigte, den Cardassianern gegenüber offen zu sein und ihnen zu erlauben, sich unserer Suche nach der *Phoenix* anzuschließen.

Mr. Worf machte sich Sorgen über die Sicherheit unseres Schiffs und wollte die Cardassianer während ihres Aufenthalts auf der *Enterprise* bewachen. Ich respektierte seine Bedenken, sagte Worf aber, daß sie unsere Gäste sein würden, ich wollte sie nicht wie Gefangene behandeln. Dennoch war ich damit einverstanden, die sensibleren Bereiche unseres Schiffs bewachen zu lassen, so daß die Cardassianer dort nur beschränkten Zugang haben würden.

Als zweite Vorsichtsmaßnahme wies ich Counselor Troi an, mit der Crew während unserer Mission in enger Verbindung zu bleiben, da sich einige von ihnen angesichts der Cardassianer an Bord unwohl fühlen könnten. Ich wollte Zwischenfälle vermeiden.

Dann fragte ich, ob sich an Bord der *Enterprise* jemand befinde, der früher einmal unter Captain Maxwell gedient hatte. Data berichtete, Chief O'Brien sei unter Maxwell auf der Rutledge gewesen. Ich bat Commander Riker und Counselor Troi, unsere cardassianischen Gäste im Transporterraum zu empfangen und bei dieser Gelegenheit Chief O'Brien darüber zu informieren, daß ich ihm einen Besuch abstatten würde.

Wir drangen in cardassianisches Territorium ein, waren aber nicht in der Lage, die *Phoenix* zu orten. Chief O'Brien schloß sich meinen Offizieren, den cardassianischen Beobachtern und mir im Beobachtungsraum an, um die Lage zu besprechen. Gul Macet war skeptisch. Er glaubte nicht, daß ich alles in meiner Macht Stehende versuchte, um das Schiff der Föderation ausfindig zu machen.

Ich stellte Chief O'Brien den cardassianischen Beobachtern als jemanden vor, der früher unter Captain Maxwell gedient hatte. Vielleicht konnte er uns einige Erkenntnisse vermitteln, warum sein früherer Captain eine derart drastische, unerlaubte Aktion gegen die cardassianische Wissenschaftsstation durchgeführt hatte.

Chief O'Brien erklärte uns, daß Captain Maxwells Frau und Kinder im Verlauf des cardassianischen Krieges während eines Angriffs auf Setlik III getötet worden waren. Die Cardassianer hatten diesen zivilen Außenposten irrtümlich für eine Basis gehalten, von der aus die Föderation einen Großangriff vorbereitete. Sie hatten einen Präventivschlag geführt, bei dem fast einhundert Zivilisten ums Leben kamen. Captain Maxwell kommandierte zu dieser Zeit die *Rutledge*, die am Morgen nach dem Überfall Setlik III erreichte – zu spät, so daß sie nur ein paar Überlebende in entlegeneren Gebieten retten konnten. Gul Macet vermutete, daß der Tod von Maxwells Familie die Grundlage für die Zerstörung der cardassianischen Wissenschaftsstation war – ein Vergeltungsakt für den eigenen Verlust.

In dem Moment wurde unsere Besprechung von Mr. Worf unterbrochen, der mir mitteilte, daß die Langstreckensensoren die *Phoenix* ausfindig gemacht hatten. Ich bat Gul Macet, mich auf die Brücke zu begleiten.

Als wir die Brücke erreichten, informierte mich Data, daß sich die *Phoenix* im Sektor 21505 befand. Wir gingen auf Abfangkurs. Ich wies Mr. Worf an, Captain Maxwell eine Nachricht zu senden, daß er sich auf ein Treffen mit der *Enterprise* vorbereiten solle.

Gul Macet schlug vor, daß ich ihm vielleicht die genauen Koordinaten und die kodierte Transponderfrequenz geben sollte, da sich eine Reihe cardassianischer Schiffe im Sektor 21505 aufhielt. Mit diesen Informationen konnten die Cardassianer die *Phoenix* viel schneller abfangen, als es der *Enterprise* möglich war.

Ich war mir völlig darüber im klaren, daß es dringend erforderlich war, Captain Maxwell von weiteren Zerstörungen abzuhalten. Aber mir war auch klar, daß ich den Cardassianern die Gelegenheit geben würde, aus Rache die *Phoenix* zu zerstören, wenn ich Gul Macet diese Informationen geben würde. Daher entschied ich mich, seine Bitte abzulehnen – jedenfalls für den Augenblick. Unter diesen Umständen wollte ich derjenige sein, der als erster Kontakt mit Captain Maxwell aufnahm. Auch traute ich Gul Macet nicht völlig.

Als wir uns der *Phoenix* näherten, stellten wir fest, daß sie ein cardassianisches Versorgungsschiff verfolgte. Das überraschte Gul Macet, da er bislang nicht gewußt hatte, daß die Föderation in der Lage war, cardassianische Transpondercodes zu entschlüsseln – was uns in die Lage versetzte, die Bewegungen ihrer Schiffe nachzuvollziehen. Gul Macet wollte wissen, wie uns das möglich war, aber ich lenkte ihn von unserer Technologie ab, indem ich ihn daran erinnerte, daß ein cardassianisches Schiff möglicherweise in Gefahr war.

Mr. Worf informierte mich, daß die *Phoenix* noch nicht auf unsere Rufe geantwortet hatte. Captain Maxwell mußte klargemacht werden, daß seine Weigerung, unsere Rufe zu beantworten, ihm keine Straffreiheit gewährte. Daher wies ich Worf an, einen Endlosruf von höchster Priorität auf allen Subraumkanälen an die *Phoenix* zu senden: »Stoppen Sie sofort Ihre Verfolgung!«

Gul Macet wurde angesichts unserer Versuche, die *Phoenix* aufzuhalten, zunehmend ungeduldig. Er bat mich, ihm die Position anderer cardassianischer Schiff in diesem Gebiet zu zeigen. Da die Erfüllung dieser Bitte in meinen Augen keine Gefahr darstellte, ließ ich Data auf dem Computermonitor die Position aller cardassianischen Schiffe in diesem Sektor anzeigen. Gul Macet studierte rasch die Anzeige und wies darauf hin, daß eines ihrer Kriegsschiffe der *Phoenix* näher war als wir. Würde ich ihm den Transpondercode der *Phoenix* geben, dann könnte das cardassianische Schiff Captain Maxwell abfangen, bevor es zu spät sei, sagte Macet. Er verlieh seiner Bitte etwas Dramatisches und fragte mich, ob ich untätig dastehen und zusehen wolle, wie Maxwell eines ihrer Schiffe zerstören würde.

Nochmals fragte ich Mr. Worf, ob die *Phoenix* auf irgendeinen unserer Rufe geantwortet habe. Er bestätigte nur, daß es noch immer keine Erwiderung gab, womit ich für den Augenblick wenig Alternativen hatte. Da mir klar war, daß das vorrangige Ziel unserer Mission die Erhaltung des Friedens war – um jeden Preis –, befahl ich Mr. Worf, den Transpondercode der *Phoenix* dem cardassianischen Kriegsschiff zu übermitteln. Mr. Worf protestierte gegen meinen Befehl, da diese geheime Information es den Cardassianern ermöglichen würde, alle Starfleet-Schiffe außer Gefecht zu setzen. Ich hatte volles Verständnis für Mr. Worfs Protest, aber ich durfte nicht zulassen, daß Captain Maxwell das cardassianische Versorgungsschiff zerstörte. Ich wiederholte meinen Befehl, und Mr. Worf führte ihn ohne Zögern oder Protest aus.

Unmittelbar nach Empfang unserer Übertragung näherte sich das cardassianische Kriegsschiff der *Phoenix* und eröffnete das Feuer. Die *Phoenix* wurde zwar beschädigt, war aber nicht gefechts- und flugunfähig. Captain Maxwell leitete sofort Ausweichmanöver ein und brachte sein Schiff außer Reichweite der Waffen des cardassianischen Schiffs, bevor er das Feuer erwiderte. Auf dem Computermonitor wurden wir Zeuge der Zerstörung des cardassianischen Schiffs durch Photonentorpedos der *Phoenix*.

Captain Maxwell letzte Aktion war für uns alle sehr unerfreulich. Die Gesamtzahl der Opfer von Captain Maxwells fortgesetzten Angriffen belief sich auf 650 – das Kriegsschiff hatte eine Crew von 600, das Versorgungsschiff 50 Besatzungsmitglieder. Es war kein weiterer Aufschub mehr möglich. Captain Maxwell mußte aufgehalten werden, was bedeutete, daß wir die *Phoenix* so schnell wie möglich abfangen mußten.

Mr. Data teilte mir mit, daß wir bei unserer momentanen Geschwindigkeit von Warp Vier 16 Stunden und 44 Minuten benötigen würden, um die *Phoenix* abzufangen. Ich befahl, unsere Geschwindigkeit auf Warp Neun zu erhöhen.

Ich verließ die Brücke und begab mich zu Chief O'Brien, um mit ihm zu reden. »Was geht in Maxwells Kopf vor?« fragte ich ihn.

Er sagte, es gebe einen Grund für Maxwells Aktionen – diese Cardassianer hätten sicher irgend etwas vor. »Es kann nicht anders sein.«

O'Brien meinte, trotz der Tatsache, daß die Cardassianer Maxwells gesamte Familie ausgelöscht hatten, wäre sein früherer Captain nicht der Typ, der sich von Rachedurst leiten ließ. Die Cardassianer mußten irgend etwas vorhaben.

Ich kehrte zur Brücke zurück, wo Worf soeben einen der cardassianischen Beobachter in Gewahrsam genommen hatte. Während der Cardassianer seine Unschuld beteuerte, sagte Worf mir, er habe ihn an einem Computer angetroffen, wo er versucht habe, Zugang zu den Informationen über die Waffensysteme der *Enterprise* zu bekommen. Der Cardassianer erwiderte, er habe das Interface-System des Terminals studiert, das weiter entwickelt sei als auf seinem Schiff – er hatte keine Ahnung, um welche Dateien es sich handelte.

Gul Macet schien verärgert über die Aktionen seines Untergebenen. Ohne weitere Fragen schickte Gul Macet seinen Berater zurück in dessen Quartier, wo er, unter Arrest gestellt, bleiben sollte. Dann erklärte mir Gul Macet, daß er über das Verhalten seines Beraters sehr enttäuscht sei und daß er ihn nach der Rückkehr auf ihr Schiff bestrafen würde. Ich betrachtete die Angelegenheit als abgeschlossen. Er dankte mir für meine Großzügigkeit in dieser Sache. Daraufhin merkte ich an, daß wir uns nicht durch die Handlungen eines einzelnen Mannes irritieren lassen durften, wenn wir den Frieden zwischen unseren Völkern bewahren wollten. Gul Macet stimmte mir zu und erklärte, es gebe solche, die nach Krieg dürsteten, aber er gehöre nicht dazu. Und er konnte an meiner Handlungsweise erkennen, daß auch ich nicht dazugehörte.

Da wir die *Phoenix* noch immer stoppen mußten, war es nicht der richtige Augenblick, um das zu äußern, aber ich hielt Worfs Bericht für die richtige Darstellung. Und mit Blick auf ihre vorangegangenen Fragen über unsere Sensoren stellte ich fest, daß ich den cardassianischen Beobachtern gegenüber mehr und mehr mißtraute. Für den Augenblick jedoch behielt ich meinen Verdacht für mich.

Wir setzten unseren Abfangkurs fort, näherten uns der *Phoenix* und konnten mit Captain Maxwell eine Verbindung herstellen. Er war einverstanden, mit mir auf der *Enterprise* zusammenzutreffen.

Commander Riker begab sich in den Transporterraum, um Captain Maxwell an Bord willkommen zu heißen. Es war O'Briens Schicht. Angenehm überrascht, Mr. O'Brien zu sehen, sagte Maxwell zu Commander Riker, daß der Chief der beste taktische Offizier war, der je unter ihm gedient hatte.

Im Bereitschaftsraum stellte Mr. Riker mir Captain Maxwell vor. Obwohl wir uns zuvor nie begegnet waren, waren mir seine herausragenden Leistungen durchaus bekannt.

Captain Maxwell bemerkte, daß ich wohl denken müsse, er habe völlig den Verstand verloren. Ich erwiderte, mir wäre dieser Gedanke gekommen.

Captain Maxwell erklärte, daß er erleichtert war, als er erfuhr, daß die Föderation mich auf die Suche nach ihm geschickt hatte. Er hielt mich für jemanden, der wußte, was sich wirklich in diesem Sektor abspielte. Somit würde ich auch verstehen können, was er getan hatte. Es war für Captain Maxwell eine ziemliche Überraschung, als ich sagte, daß mir nichts bekannt sei, was seine Taten möglicherweise rechtfertigen könnte.

Captain Maxwell behauptete, daß die Cardassianer wieder aufrüsteten. Ihre sogenannte Wissenschaftsstation war nichts anderes als eine Basis, die als Ausgangspunkt für den Flug in drei Sektoren der Föderation dienen sollte. Die Versorgungsschiffe beförderten keine wissenschaftlichen Ausrüstungen, sie transportierten heimlich Kriegsausrüstung zu der Station. Er könne mir nichts vorweisen, um seine Behauptung zu stützen, aber er beharrte darauf, daß es stimmte. Er wisse, was die Cardassianer machten.

Ich fragte ihn, warum er nicht Starfleet über seine Erkenntnisse informiert hatte. Captain Maxwell sagte, die Bürokraten bei Starfleet Command seien zu langsam, um zu reagieren, bevor die Cardassianer ihre Vorbereitungen abgeschlossen hatten. Starfleet hätte nicht die leiseste Ahnung, was sich in diesem Sektor wirklich abspielte. Offensichtlich glaubte er, daß, wenn *er* wußte, was die Cardassianer vorhatten, *er* das Recht hatte, nichtautorisierte Maßnahmen zu ergreifen, um sie aufzuhalten, bevor es zu spät war.

Captain Maxwell fuhr fort, er glaube, der Beitritt der Cardassianer zum Friedensvertrag sei ein Täuschungsmanöver, damit sie Zeit gewinnen konnten, ihre Flotte neu aufzubauen. Er war auch fest davon überzeugt, daß seine Initiative gegen die Cardassianer dazu diente, einen neuen Krieg zu verhindern.

Meine Ansicht hätte nicht gegensätzlicher sein können. Die *Phoenix* war nicht bedroht worden. Und wenn seine Verdächtigungen der Wahrheit entsprachen, dann war es nicht an ihm, Entscheidungen zu treffen, die rechtmäßig den höheren Autoritäten von Starfleet zustanden. Ich sagte Captain Maxwell, daß er – ein hervorragender Offizier mit einer überragenden Karriere – in meinen Augen die grundlegendsten Prinzipien über Bord geworfen hatte, an die er geglaubt und für die er sein Leben lang gekämpft hatte. Die Absicht meiner Feststellungen war die, Captain Maxwell klarzumachen, daß ich seine Handlungsweise als Racheakt für den Tod seiner Frau und seiner Kinder einstufte.

Captain Maxwell protestierte, wies meine Anschuldigungen von sich und setzte mich auf seine Liste der Narren in der Flotte. Trotzdem wollte er, daß ich ihn begleitete, um ein Versorgungsschiff der Cardassianer zu finden – dessen Fracht würde die Beweise erbringen, die seine Behauptungen belegen konnten.

Ich sagte Captain Maxwell, daß wir keine weiteren cardassianischen Schiffe mehr verfolgen würden. Er würde auf sein Schiff zurückkehren und Kurs auf die Sternenbasis 211 nehmen.

Starfleet hatte mir befohlen, die *Phoenix* und die *Enterprise* zurück in das Territorium der Föderation zu bringen. Dann teilte ich ihm unverblümt mit, daß ich es gestatten würde, ihm, seiner Würde zuliebe, das Kommando über sein Schiff für die Zeit unseres Fluges zur Sternenbasis 211 zu belassen. Sollte er meine Befehle nicht befolgen, würde ich ihn in die Arrestzelle der *Enterprise* werfen und die *Phoenix* in Schlepp nehmen –

sicherlich kein würdevoller Anblick. Angesichts der Möglichkeiten erklärte er sich einverstanden, meine Befehle zu befolgen. Rückblickend muß ich sagen, daß ich Captain Maxwells Worten nicht hätte vertrauen dürfen; immerhin hatte er Verstöße begangen, die wesentlich ernster waren als Befehlsverweigerung.

Auf dem Weg zur Sternenbasis 211 blieben wir dicht hinter der *Phoenix*. Es dauerte nicht lange, da änderte die *Phoenix* den Kurs und begann erneut die Verfolgung eines cardassianischen Versorgungsschiffs. Wir bleiben ihr auf den Fersen. Während der Verfolgung antwortete Captain Maxwell nicht auf unsere Rufe. Obwohl ich den Gedanken nicht mochte, sie gegen ein Föderationsschiff einzusetzen, befahl ich Mr. Worf, die Phaser vorzubereiten.

Nachdem er das cardassianische Schiff aufgebracht hatte, meldete sich Captain Maxwell bei mir. Über den Bildschirm sagte er, wenn ich einen Beweis für die Aufrüstung der Cardassianer benötigte, dann konnte ich ihn jetzt haben. Der Beweis befand sich auf dem Versorgungsschiff.

Ich schenkte dem cardassianischen Schiff keine Beachtung und machte Captain Maxwell unmißverständlich darauf aufmerksam, daß er einen direkten Befehl mißachtet hatte. Offenbar hatte er nicht die Absicht, meinen Befehlen zu folgen. Ich teilte ihm mit, daß ich das cardassianische Schiff nicht entern lassen würde. Er sollte sich auf die *Enterprise* beamen lassen.

Er mißachtete auch diesen Befehl und erklärte, daß er das cardassianische Schiff zerstören würde, wenn ich es nicht entern wollte. Die Situation war kritisch, aber ich war nicht bereit nachzugeben. Ich war fest entschlossen, meine Pflicht zu erfüllen, um den Frieden zu bewahren, auch wenn ich dafür die *Phoenix* zerstören müßte. Daher teilte ich Captain Maxwell mit, daß ich alles in meiner Macht Stehende tun würde, um ihn von der Zerstörung des cardassianischen Schiffs abzuhalten.

In diesem Augenblick kam Chief O'Brien auf die Brücke, um uns seine Ansichten mitzuteilen, was sein ehemaliger Captain unter den gegenwärtigen Umständen tun könnte. O'Brien äußerte die Vermutung, Captain Maxwell könne möglicherweise angreifen, wenn er sich in die Enge gedrängt fühle. Gleichzeitig sahen wir, daß die *Phoenix* die Schilde aktiviert hatte und die Waffensysteme zum Einsatz vorbereitete. Captain Maxwell ließ mir keine Wahl. Ich ließ gleichfalls die Waffensysteme einsatzbereit machen. Es schien so, als müsse ich um des Friedens willen die *Phoenix* angreifen.

Während wir uns darauf vorbereiteten, auf das Schiff zu feuern, schaltete sich Chief O'Brien ein und bat um meine Erlaubnis, daß er sich auf die *Phoenix* beamen und mit seinem ehemaligen Captain reden konnte. Er war der Ansicht, daß er Captain Maxwell gut genug kannte, um ihn zur Kooperation zu bewegen. Seine Bitte warf ein anderes Problem auf. Die Schilde der *Phoenix* waren aktiviert, niemand konnte hindurchgebeamt werden. Chief O'Brien erklärte jedoch, daß ihm bekannt war, daß die Hochenergiewellenzyklen, die die Schilde mit Energie versorgten, ein Fenster von jeweils einer fünfzigstel Sekunde aufwiesen. Dieses Fenster würde genügen, um ihn auf die *Phoenix* zu transportieren.

Da ich von der Idee, ein Föderationsschiff zu zerstören und dessen Crew zu töten, nicht begeistert war, gab ich Chief O'Briens Bitte nach. Sollte sich seine Mission als erfolglos erweisen, würde dies die Lage nicht verschlimmern können. Ich weiß nicht, was sich während des Gesprächs zwischen Chief O'Brien und Captain Maxwell abspielte, aber O'Brien konnte ihn überzeugen, das Kommando über die *Phoenix* seinem ersten Offizier zu übergeben und mit ihm auf die *Enterprise* zurückzukehren.

Wenig später nahmen wir Kurs auf die Sternenbasis 211. Zu meiner großen Erleichterung konnte der Frieden bewahrt werden.

Persönliches Logbuch des Captains, Sternzeit 44452.4. Beobachtungen zum Thema ›Abhängigkeiten‹. Auf dem Weg zum Sektor 21503

Nachdem wir die *Phoenix* und Captain Maxwell zur Sternenbasis 211 eskortiert und einen umfassenden Bericht übergeben haben, kehrt die *Enterprise* nun zurück in den Sektor 21503, wo wir uns wieder mit unseren Kartographieaufgaben befassen werden. Auf dem Weg dorthin werde ich meine Beobachtungen zu den jüngsten Ereignissen aufzeichnen, da sie unmittelbar mit dem Prinzip der Abhängigkeit zu tun haben.

Zweifellos können aus unserer letzten Mission viele Erkenntnisse gewonnen werden. Eine solche Erkenntnis findet sich in den Ereignissen, die sich zum Ende unseres Auftrags im Beobachtungsraum abspielten.

Nachdem Chief O'Brien und Captain Maxwell auf die *Enterprise* zurückgekehrt waren, stellte ich letzteren bis zu unserer Ankunft auf Sternenbasis 211 unter Arrest. Dann rief ich Mr. O'Brien in den Beobachtungsraum – wo Gul Macet und ich ein letztes Mal zusammengetroffen waren – und dankte ihm für seine Initiative, die die Situation zu einem glücklichen Ende geführt hatte.

Nachdem Mr. O'Brien den Raum wieder verlassen hatte, bemerkte der cardassianische Captain, daß O'Briens Loyalität zu Captain Maxwell bewundernswert sei, wenn vielleicht auch fehl am Platz. Ich erklärte, daß die Loyalität, die er so leichtfertig abtun wollte, den Völkern der Föderation nicht geschenkt worden war. Offenbar mußten die Cardassianer noch viel über uns lernen. Ich informierte Gul Macet darüber, daß Captain Maxwell sich die Loyalität und das Vertrauen seiner Crew verdient hatte. Während des Krieges war Maxwell zweimal mit der höchsten Auszeichnung der Föderation für seinen Mut und seine Tapferkeit geehrt worden. Außerdem erklärte ich, wenn Captain Maxwell keinen Platz für sich in einer friedfertigen Galaxis finden konnte, dann müßten wir ihn bedauern, aber wir könnten ihn nicht ausstoßen.

Was Gul Macet nicht verstand, war die Tatsache, daß Loyalität und Vertrauen in der Föderation keine vorgegebenen Zustände sind. Ein Offizier muß sich beides verdienen. Wenn das erst einmal geschafft ist, werden sie nicht so schnell wieder über Bord geworfen. Tatsächlich müssen Starfleet-Offiziere sehr oft denen, die sie kommandieren, durch schwere Zeiten helfen. Von daher wird auch die Besatzung hinter diesem Offizier stehen, wenn die Situation das erfordert.

Eine andere Erkenntnis können wir aus dem Verhalten der cardassianischen Beobachter ziehen, die sich auf der *Enterprise* aufhielten. Unser Befehl lautete, den Cardassianern die Möglichkeit zu gewähren, uns dabei zu helfen, Captain Maxwell zu stoppen. Obwohl wir Sicherheitsvorkehrungen trafen, behandelten wir die Cardassianer bei diesen Anstrengungen als unsere Partner. Dennoch verletzten ihre Spionageversuche eindeutig sowohl das Vertrauen, das wir ihnen gewährt hatten, als auch den Vertrag zwischen unseren Völkern.

Ich erkannte, daß das Verhalten der Cardassianer während ihrer Anwesenheit auf meinem Schiff nicht gerade ehrenhaft war, und mir wurde klar, warum das so war. Aus diesem Grund hielt ich es für erforderlich, Gul Macet eine wichtige Mitteilung mit auf den Weg zu geben.

Als er im Begriff war, die *Enterprise* zu verlassen, sagte ich dem Cardassianer, daß ich noch eine Sache anmerken wollte. Captain Maxwell hatte recht. Die Cardassianer waren im Begriff, für einen neuen Krieg zu rüsten. Da ich aber den Frieden hatte wahren sollen, versuchte ich nicht, das cardassianische Versorgungsschiff zu betreten. Hätte ich das getan, wäre der Frieden beendet gewesen. Ich sagte Gul Macet, er solle seinen Vorgesetzten mitteilen, daß wir sehr gut aufpassen würden.

Ich glaube, daß meine Darstellung dieses Ereignisses die gegenseitigen Abhängigkeiten unter den Mitgliedern meiner Besatzung deutlich gemacht hat. Dennoch war es womöglich Chief O'Briens individuelle Initiative, die der ausschlaggebende Faktor war, eine schlechte Situation in eine erfolgreiche Mission zu verwandeln. Wir können glücklich sein, daß Chief O'Brien zu dieser Zeit auf der *Enterprise* diente.

Persönliches Logbuch des Captains,
Sternzeit 44472.2.
Erkenntnisse zum Thema ›Abhängigkeiten‹.
Auf dem Weg nach Ventax II

Die *Enterprise* hat soeben die Order erhalten, auf einen Notruf des Leiters der wissenschaftlichen Föderationsstation auf Ventax II zu reagieren. Dort ist unter der Bevölkerung offensichtlich eine Panik ausgebrochen, da die Ankunft von Ardra erwartet wird, einem legendären übernatürlichen Wesen. Obwohl ich sehr neugierig auf das bin, was uns auf Ventax II erwarten wird, werde ich die Zwischenzeit nutzen, um meine Erkenntnisse zum Prinzip ›Abhängigkeit‹ aufzuzeichnen.

Gegenseitige Abhängigkeit kann eine große Stärke bedeuten, sie kann aber auch eine fatale Schwäche sein. Wenn gegenseitige Abhängigkeit Ihre Führungsqualitäten untermauern soll, dann müssen Sie dem *Individuum* stets einen hohen Stellenwert einräumen. Geschieht das nicht, dann wird der Verlust des Individuums mit Sicherheit zu einer fatalen Schwäche werden, einer Achillesferse – so wie es den Borg erging.

Wenn Sie letztlich also gegenseitige Abhängigkeit zu einem Prinzip machen wollen, um Ihre Führungsqualitäten zu stärken, dann sollten Sie die Erkenntnisse in Erwägung ziehen, die ich gewonnen habe.

- Wenn ein herausragender Offizier sich plötzlich in einer sonderbaren Art und Weise verhält, die im Widerspruch steht zu seiner Vergangenheit und die dem Wohl der Föderation schaden könnte, dann gibt es dafür in den meisten Fällen ein Motiv – ein Motiv, das auf irrigen Ansichten beruht. Da diese Offiziere aber der Föderation in der Stunde der Not geholfen haben, ist es nur recht, ihnen bei der Überwindung ihrer persönlichen Krise zu helfen.
- Wissen ist Macht. Hält man jedoch Informationen zurück, über die auch andere verfügen sollten, so ist das eine persönliche Schwäche – eine Schwäche, für die andere oft einen hohen Preis bezahlen.
- Es ist die Pflicht eines jeden Offiziers, sein Wissen von sich aus anderen mitzuteilen. Dies sollte aber nicht auf eine Weise geschehen, daß der Eindruck intellektueller Überlegenheit entsteht. Vielmehr sollte es als ein Mittel verstanden werden, das anderen hilft, Probleme zu lösen und bessere Entscheidungen zu treffen.
- Auch als hochrangiger Offizier ist man nicht berechtigt, sich über die Politik der Föderation oder über die Befehle von Starfleet hinwegsetzen. Ranghohe Offiziere sollten sich vielmehr ihrer Pflicht verbunden fühlen, sich an die Verfahrensweisen und die Befehle von Vorgesetzten zu halten – um ein Beispiel zu geben, dem andere nacheifern können.
- Jedes Besatzungsmitglied hat das Recht und die Pflicht, wichtige Beiträge zur Mission seines Schiffs beizusteuern. Jedoch hat niemand das Recht, die Mittel der Föderation dazu zu benutzen, um persönliche Ziele zu verfolgen.
- Große Aufmerksamkeit sollte darauf gelegt werden, die Individualität jedes Untergebenen zu schützen. Denn die Individualität des einzelnen – die sich in speziellen Fähigkeiten und in Fachwissen widerspiegelt – ist *das* Kapital, das dazu beiträgt, eine Mission erfolgreich abzuschließen.
- Ein Offizier, der andere um Hilfe bittet, um Aufgaben zu erledigen oder eine Mission zum Erfolg zu führen, ist nicht schwach, sondern klug. Ein Offizier, der anderen Hilfe anbietet, ist kein Störenfried, sondern ein Freund.

- Es gibt Zeiten, in denen jeder Offizier an seinen Vorgesetzten zweifeln wird. Diese Zweifel hinsichtlich ranghöherer Offiziere rechtfertigen es aber weder, Informationen zurückzuhalten, noch sind sie eine Entschuldigung für eigenmächtige Aktionen.
- Manchmal überschreiten herausragende Offiziere in ihrem Verhalten die allgemeinen Anstandsregeln. In solchen Fällen müssen sie von einem starken Kommandanten in ihre Schranken verwiesen werden.
- Starfleet Command kann zu Recht erwarten, daß alle Offiziere ihrem Amtseid gemäß handeln. Mit anderen Worten: Offiziere der Flotte sollen zuverlässig und vertrauenswürdig sein und sich gegenseitig unterstützen. In dem Moment, da ein Offizier seinen Amtseid verletzt, verliert er für Starfleet seinen Wert.

Und last, but not least:

- *Ein* guter Offizier ist manchmal ausschlaggebend für den Erfolg oder das Mißlingen einer Mission. Dennoch ist es so, daß die *gemeinschaftlichen* Anstrengungen der gesamten Crew eher zum Erfolg einer Mission führen.

Als Offizier der Sternenflotte werden Sie nur dann ein befriedigendes Tätigkeitsfeld finden, wenn Sie bereit sind, mit Untergebenen und Vorgesetzten eine gegenseitige Abhängigkeit zu teilen, ja sogar eine symbiotische Beziehung einzugehen.

IX

DAS PRINZIP ›FLEXIBILITÄT‹

VORWORT DER DIREKTORIN

Die Reisen in die Tiefen des Weltalls wirken sich auf den körperlichen Zustand und auf die geistige und seelische Gesundheit selbst derjenigen aus, die körperlich in Bestform und die optimal angepaßt sind. Daher war die Enterprise-D mit 24 holographischen Umgebungssimulatoren ausgestattet, üblicherweise als ›Holodeck‹ bezeichnet. Diese Holodecks gaben den Besatzungsmitgliedern und ihren Familien Gelegenheit, ihren Geist zu stimulieren und ihren Körper auf eine Art und Weise zu trainieren, die ihnen ansonsten auf einem Raumschiff nicht zur Verfügung stand. Die vier Hauptholodecks, die sich auf Deck 11 befanden, waren groß genug, um kleine Gruppenaktivitäten zu ermöglichen. Einzelaktivitäten konnten in jedem der zwanzig kleineren Holodecks auf den Decks 12 und 33 programmiert werden.

Das Holodeck nutzte zwei Untersysteme des Hauptcomputers – das holographische Bildsystem und das Materiewandlungssystem –, mit denen Simulationen programmiert werden konnten, die höchsten Ansprüchen gerecht wurden. Die Kopplung dieser Systeme ermöglichte die Erschaffung qualitativ hochwertiger Simulationen, die sichtbar, hörbar und fühlbar waren. Diese Simulationen waren von der Wirklichkeit praktisch nicht mehr zu unterscheiden.

Die Holodeck-Computer verfügten über eine Bibliothek, die eine Vielzahl vorprogrammierter Simulationen für Erholungs-, Sport- und Trainingszwecke enthielt. Diese vorprogrammierten Simulationen konnten den individuellen oder Gruppeninteressen angepaßt werden.

Im Jahr 2364 installierten die Binären auf Sternenbasis 74 neue Software für die Holodeck-Computer der Enterprise-D. Diese Verbesserung ermöglichte es den Holodeck-Benutzern, Simulationen realer Personen zu schaffen. Dies war möglich durch die Verwendung von Fotos, Stimmaufzeichnungen und Datenbanken mit Persönlichkeitsprofilen. Die Nutzung dieser neuen Möglichkeiten ohne das vorherige Einverständnis der Personen, die simuliert werden sollten, war ein ernstzunehmendes Problem, das die Privatsphäre berührte.

Weil Holodeck-Benutzer – wissentlich oder unwissentlich – körperlichen Gefahren ausgesetzt sein konnten, wurden Sensoren installiert, um die Benutzer vor ernsthaften Verletzungen zu beschützen. Die Subroutine in den Kontrollprogrammen für die Holodecks der Enterprise, die diesen Schutz gewährleistete, wurde auch als ›Unfallverhütung‹ bezeichnet. Unter normalen Bedingungen stoppte diese Sicherung ein aktives Holodeck-Programm, sobald es unmittelbare und ernsthafte Gefahr für den Benutzer erkannte. Gleichfalls wurde das Programm auf Befehl des Benutzers angehalten. Wenn diese Unfallverhütung so wie beabsichtigt funktionierte, erlaubte sie den Holodeck-Benutzern, die Grenzen für jegliche Holodeck-Simulation beliebig zu verändern, ohne sich um die körperliche Sicherheit Sorgen machen zu müssen.

Gelegentlich jedoch wurde dieses Unfallverhütungsprogramm widerrufen oder auf andere Weise außer Funktion gesetzt. Auch konnte es durch den gesprochenen Befehl zweier ranghoher Offiziere deaktiviert werden. In jedem dieser sehr unwahrscheinlichen Fälle konnten die Holodeck-Benutzer in potentiell gefährliche Situationen geraten. Der Schutz vor ernsten Verletzungen oder gar vor dem Tod war dann vom Urteilsvermögen und von der Geschicklichkeit des Benutzers abhängig.

ADMIRAL ANDREA BRAND
Leiterin der Starfleet-Akademie

Persönliches Logbuch des Captains,
Sternzeit 42931.6.
Abflug aus dem Braslota-System

In einem Raumschiff muß man immer auf das Unerwartete vorbereitet sein. Die Abenteuer und Gefahren der letzten Tage waren wirklich unerwartet. Ich bin nun sehr erleichtert, daß wir unsere erste Kampfsimulation offiziell beendet haben. Obwohl Starfleet Command diese Simulation als Vorbereitung für die sich abzeichnende Bedrohung durch die Borg beabsichtigt hatte, wurde aus dieser Übung ein empirischer Test unser Kampfbereitschaft, als die Ferengi unser Kriegsspiel störten.

Da der Hauptzweck der *Enterprise* die Erforschung der Galaxis ist, hatte ich anfängliche Bedenken angesichts des Befehls, ins Braslota-System zu fliegen und dort an einer militärischen Übung teilzunehmen. Abgesehen von meinen Zweifeln war mir die Bedrohung durch die Borg durchaus bewußt. Und ich wußte auch, daß meine Crew und ich unser taktisches Geschick verfeinern mußten. Als Beobachter der Flotte und als Vermittler bei dieser Übung diente Sirna Kolrami, Meisterstratege der Zakdorn.

Vor den Ereignissen, die sich während der Kriegsübung ereignen sollten, hatte kein potentieller Feind den Ruf der Zakdorn in den vergangenen neun Jahrtausenden in einer tatsächlichen Auseinandersetzung herausgefordert. Die Zakdorn sind eine humanoide Rasse, die lange Zeit als diejenige betrachtet wurde, die über einen von Geburt an extrem überlegenen strategischen Verstand im Universum verfügte. Sie sind auch bekannt für ihre arrogante Haltung, ihr anmaßendes Selbstvertrauen und ihre großspurige Selbstsicherheit.

Die Planungen für die Kriegsspielübung verlangten von uns, zum zweiten Planeten im Braslota-System zu fliegen, in dessen Orbit sich die *U.S.S. Hathaway* befand, ein verlassener, außer Dienst gestellter, 80 Jahre alter Sternenkreuzer der Föderation. Eine Gruppe von 40 Besatzungsmitgliedern unserer eigenen Crew sollte für diese Übung als die gegnerische Macht agieren. Nachdem sie auf die *Hathaway* gebeamt worden wären, würden sie 48 Stunden zur Verfügung haben, um das Schiff zu reaktivieren und sich auf einen Angriff der *Enterprise* vorzubereiten.

Um die Übung so realistisch wie möglich zu gestalten, würden die Waffensysteme der *Enterprise* abgeschaltet und mit modifizierten Laserimpulsstrahlen verbunden werden. Die Waffensysteme der *Hathaway* hatte man bereits demontiert und ihre Systeme modifiziert, um eine Schlacht simulieren zu können. Alle Treffer würden elektronisch registriert werden, jeder erkannte Schaden würde den Hauptcomputer veranlassen, die betroffenen Sektoren für eine angemessene Reparaturzeit abzuschalten. Der Großmeister Kolrami war anwesend, um die Kampfbereitschaft der *Enterprise* und ihrer Crew zu bewerten.

Ich bestimmte Commander Riker zum Captain der *Hathaway* für diese Übung und erklärte ihm, er könne sich seine 40köpfige Crew aus unserer Besatzung zusammenstellen, mit Ausnahme von Mr. Data, der während der Kampfsimulation als meine Nummer Eins fungieren würde. Kolrami stellte jedoch meine Entscheidung, Mr. Riker das Kommando über die *Hathaway* zu übertragen, in Frage und schlug vor, daß die Auswahl der Besatzung für das andere Schiff besser durch mich vorgenommen werden sollte. Trotz Mr. Kolramis Bedenken war Mr. Riker die richtige Wahl, um in dieser Übung das gegnerische Schiff zu befehligen. Und ich mußte meine Entscheidung niemandem gegenüber rechtfertigen. Zudem erklärte ich Mr. Kolrami, daß an Bord der *Enterprise* der Leiter eines Landeteams die volle Kontrolle über die Mission hat, was auch das Recht zur Wahl der Mitglieder beinhaltet.

Commander Riker traf eine gute Auswahl. Unter anderem suchte er Lieutenant LaForge und Lieutenant Worf aus, die ihn auf die *Hathaway* begleiten sollten. Ich erteilte Mr. Riker außerdem die Erlaubnis, Fähnrich Wesley Crusher als Beobachter mitzunehmen. Commander Riker war der Ansicht, daß Wesley während der Übung auf der *Hathaway* wertvolle praktische Erfahrung sammeln konnte, bevor er uns verließ, um die Starfleet-Akademie zu besuchen. Ich stimmte ihm zu.

Während unseres drei Tage währenden Flugs ins Braslota-System lud Commander Riker Mr. Kolrami zu einer Partie Strategema ein. Als Großmeister des dritten Grades ist Sirna Kolrami schlicht der beste Strategema-Spieler in der Föderation. Er hielt Mr. Rikers Einladung für dreist, erklärte sich aber einverstanden, da, wie er anmerkte, es oftmals recht amüsant sei, gegen einen Gegner mit beschränktem geistigen Horizont zu spielen. Commander Riker hatte keine falschen Vorstellungen von seinen Chancen, Kolrami zu schlagen. Er betrachtete es einfach als Ehre, gegen ihn zu spielen.

Kolrami gewann die Partie schon kurz nach ihrem Beginn, was für die Crew etwas enttäuschend war. Sie hatten gehofft – und sogar gewettet –, daß Commander Riker wenigstens ein ebenbürtiges Spiel liefern würde. Die herablassende Art und die vorlaute Selbstherrlichkeit, die Mr. Kolrami nach seinem viel zu leichten Sieg zur Schau stellte, brachte Dr. Pulaski auf den Geschmack, einen Weg zu finden, um dem verletzenden Ego des Zakdorn einen ernüchternden Schlag zu versetzen. Dr. Pulaski war die Chefärztin der *Enterprise* während des einen Jahres, das Beverly Crusher als Chef der Medizinischen Abteilung von Starfleet verbracht hatte.

Währenddessen hatten sich Commander Riker und seine Crew auf die *Hathaway* beamen lassen, um sie für die Übung vorzubereiten. Als er das Schiff in schlechterem Zustand als erwartet vorfand, rief Mr. Riker mich, um seiner Besorgnis über das krasse Mißverhältnis zwischen der *Hathaway* und der *Enterprise* Ausdruck zu verleihen. Er war in Hinsicht auf Ausrüstung, Waffen und Personal unterlegen. Wie konnten wir von ihm erwarten, einen angemessener Gegner zu sein? Ein stichhaltiges Argument. Aber Mr. Kolrami bemerkte dazu kurz angebunden, die Zakdorn beklagten sich nicht über die Ungerechtigkeiten des Lebens, sondern würden von der Herausforderung angespornt. Dann informierte er Commander Riker darüber, daß Starfleet ganz gezielt wissen wollte, wie er in sich einer unterlegenen Position schlagen würde.

Ich ärgerte mich über diese und andere verunglimpfende und beleidigende Äußerungen, die Sirna Kolrami Mr. Riker gegenüber gemacht hatte. Daher bat ich ihn in den Bereitschaftsraum, wo ich von ihm verlangte, den Grund für seine Vorurteile gegenüber Commander Riker zu erfahren. Mr. Kolrami erklärte mir, daß er bei der Durchsicht von Commander Rikers Lebenslauf amüsante Schwächen in der Art entdeckt hatte, wie Mr. Riker sich gelegentlich benahm. Mr. Kolrami fügte dann eine persönliche Bemerkung dahingehend an, daß Führungskräfte geboren, nicht gemacht werden. Das war nichts anderes als eine unbegründete und falsche Feststellung. Ich machte Mr. Kolrami darauf aufmerksam, daß er hier Absicht mit Art und Weise verwechselte. Außerdem, so sagte ich ihm, erweist sich ein Offizier vor allem dann als Führungspersönlichkeit, wenn die Crew ihm dorthin folgt, wohin er geht. Und es war Commander Rikers Art, die die Crew stets dazu gebracht hatte, ihm zu folgen. Ich informierte Mr. Kolrami außerdem, daß Commander Riker der beste Offizier war, den ich je gekannt habe. Nachdem ich die Ursache für sein Vorurteil erkannt und mein Vertrauen in Commander Riker deutlich gemacht hatte, kehrten wir auf die Brücke zurück.

Während ›Captain‹ Riker und seine Crew sich weiter auf die bevorstehende Kampfsimulation vorbereiteten, brachte Dr. Pulaski auf geschickte Weise Data und Mr.

Kolrami dazu, eine Partie Strategema zu spielen – Mann gegen Maschine. Während Kolrami die Herausforderung annahm, erklärte er Data, daß der für die gesamte *Enterprise* spielen würde. Es war offensichtlich, daß Kolrami mit dieser Bemerkung seinen Gegner unter Druck setzen wollte. Unsere Ärztin steuerte ihren Teil dazu bei, den Druck noch zu verstärken, indem sie Data erklärte, auch sein eigener Ruf stehe auf dem Spiel. Da sie begierig waren, Datas Sieg über den so siegessicheren Kolrami mitzuerleben, versammelten sich zahlreiche Besatzungsmitglieder, um die Partie zu beobachten. Doch der Zakdorn erwies sich sogar für die höchstentwickelte Maschine der Galaxis bei diesem Spiel als zu geschickt. Kolrami genoß offensichtlich seinen Erfolg, Data machte die Niederlage dagegen schwer zu schaffen.

Der Androide begab sich in sein Quartier, um eine Diagnose seiner Computersysteme durchzuführen, wobei er sich vorübergehend vom Dienst auf der Brücke entbinden ließ. Counselor Troi und unsere Chefärztin Dr. Pulaski versuchten Data klarzumachen, daß nichts an ihm defekt war. Verlieren sei ein normaler Teil des Lebens. Data erklärte ihnen, daß ihre Ratschläge für humanoide Lebensformen geeignet waren, nicht für Androiden. Da er verloren hatte, schloß Data, daß er sich in irgendeiner Weise als mangelhaft erwiesen hatte. Ehe er diese offensichtliche Fehlfunktion nicht gefunden und behoben hatte, würde er nicht auf die Brücke zurückkehren. Für den Augenblick betrachtete er sein Urteilsvermögen als nicht vertrauenswürdig.

Vor dem geplanten Beginn der Kampfsimulation teilten mir Dr. Pulaski und Counselor Troi mit, daß Data unter einem erheblichen Verlust an Selbstbewußtsein leide. Wie konnte Data – eine Maschine – an einer menschlichen Eigenschaft leiden? Ob es nun durch ein menschliches Gefühl oder durch Algorithmen des Androiden ausgelöst wurde, der Effekt sei derselbe, sagte Dr. Pulaski. Folglich würde Data nicht auf die Brücke zurückkehren, wenn es uns nicht gelang, einen Weg zu finden, um ihm bei seinen Problemen zu helfen. So mußte ich weniger als eine Stunde vor Beginn der Kampfsimulation das Selbstvertrauen eines Androiden aufbauen, der während der Übung als mein Erster Offizier dienen sollte.

Ich begab mich rasch zu Datas Quartier und erinnerte ihn daran, daß seine Anwesenheit auf der Brücke erforderlich war. Data erklärte mir höflich, daß mir besser gedient wäre, wenn ich für den Moment einen anderen zu meinem Ersten Offizier machen würde. Obwohl er während der Strategema-Partie keinen Fehler gemacht hatte und in seinen Schaltkreisen keine Fehlfunktion entdecken konnte, führte er weitere Checks mit Hilfe des Hauptcomputers der *Enterprise* durch. Er erklärte mir, ich sei schlecht beraten, sich auf sein Urteil zu verlassen, bevor er das Problem nicht gefunden und beseitigt hatte. Er hatte sich als fehlbar erwiesen und könnte möglicherweise Fehler machen, da er das Problem bislang noch nicht hatte erkennen können.

Ich war irritiert über Datas Weigerung, seine Pflicht zu erfüllen. Daher erklärte ich ihm recht unmißverständlich, daß er durchaus einen Fehler machen könne. Das änderte aber nichts an der Verpflichtung mir und der *Enterprise* gegenüber. Auf meine Frage, ob er sich in der Lage sehe, eine Entschluß zu fassen, bestätigte er, daß er das könne. Daraufhin erteilte ich ihm den Befehl, einen Entschluß zu fassen, wie wir mit Commander Riker und der *Hathaway* umgehen sollten. Ich erklärte ihm, daß ich seine Antwort auf der Brücke erwarte. Schließlich sagte ich ihm noch, daß es möglich sei zu verlieren, ohne einen Fehler gemacht zu haben. Das sei keine Schwäche. Während ich sein Quartier verließ, drehte ich mich zu Mr. Data um und sagte ihm nachdrücklich, er solle seine Zaghaftigkeit und seine Selbstzweifel in seinem Quartier zurücklassen. Nach diesem Ratschlag widmete sich Mr. Data recht schnell wieder seinen Pflichten.

Währenddessen hatte auf der *Hathaway* Mr. Worf sein Wissen des Sicherheitswiderrufs der *Enterprise* genutzt, um eine Möglichkeit zu entwickeln, falsche holographische Bilder auf unserem Hauptbildschirm anzuzeigen – Illusionen. Im gegenseitigen Einvernehmen hatte Fähnrich Crusher die Erlaubnis erhalten, auf die *Enterprise* zurückzukehren, da er vorgab, er müsse sich um ein noch laufendes Experiment kümmern. Wie wir später erfuhren, bestand Wesleys tatsächliche Absicht darin, ein wenig Antimaterie zu beschaffen, die notwendig war, um den Warpantrieb der *Hathaway* wieder einsatzbereit zu machen, auch wenn es nur für ein paar Sekunden reichte.

48 Stunden waren vergangen, seit Commander Riker und seine Crew sich auf die *Hathaway* hatten beamen lassen. Jetzt, da beide Schiffe für die Kampfsimulation bereit waren, erklärte Mr. Kolrami, die Kriegsspiele mögen beginnen. Während wir die *Enterprise* in die erste Angriffsposition brachten, erschien auf unserem Hauptbildschirm unerwartet ein romulanisches Kriegsschiff. Wir waren überrascht und hielten das Bild für echt, obwohl es nur eine Illusion war. Mr. Riker und seine Crew nutzten unsere momentane Verwirrung und feuerten auf die *Enterprise*. Die *Hathaway* hatte in unserer Kriegsübung den ersten Treffer erzielt, unser Computer reagierte wie auf den Treffer eines echten Phasers. Unser taktischer Offizier berechnete, daß es 3,6 Tage dauern würde, um die simulierten Schäden der *Enterprise* zu beheben. Da wurde mir klar, daß das romulanische Schiff nichts weiter war als eine Illusion, die Mr. Worf mit seinem Wissen über die Sicherheitscodes der *Enterprise* hatte schaffen können. Um uns davor zu bewahren, noch einmal getäuscht zu werden, wies ich Mr. Data an, die Codes zu ändern, so daß Worf sie nicht erneut widerrufen konnte.

Als die *Enterprise* einen Gegenangriff auf die *Hathaway* ausführen wollte, erlebten wir eine weitere Überraschung. Aus dem Nichts erschien auf unserem Bildschirm plötzlich ein Kriegsschiff der Ferengi. Ich glaubte, Mr. Worf unterschätzt zu haben, und war der Ansicht, daß er einen Weg gefunden hatte, auch Datas neue Codes zu widerrufen. Ich hielt das Ferengi-Schiff tatsächlich für eine Illusion. Wie ich aber schon bald erfahren sollte, befand ich mich im Irrtum. Das Ferengi-Schiff feuerte auf die *Enterprise*, und wir erlitten echte Schäden. Unter normalen Umständen hätten wir diesen nahenden Störenfried schon lange entdeckt, bevor er auf uns hätte feuern können. Da aber unsere Sensoren und Waffen für die Kampfsimulation neu konfiguriert worden waren, waren wir ein leichtes Ziel. Und wir waren nicht in der Lage, uns sofort zu verteidigen. Da die Attacke der Ferengi auch unseren Transporter beschädigte, saßen Commander Riker und seine Crew auf der *Hathaway* ohne Verteidigungsmöglichkeit in der Falle.

In einem Versuch, sich auf seine Autorität als Beobachter Starfleets in dieser Kampfsimulation zu berufen, aus der mit einem Mal eine Krisensituation geworden war, befahl Kolrami mir den Rückzug. Gemäß seiner theoretischen Ansicht über den Krieg war das Opfer von Commander Riker und seiner Crew unter den gegebenen Umständen ein akzeptabler Verlust, wenn die *Enterprise* und ihre Besatzung von 1000 Mann gerettet werden konnten. Theoretisch konnte man sein Argument für unseren Rückzug möglicherweise unterstützen, aber dies war kein Hörsaal, und ich hielt einen Rückzug für völlig unannehmbar. Ohne über seine Befehle weiter nachzudenken, teilte ich Mr. Kolrami mit, ich sei der Captain der *Enterprise* und ich würde mich nicht zurückziehen.

Ich ließ das Ferengi-Schiff rufen, identifizierte mich und fragte nach dem Grund für ihren Angriff. Der Ferengi identifizierte sich als Bractor, Captain der *Kreechta*. Irrtümlich hatten sie unsere Kampfsimulation für ein echtes Gefecht gehalten. Sie verstanden nicht, warum die *Enterprise* ein anderes Föderationsschiff angreifen würde, insbesondere wenn dieses nach den Erkenntnissen ihrer

Sensoren keine Waffen besaß und mit einer Minimalcrew besetzt war. Es sei denn, so vermutete der Ferengi, auf diesem Schiff befinde sich etwas von großem Wert für die *Enterprise*. Ihrem Ruf einer Rasse mit außerordentlicher Habgier gerecht werdend, interessierte sich der Ferengi dafür, dieses wertvolle Etwas in seinen Besitz zu bringen. Er fragte sich auch, warum wir keine Verteidigungsmaßnahmen ergriffen hatten, als ihr Schiff sich näherte. Bractor wußte genau, daß die *Enterprise* kampfunfähig war, und ließ die *Kreechta* in Position bringen, um auf uns zu feuern. Schließlich forderte der Ferengi, ich solle ihm die *Hathaway* übergeben. Dann würde er der *Enterprise* keinen Schaden zufügen. Bractor gab mir zehn Minuten, um auf seine Bedingungen einzugehen, sonst würde er angreifen.

Aufgrund meiner Fehleinschätzung war die *Enterprise* diesem Überraschungsangriff ausgesetzt worden. Während Mr. Kolrami weiterhin unseren Rückzug verlangte, hatte ich nicht die Absicht, Commander Riker und seine Crew aufzugeben. Meine Handlungen waren die Ursache dafür, daß sie auf einem Wrack festsaßen, ohne sich verteidigen zu können. Also mußte ich auch einen Weg finden, wie ich sie und die *Enterprise* beschützen konnte.

Ich setzte mich sofort mit meinen ranghöchsten Offizieren zusammen, um sie um Vorschläge zu bitten. Commander Riker hatte die Situation von der *Hathaway* aus mitverfolgt und schloß sich unserer Besprechung via Bildschirm an. Data argumentierte, daß die Ferengi annahmen, die *Hathaway* sei von großem Wert. Wir müßten sie also dem Interesse der Ferengi entziehen. Da er von Commander Riker erfuhr, daß die *Hathaway* über einen begrenzt einsatzbereiten Warpantrieb verfüge, und einige unserer Waffensysteme wieder normal arbeiteten, schlug Data vor, wir sollten vier Photonentorpedos auf die *Hathaway* abfeuern. Eine Millisekunde nach der Detonation sollte Geordi den Warpantrieb aktivieren und die *Hathaway* aus der Gefahrenzone bringen. Aus der

Sicht der Ferengi würde diese Taktik den Eindruck erwecken, wir hätten ihre wertvolle Beute zerstört.

Es war wirklich eine großartige Strategie, da aber der reaktivierte Warpantrieb der *Hathaway* noch nicht getestet worden war, konnte sie sich für jeden an Bord tödlich auswirken. Ich durfte Commander Riker nicht den Befehl erteilen, so vorzugehen. Die Risiken waren ihm vollkommen klar, als Will unserem Plan zustimmte und dann sagte: »Zum Teufel. Niemand hat gesagt, daß im Leben alles sicher ist.«

Ich kehrte auf die Brücke zurück und rief das Ferengi-Schiff. Ich teilte ihnen mit, daß ihre Aktionen kriminell waren und daß sie daraus keinen Profit würden schlagen können – ich würde ihnen ihre Beute verwehren. Dann eröffneten wir das Feuer.

Zu unserem großen Glück verlief alles plangemäß. Tatsächlich sah es aus Sicht des Ferengi-Schiffs so aus, als hätten wir die *Hathaway* zerstört. Außer sich über den Verlust seines Schatzes zu ärgern, bereitete sich Bractor darauf vor, auf uns zu feuern. Da registrierten die Sensoren der *Kreechta* plötzlich ein weiteres Föderationsschiff. Da er irrtümlich glaubt, in eine Falle gelockt worden zu sein, befahl Bractor den Rückzug. Tatsächlich handelte es sich bei dem nahenden Schiff lediglich um eine weitere holographische Illusion, die unser Mr. Worf kreiert hatte.

Die Transporter der *Enterprise* waren schnell repariert, und nachdem Commander Riker und sein Team sicher zurück an Bord waren, erklärte ich die Kampfsimulation offiziell für abgeschlossen. Wir nahmen Kurs auf die nächste Sternenbasis.

Trotz seines Rufs hatten wir den Zakdorn während unseres Gefechts nicht gebraucht. Vielleicht erklärt das, warum Kolrami ein wenig zerknirscht erschien, als er mir sagte, daß er keine andere Wahl hatte, als meiner Einschätzung von Commander Riker zuzustimmen. Mr. Kolrami erklärte dann, daß wir alle vollends unsere

Pflicht erfüllt hatten... sein Bericht an Starfleet würde höchst positiv ausfallen.

Mr. Data nahm das Angebot des Großmeisters für eine Strategema-Revanche an, und diesmal war er vorbereitet. Sie begannen eine Partie, die länger dauerte, als jede andere in der Geschichte. Ein bestürzter Kolrami erkannte bald, daß er nicht gewinnen konnte, daher gab er in einem Anfall von Frustration abrupt auf. Genaugenommen endete die Partie unentschieden. Die Crew betrachtete das ganze aber nicht so theoretisch und wertete das Unentschieden als klaren Sieg für Data, der den Zakdorn und dessen Ego wirklich geschlagen hatte.

Data hatte einfach nur seine Einstellung für diese Partie geändert. Er wußte, daß der Großmeister auf Sieg spielen und von ihm das gleiche erwarten würde. Data hatte sich aber entschlossen, auf ein Unentschieden zu spielen, was sich tatsächlich als hervorragender Entschluß erwies.

Persönliches Logbuch des Captains,
Sternzeit 42941.5.
Beobachtungen zum Prinzip ›Flexibilität‹.
Auf der Sternenbasis 365

Die wichtigsten Erkenntnisse für die Führungsprinzipien, die aus unserer ersten Kampfsimulation gewonnen werden können, finden sich in den unterschiedlichen Formen von Flexibilität unter der Besatzung. Ob es Versehen oder grobe Schnitzer waren: Die Fehler, die während dieser Mission gemacht wurden, erhärteten ganz erheblich meine Überzeugung, daß kein Offizier, kein Experte und keine Technologie unfehlbar ist. Wie sich im letztendlichen Erfolg dieser Erfahrung im Braslota-System bestätigt, bin ich auch zutiefst davon überzeugt, daß Fehlbarkeit weder handlungsunfähig macht noch unüberwindbar ist.

In nur zwei Momenten unüberlegten Handelns beschädigte Sirna Kolrami den eigenen Ruf und de der Zakdorn im allgemeinen. Als er nicht mit einer theoretischen, sondern mit einer realen Bedrohung konfrontiert wurde, war Kolramis Strategie Selbsterhalt auf Kosten der anderen. Großmeister Kolrami mag diese Strategie vor einer aus unerfahrenen Kadetten bestehenden Zuhörerschaft an der Akademie erfolgreich verteidigen. Mir jedoch an Bord der *Enterprise* den Rückzug zu befehlen, war ein Zeichen der Schwäche, wenn nicht sogar der Feigheit. Mr. Kolrami schadete seinem Ruf ein zweites Mal, als er sich abrupt aus der Revanche im Strategema gegen Data zurückzog. Anstatt seine Siegesserie aufs Spiel zu setzen, zog der Meister der Zakdorn es vor, eine Partie zu beenden, die er nicht mehr gewinnen, vielleicht sogar verlieren würde. Trotz seiner Rechtfertigungsversuche für seinen Rückzug war der hochmütige Zakdorn in den Augen der *Enterprise*-Besatzung der Unterlegene. Da Mr. Kolrami weiterhin als Stratege bei Starfleet tätig ist, kann ich nur hoffen, daß sein Stolz und seine Eitelkeit es ihm recht bald erlauben werden zu lernen, wie man angemessen mit einer Krisensituation, mit Fehlern und mit Pech umgeht.

Trotz Sirna Kolramis verächtlicher und höhnischer Bemerkungen über Mr. Rikers Führungsqualitäten hatte ich nie den leisesten Zweifel, daß meine Nummer Eins seine positive Einstellung und seinen Mut während jeder Phase unseres Auftrags bewahren würde. Commander Rikers Abenteuerlust zeigte sich in seiner Herausforderung des Großmeisters Kolrami zu einer Partie Strategema, obwohl Riker wußte, daß er nicht gewinnen konnte. Als Captain der *Hathaway* nutzte Mr. Riker eine meisterliche Taktik, die es ermöglichte, in einer simulierten Schlacht den ersten Schlag gegen ein weit überlegenes Raumschiff, die *Enterprise*, zu führen. Angesichts einer sich abzeichnenden Katastrophe, vielleicht sogar angesichts des möglichen Todes, besaß Commander

Riker den Mut, sein Schicksal und das seiner Crew in die Hände vertrauenswürdiger Kameraden zu legen. Diese mutige und zugleich gewagte Entscheidung war maßgeblich, damit wir in die Lage versetzt wurden, uns der Bedrohung durch die Ferengi zu entledigen.

Commander Datas Weigerung, seinen Pflichten nachzukommen, nachdem er eine einfache Partie Strategema verloren hatte, kam völlig unerwartet. Dahinter steckt aber nichts weiter als die einfache Erkenntnis, daß selbst die hochentwickeltste Technologie manchmal unzuverlässig sein kann. Dennoch konnte Data nicht akzeptieren, daß seine Programmierung es ihm ermöglichen würde, sich zu irren, wodurch ein Problem entstand, das mein Eingreifen erforderte. Nachdem Data verstanden hatte, daß ich die Möglichkeit eines Fehler seinerseits akzeptieren würde, daß ich aber nicht gewillt war, mich mit seinen Selbstzweifeln und seiner Zaghaftigkeit abzugeben, erholte er sich schnell und kümmerte sich wieder um seine Pflichten als mein Erster Offizier während der Kampfsimulation. Später wurden wir Zeuge, daß Data aus seiner Erfahrung in Sachen Fehlbarkeit gelernt hatte.

Die Flexibilität, die Lieutenant Worf, Fähnrich Crusher und Lieutenant LaForge unter Beweis stellten, zeigte sich darin, wie sie Methoden und Taktiken improvisierten, um etwas zu bewältigen, was einige Leute als Aussichtslosigkeit betrachten würden. Ohne Zweifel wurden sie den Erwartungen gerecht, die Commander Riker in sie gesetzt hatte, als er sie bat, ihn auf die *Hathaway* zu begleiten.

Was meine eigenen Fehleinschätzungen betraf, so brachten sie die *Enterprise* und ihre Crew in große Gefahr. Obwohl ich vor Beginn unseres Kriegsspiels befahl, das Braslota-System mit Langstreckensensoren zu prüfen, war es ein Fehler, nicht einen Teil der Sensoren und der Waffensysteme während der Kampfsimulation einsatzbereit zu halten. Es ist einfach so, daß es im Weltall keinen wirklich sicheren Platz gibt; dennoch verhielt ich mich nicht dementsprechend. Wenn ein Teil der Verteidigungs- und Angriffskapazitäten der *Enterprise* während der Simulation einsatzbereit gewesen wäre, dann hätten wir die *Kreechta* entdeckt, bevor sie auf uns hätte feuern können.

Ich muß auch etwas zu den Ferengi anmerken. Bractor und seine Crew suchten etwas, das für sie einen großen Wert verkörperte. Als ihnen dieser Wert versagt wurde, waren die Ferengi-Jäger außer sich und wollten sich an der handlungsunfähigen *Enterprise* rächen. Als sie aber ihres Sieges nicht mehr sicher waren, fehlte den Ferengi offenbar der Mut, ihre kriminellen Absichten in die Tat umzusetzen – ein für mich durchaus willkommener Meinungswandel.

Persönliches Logbuch des Captains,
Sternzeit 42968.3.
Erkenntnisse zum Prinzip ›Flexibilität‹.
Auf dem Weg nach Surata IV

Als Starfleet-Offizier der Sternenflotte erwartet man von Ihnen eine flexible Persönlichkeit. Diese Eigenschaft zu bewahren und zu fördern ist daher eine Ihrer obersten Pflichten. Sie sind auch dafür verantwortlich, die Männer und Frauen unter Ihrem Kommando zu erziehen und ihnen zu helfen, ein Gefühl von Befähigung und Selbstvertrauen zu entwickeln. Nur so können sie mit ihren Fehlern und mit Pech umgehen und darüber hinwegkommen. Ihnen sollte klar sein, daß auf jeder Kommandoebene ein Offizier aktiv einschreiten muß, um seine eigene Flexibilität sowie die innere Stabilität und die Kraft seines Teams zu bewahren. Daher stelle ich Ihnen nachfolgend die Erkenntnisse vor, die ich gewonnen habe und von denen ich glaube, daß Sie sie in Erwägung ziehen sollten.

- Sie können sicher sein, daß der erste Schritt auf dem beschwerlichen Weg zur Flexibilität darin besteht, Vertrauen in andere zu setzen.
- Dadurch, daß ein Offizier anderen vertraut, nimmt er zwei wichtige Hürden, um deren Flexibilität zu fördern. Durch den Austausch von Erfahrungen mit anderen bewirken Sie, daß man Sie auf emotionaler Ebene integriert und daß eine Art Band des tiefen Vertrauens entsteht.
- Wenn Sie Ihren Untergebenen ein großes Maß an Kontrolle darüber geben, wie sie ihre Aufgaben erledigen, stärken Sie Ihr Vertrauen in sie. Es motiviert sie auch darin, ihre Pflichten bestens zu erfüllen.
- Es ist nur vernünftig, wenn Sie sich auch um Dinge kümmern, die außerhalb Ihrer eigenen Interessen liegen. Der extreme Individualist kann als Offizier keinen Erfolg haben.
- Ein Starfleet-Offizier muß anderen ihre nachvollziehbaren Fehler vergeben. Er muß ihnen helfen, ihre Fehler zu verarbeiten. Dies ist eine seiner größten Verantwortungen.
- Es ist von größter Bedeutung, daß Sie sich nicht von Ihren Fehleinschätzungen verunsichern lassen, wenn eine bestimmte Strategie nicht funktioniert. In einer derartigen Situation ist es Ihre Aufgabe, einen anderen Entschluß zu fassen und ihn in die Tat umzusetzen.
- Ganz gleich, ob Sie sich in einer Krise befinden oder routinemäßig Ihre Arbeit verrichten – es ist immer klug, andere nach ihren Ideen, Möglichkeiten oder Vorschlägen zu fragen. Diese Vorgehensweise verbessert oft die Maßnahmen, die ergriffen werden, und verstärkt die Übereinstimmung zwischen dem Offizier und seinen Untergebenen. Zudem glaube ich, daß Sie Ihre eigenen Fähigkeiten beschneiden, wenn Sie die jeweiligen Alternativen ausschließlich auf der Grundlage Ihres eigenen Wissens definieren. Dies ist besonders dann der Fall, wenn andere über das Wissen und über Vorschläge verfügen, die es Ihnen ermöglichen, Ihre Handlungsweise zu verbessern.
- Während man von einem Starfleet-Offizier erwartet, daß er alle seine Pflichten und Aufträge erfüllt, muß er zugleich die

Willensstärke besitzen, um sich von Fehlschlägen zu erholen und daraus Erkenntnisse zu gewinnen.

- Auf einem Raumschiff wird ein Offizier oft mit traumatischen Situationen konfrontiert, die überraschend entstehen und von kurzer Dauer sind. Aber selbst unter den gefährlichsten Umständen erwartet man von Ihnen, daß Sie die Fassung bewahren und anderen beistehen, die ihre nicht zu verlieren. Tatsache ist, daß unter dem Einfluß von Panik und Verzweiflung jeder einen tödlichen Fehler begehen kann.
- Wenn man Fehler macht oder Pech hat, kann man nichts erreichen, indem man wegläuft. Weglaufen löst keine Probleme und beruhigt nicht das Gewissen.

Und last, but not least:

- Sie müssen sich darüber im klaren sein, daß ein Offizier selbst unter den schwierigsten Umständen ein Gefühl der Hoffnung bewahren muß. Er muß seinen eigenen und den Fähigkeiten der anderen vertrauen; er muß den Widrigkeiten die Stirn bieten, um nicht von einer Welle der Hilflosigkeit und Hoffnungslosigkeit überwältigt zu werden.

Zum Abschluß meiner Gedanken zum Thema ›Flexibilität‹ kann ich Ihnen versichern, daß Ihre Ausbildung als Starfleet-Offizier und die damit verbundenen Werte Sie in die Lage versetzen werden, selbst lange Phasen von Not und Elend mit einem gewissen Maß an Hoffnung durchzustehen.

EPILOG

ANMERKUNG DER DIREKTORIN

In seinen mehr als sieben Jahren als Captain der U.S.S. Enterprise-D führte Jean-Luc Picard ein Raumschiff, dessen Reisen und Missionen seiner Besatzung in einer relativ kurzen Zeit bemerkenswerte Erfahrungen gebracht haben, die für ein ganzes Leben reichen. Man wird sich an dieses Schiff und seine Crew noch lange erinnern wegen ihres Weges der Verständigung, den sie in der ganzen Galaxis verkündeten. Die Crew des Flaggschiffs der Föderation erforschte wahrlich fremde neue Welten, entdeckte neues Leben und neue Zivilisationen und ging mutig dorthin, wo noch niemand zuvor gewesen war.

ADMIRAL ANDREA BRAND
Leiterin der Starfleet-Akademie

Persönliches Logbuch des Captains,
Sternzeit 48794.3.
Auf dem Weg zur Erde

Ich hatte dieses Buch ursprünglich in der Absicht verfaßt, mit den Führungsprinzipien einen Beitrag zur Ausbildung der zukünftigen Kadetten der Sternenflotte beizusteuern. Jetzt, da ich zurückblicke, sehe ich, daß die gewonnenen Erkenntnisse auch für Offiziere von Bedeutung sind.

Es handelt sich um grundlegende Führungsprinzipien, die auf jede Kommandoebene zutreffen. Obwohl ich mich stets bemüht habe, mich möglichst kurz zu fassen, fühle ich mich verpflichtet, einige abschließende Worte folgen lassen – ein letzter Rat, Vorsicht walten zu lassen und einen klaren Blick zu bewahren.

Als Fähnrich glaubte ich, daß meine Leistungen als junger Offizier genauestens beobachtet würden. Ich war auch der Ansicht, daß ich um so weniger den prüfenden Blicken ausgesetzt sein würde, je höher mein Dienstrang wurde. Ich bin jedoch zu der Einsicht gelangt, daß dem nicht so ist.

Obwohl andere von den Leistungen eines jungen Offiziers profitieren können, können seine Fehleinschätzungen nur geringen Schaden verursachen. Daher sollte ein junger Offizier gelobt werden, wenn er erfolgreich ist, und kritisiert werden, wenn er sich irrt. Fehler, die er in gutem Glauben begangen hat, sollten ihm vergeben werden.

Bei einem ranghohen Offiziers dagegen können zwar seine Leistungen für das Allgemeinwohl von Nutzen sein, seine Fehleinschätzungen können jedoch zu weitreichendem Schaden führen. Daher sollte ein ranghoher Offizier Anerkennung dafür erhalten, daß er etwas tut, was anderen hilft. Er sollte gerügt werden, wenn er sich irrt. Und was Fehler betrifft, so sollte man von ihm erwarten, daß er nur wenige begeht.

Gleichgültig welchen Dienstgrad oder welche Position ein Offizier einnimmt, er wird stets einer aufmerksamen Beobachtung ausgesetzt sein. Da es aber falsch ist, einen Offizier für die Leistungen anderer zu loben, ist es auch nicht gerecht, wenn ein Offizier für die Versäumnisse der anderen zur Rechenschaft gezogen werden soll. Ich möchte Sie jedoch warnen. Es kann vorkommen, daß Sie zu irgendeinem Zeitpunkt in Ihrer Karriere ungerechten Untersuchungen ausgesetzt sein könnten, so wie es meiner Crew und mir gelegentlich in den letzten sieben Jahren erging.

Die erste Reise führte die *Enterprise-D* nach Deneb IV, wo die auf diesem Planeten lebenden Bandi die Station Farpoint erbaut hatten. Mein Auftrag bestand darin, mit den Bandi ein freundschaftliches Übereinkommen auszuhandeln, um ihre Sternenbasis benutzen zu können. Zugleich sollten wir das Rätsel der Station Farpoint lösen, das darin bestand, wie die Bandi es geschafft hatten, in so kurzer Zeit eine hervorragende Sternenbasis zu errichten, die exakt den Vorgaben der Sternenflotte entsprach.

Auf dem Weg nach Deneb IV begegneten wir zum ersten Mal Q, jenem allmächtigen Wesen, das Teil der allwissenden Superrasse mit Namen ›Q‹ ist, die im sogenannten Q-Kontinuum existiert – eine Domäne jenseits der uns bekannten Dimensionen. Nachdem Q die *Enterprise* gestoppt hatte, erschien er auf der Brücke und sagte mir: »Man hat Sie darauf aufmerksam gemacht, daß Ihre Rasse bereits zu weit in die Galaxis vorgedrungen ist. Sie werden sofort in Ihr eigenes Sonnensystem zurückkehren.«

Q fuhr fort und beschuldigte die Menschheit, eine gefährliche, wilde und kindische Rasse zu sein, die so grausam war, daß sie sich nicht weiter ausbreiten dürfe. Er erklärte, daß unsere Rasse Millionen Menschen abgeschlachtet hatte in Streitigkeiten darüber, wie die Ressourcen unserer lächerlichen kleinen Welt verteilt werden sollten. Und daß die Menschen sich lange davor in Auseinandersetzungen über das Bild ihrer Stammesgötter umgebracht hatten. Zudem hatte es seit diesen Zeiten keinen Hinweis darauf gegeben, daß die Menschheit sich jemals ändern würde.

Ich stimmte Q zu, daß seine Beschuldigungen auf die frühere Menschheit zutrafen. Seitdem hatten wir aber große Fortschritte gemacht. Ich erklärte ihm, er sei eine dieser selbstgerechten Lebensformen, die es vorzogen, nicht zu lernen, sondern alles zu verfolgen und zu verurteilen, was sie nicht verstehen oder tolerieren können.

Natürlich war die Anwesenheit dieser immens mächtigen Wesenheit auf der Brücke meines Schiffs beunruhigend. Ich war sicher, daß er eine unmittelbare Bedrohung für unser Überleben darstellte, und handelte dementsprechend. Ich übertrug Lieutenant Worf das Kommando über die Untertassensektion und befahl ihm, alle

Familien und den größten Teil der Besatzung dorthin zu evakuieren. Ich verlegte das Kommando über die *Enterprise* auf die Kampfbrücke und beabsichtigte, es mit der feindlichen Macht aufzunehmen, während die Untertassensektion entkommen konnte. Die Abtrennung der Sektion vom Rumpf war erfolgreich, und Mr. Worf konnte seine Passagiere in Sicherheit bringen. Dann ergaben wir uns an Bord der Kampfbrücke bedingungslos.

Momente später fanden sich Lieutenant Commander Data, Lieutenant Commander Deanna Troi, Lieutenant Tasha Yar und ich in einem Gerichtssaal des späten 21. Jahrhunderts wieder, der Periode des postatomaren Schreckens. Wir wurden von allen möglichen Leuten aufgezogen, die zeitgenössische Kleidung trugen. Während diese Leute auf den Zuschauerrängen uns fortwährend verspotteten und über uns lachten, schwebte der Richtersessel auf uns zu und stoppte in der Mitte des Gerichtssaals. Q saß, in eine Richterrobe des Jahres 2079 gekleidet, in dem Sessel. Drei meiner Offiziere und ich wurden wiederholter und ernster Grausamkeiten an unserer Spezies angeklagt.

Ich erklärte Q, daß wir nur auf spezifische Vorwürfe antworten würden, woraufhin ich eine Ausfertigung der gegen uns vorgebrachten Anklagepunkte erhielt. Als ich sie las, stellte ich fest, daß keiner der Punkte uns betraf. Q wies daraufhin seine bewaffneten Gerichtsdiener an, ihre Waffen in Anschlag zu bringen. Er fragte mich, wie ich plädiere, und er warnte mich, daß jede andere Antwort außer ›schuldig‹ den Tod von Data, Troi und Tasha nach sich ziehen würde.

Meine Antwort lautete ›schuldig‹, aber nur auf einer vorläufigen Basis. Obwohl ich ihm zustimmte, daß die Menschheit in der Vergangenheit brutal gewesen war, dürften wir nicht für vergangene Grausamkeiten verfolgt werden. Vielmehr sollten wir nach unseren eigenen Leistungen beurteilt werden. Letztlich war Q einverstanden, uns zur Farpoint-Station weiterreisen zu lassen. Er selbst erklärte sich zum Staatsanwalt, Richter und zur Jury, die die Ergebnisse dessen, was wir dort tun würden, beurteilen würde.

Wir erreichten die Farpoint-Station, wo Commander Riker, Dr. Crusher und ihr Sohn Wesley sowie Lieutenant LaForge zu meiner Crew stießen. Mr. Worf traf wenig später mit der Untertassensektion ein, und die erste wichtige Aufgabe, die ich Commander Riker übertrug, war das Andocken von Untertasse und Rumpf. Ich muß sagen, daß Will diese Aufgabe bestens erledigte.

Später stellten wir fest, daß die Bandi die Raumstation nicht erbaut hatten. Statt dessen hatten sie eine fremde Kreatur – eine Lebensform mit gestaltwandlerischen Fähigkeiten – dazu gezwungen, die Form der Raumstation anzunehmen. Kurz nach dieser Entdeckung erlebten wir die Ankunft des Partners dieser Lebensform mit, der gekommen war, um sie zu retten. Obwohl das Wesen die alte Bandi-Stadt zerstörte, um seinen Partner zu befreien, entschloß ich mich, nicht einzugreifen, auch wenn Q versuchte, mich dazu anzustacheln. Als Ergebnis unserer Vorgehensweise kam ein enttäuschter Q zu dem Urteil, daß wir dieses erste Verfahren hinter uns gebracht hatten. Aber er schwor, daß er zurückkommen würde, um die Menschheit erneut zu testen.

Tatsächlich besuchte uns Q bei mehreren Gelegenheiten. Jedesmal brachte er uns in große Gefahr und bewertete die Menschheit anhand unserer Reaktionen. Wir mußten fortwährend beweisen, daß die Menschen sich weiterentwickelt hatten und nicht länger eine wilde, gefährliche Rasse waren und daß man uns auch außerhalb unseres Sonnensystems vertrauen konnte. Q ist stets eine Bedrohung, ein Gegenspieler, ein ungebetener Gast, und doch glaube ich, daß er auf irgendeine Weise der Menschheit dabei helfen will, sich weiterzuentwickeln, indem er uns die Gelegenheit gibt, unsere Grenzen und auch unsere Fähigkeiten zu erkennen. Q hat uns vielen Prüfungen ausgesetzt, und wir haben sie alle erfolgreich hinter uns gebracht. Dennoch hat er uns in den letzten sieben Jahren immer wieder unnötig auf die Probe gestellt, und erst vor kurzem hat er mir mitgeteilt, daß er damit nie aufhören würde. Während wir uns auf der Farpoint-Station befanden, fragte mich Commander Riker, was wir angesichts der Tatsache tun sollten, daß Q uns 24 Stunden am Tag testete und jederzeit das Urteil fällen konnte, uns zu vernichten. Ich erwiderte: »Wir werden das tun, was wir auch ohne das Wissen um Qs Existenz tun würden. Wenn schon, dann soll man uns für das verdammen, was wir wirklich sind.«

Sie sollten stets bedenken – auch wenn Sie nicht ungerechtfertigt von jemandem wie Q auf die Probe gestellt und beurteilt werden –, daß die Geschichte über die Menschheit urteilen wird. Und dieses Urteil wird zu einem gewissen Teil auch auf Ihren Handlungen beruhen: wie jeder einzelne von Ihnen seine Fähigkeiten nutzt; was Sie aus Ihren Möglichkeiten machen; wie sehr Sie das Leben respektieren; wie gut Sie andere verstehen und wie Sie anderen helfen, Sie zu verstehen; wie Sie auf das Unbekannte reagieren. Die Menschheit wird immer auf dem Prüfstand stehen.

Trotz einiger Rückschläge möchte ich glauben, daß die Crew der *Enterprise* in den letzten acht Jahren für das friedliche Zusammenleben der Völker in der Föderation – und möglicherweise auch für das anderer Völker einen beitrag geleistet hat. Das kann man nicht ohne Herausforderungen bewirken, und mit jedem Triumph sind auch Tragödien verbunden. Daher wurden die Prüfungen, denen wir ausgesetzt waren, von großer Freude und auch von tiefer Enttäuschung begleitet.

Obwohl wir viele Geheimnisse gelöst und zahlreiche Entdeckungen gemacht haben, bleibt ein großer Teil der Galaxis noch immer unerforscht. Daher bin ich voller Zuversicht, daß auch die zukünftigen Missionen der *Enterprise* einen Beitrag zum friedlichen Zusammenleben der Rassen und Völker leisten werden.

›VON DER CLASSIC-SERIE ZUR NEXT GENERATION‹ – EINE KURZE DARSTELLUNG DER STAR TREK-GESCHICHTE

Die Vereinte Föderation der Planeten, die im Jahre 2161 gegründet wurde, ist eine Allianz von rund 150 planetaren Regierungen und Kolonien. Die Ziele dieses Bündnisses sind Handel, gemeinsame Forschungsexpeditionen, wissenschaftliche Forschung und Entwicklung, kultureller Austausch, diplomatische Beziehungen und gemeinsame Verteidigungsmaßnahmen. Üblicherweise ›die Föderation‹ genannt, wird diese interstellare Allianz gelegentlich durch Feinde von außen und Verschwörer von innen bedroht. Indem sie sich unentwegt gegen alle Feinde zur Wehr setzt und ihrem Gründungszweck gerecht bleibt, kann sich die Föderation über 200 Jahren nach ihrer Gründung immer noch als starke und mächtige Allianz behaupten.

Die Föderation wird vom Abgeordnetenrat regiert, der sich aus Vertretern der Mitgliedsregierungen und Kolonien zusammensetzt. Der Rat hat seinen Sitz in San Francisco auf dem Planeten Erde, er wird von einem Präsidenten geführt, dessen Amtssitz sich in Paris befindet. Die Legislative wird durch die Verfassung der Föderation der Vereinten Planeten gesteuert, die den gegenseitigen Nutzen und Schutz der Mitgliedsplaneten und der einzelnen Bürger garantiert.

Im Gründungsjahr der Allianz wurde vom Abgeordnetenrat auch Starfleet Command ins Leben gerufen. Diese Instanz ist die Föderationsautorität für die Bereiche der interstellaren wissenschaftlichen Forschung und

Entwicklung und zugleich deren Verteidigungsbehörde. Das Hauptquartier von Starfleet befindet sich in San Francisco; andere Kommandoeinrichtungen existieren auf verschiedenen Sternenbasen im gesamten Föderationsterritorium.

Raumschiffe sind die mobilen Basen, von denen aus Starfleet Command seine Operationen im Föderationsterritorium leitet. Raumschiffe der Föderation tragen vor ihrem Namen die Abkürzung ›U.S.S.‹, kurz für ›United Starship‹. Schiffe, die bei der Föderation registriert, aber kein Teil der Flotte sind, erkennt man an den Initialen ›S.S.‹, also ›Starship‹. Die *U.S.S. Enterprise* ist das Flaggschiff der Föderation; ihre Aufgabe ist es, ›fremde neue Welten zu erforschen, neues Leben und neue Zivilisationen zu suchen, mutig dorthin vorzustoßen, wo noch niemand zuvor gewesen ist‹.

Die Kommunikation zwischen Starfleet Command und seinen Raumschiffen geschieht über ein Subraum-Kommunikationsnetzwerk, das sich oft als unzulänglich erweist. Diese Unzulänglichkeit entsteht aus der Unermeßlichkeit des Föderationsgebietes. Dem Captain eines Raumschiffs wird daher beträchtliche Freiheit bei der Auslegung der Föderationspolitik gewährt, wenn er sich außer Reichweite befindet, um mit der Föderation Kontakt aufnehmen zu können.

Die Starfleet-Akademie ist die wichtigste Ausbildungseinrichtung für angehende Offiziere der Flotte; die Ausbildungszeit beträgt vier Jahre. Die Akademie wurde 2161 am Presidio of San Francisco auf der Erde gegründet. Die Zugangsberechtigung zur Akademie ist hart umkämpft; nur die besten und klügsten Bewerber werden aufgenommen.

Um die wesentliche Entwicklung zwischen STAR TREK CLASSIC und STAR TREK – THE NEXT GENERATION zu verstehen, muß man sich nur mit der Entwicklung der verschiedenen Raumschiffe mit Namen *Enterprise* befassen.

Das erste Raumschiff mit Namen *Enterprise* trug die Registriernummer NCC-1701. Es wurde in den San Francisco Yards gebaut. Dieses Schiff der Constitution-Klasse war insgesamt 289 Meter lang. Die NCC-1701 wurde im Jahre 2245 unter dem Kommando von Captain Robert April auf ihre erste Reise geschickt. Ihm folgte 2250 Christopher Pike als Captain. Im Jahr 2263 wurde Captain James T. Kirk zum Commander dieses Schiffs ernannt, der es während seiner historischen Mission von 2264 bis 2269 befehligte.

Das Schiff wurde während seiner vielen Dienstjahre mehrfach überholt, 2284 wurde es für Trainingsaufgaben der Starfleet-Akademie eingesetzt. Ein Jahr später brachte eine Krisensituation im Mutara-Sektor das Schiff zurück in den aktiven Dienst unter dem Kommando von Admiral Kirk. Da er nicht in der Lage war, sich gegen den angreifenden Feind zu behaupten, befahl Kirk die Zerstörung des Schiffs, um es davor zu bewahren, den Klingonen in die Hände zu fallen.

Die zweite *Enterprise* wurde 2286 ursprünglich als *U.S.S. Yorktown* in Dienst gestellt, noch im gleichen Jahr wurde die NCC-1701-A in *Enterprise* umbenannt. Das Kommando wurde Captain Kirk in Anerkennung der Heldentaten übertragen, die er und seine Kameraden vollbracht hatten, um die Erde vor den Auswirkungen eines unbekannten Angreifers zu schützen. Dieses Schiff der Constitution-Klasse, das für Forschung und Entdeckung in den Tiefen des Alls bestimmt war, war insgesamt 305 Meter lang und wurde im Jahr 2287 in aller Eile in Dienst gestellt – bevor Testflüge absolviert und alle Systeme installiert werden konnten.

Die übereilte erste Mission der *Enterprise-A* führte die Mannschaft nach Nimbus III, um dort bei einer Geiselnahme einzugreifen. 2293 wurde Captain Kirk – gegen seinen Willen – abkommandiert, um den klingonischen Kanzler Gorkon und seine Begleiter zu einer Friedenskonferenz auf der Erde zu eskortieren. Unterwegs fiel

Kanzler Gorkon einem Anschlag zum Opfer, hinter dem Kräfte von Starfleet, der Föderation und der Klingonen steckten, die die Friedensbemühungen zu Fall bringen wollten. Die Friedenskonferenz wurde verschoben und nach Camp Khitomer verlegt. Diesmal waren die Friedensgespräche erfolgreich, aber erst, nachdem Captain Kirk als Kommandant der *Enterprise-A* mit Hilfe des Kommandanten der *U.S.S. Excelsior*, Captain Sulu, einen zweiten Störversuch verhindert hatte. Diese historischen Gespräche wurden später als die Friedensverhandlung von Khitomer bekannt, die den Beginn der Annäherung zwischen der Föderation und dem Klingonischen Imperium markierte.

Die dritte *Enterprise*, die in der Antares-Schiffswerft gebaut wurde, war der im ersten Versuch gescheiterten *Excelsior* nachempfunden, die sich – nach einigen Überarbeitungen – später als raumtüchtiger und kostengünstiger Schiffstyp erwies. Die NCC-1701-B war 467 Meter lang und an der Erschließung von mehr als 142 Sonnensystemen beteiligt. Diese *Enterprise* führte auch die Forschungsreisen jenseits des Gourami-Sektors durch und stellte den Erstkontakt mit siebzehn bis dahin unbekannten Zivilisationen her.

Die vierte *Enterprise* trug die Registriernummer NCC-1701-C. Dieses Schiff der Ambassador-Klasse war 525 Meter lang, es wurde in der Erdorbitalstation McKinley gebaut. Gemäß der *normalen* Zeitlinie von STAR TREK – THE NEXT GENERATION wird angenommen, daß dieses Schiff unter dem Kommando von Captain Rachel Garrett während eines Kampf mit den Romulanern im Jahre 2344 in der Nähe des klingonischen Außenpostens Narenda III zerstört wurde, wobei die gesamte Besatzung ums Leben kam. Es gibt keine weiteren Erkenntnisse darüber, was sich in dieser Schlacht zutrug, da weder Spuren der Vernichtung des Schiffs noch Überlebende der Besatzung jemals entdeckt wurden. Während des Kampfs mit den Romulanern verursachte eine Explosion die Öffnung einer Zeitverwerfung, durch die die *Enterprise-C* 22 Jahre weit in die Zukunft transferiert wurde. Dieses Ereignis verursachte die Entstehung einer zweiten Zeitlinie, in der die Föderation einen vielen Jahre währenden Krieg mit den Klingonen führte. 2366 stand die Föderation vor der Kapitulation, als die *Enterprise-C* aus der Zeitverwerfung auftauchte und auf die *Enterprise-D* traf. Um die normale Zeitlinie wiederherzustellen und den Krieg mit den Klingonen abzuwenden, war es notwendig, die *Enterprise-C* in ihre Zeit zurückzubringen. Dieser korrigierende Eingriff wurde bewerkstelligt, der Verlauf der Zeit kehrte wieder in seine normalen Bahnen zurück, die ›richtige‹ Geschichte wurde wiederhergestellt. Somit findet sich in der Geschichte, wie sie die Völker der Föderation kennen, nur die normale Zeitlinie.

Die *Enterprise* NCC-1701-D, die unter dem Kommando von Jean-Luc Picard stand, wurde 2263 in der Werft Utopia Planitia im Marsorbit fertiggestellt. Dieses Schiff der Galaxy-Klasse war 641 Meter lang und so ausgelegt, daß es bequem bis zu 6500 Personen aufnehmen konnte. Der Hauptzweck der *Enterprise-D* war die Forschung, daher war das Schiff mit zahlreichen wissenschaftlichen Laboratorien ausgestattet. Die Verteidigungssysteme und die schwere Bewaffnung machten dieses Schiff aber zugleich zu einem hervorragenden Schlachtschiff. Ohne Frage ist die NCC-1701-D die bislang herausragendste Leistung von Starfleet.

STAR TREK – THE NEXT GENERATION beginnt mit dem Start der *Enterprise-D* unter dem Kommando von Captain Picard. Dieses Kommando endet siebeneinhalb Jahre später mit der Zerstörung des Schiffs auf Veridian III im Kinofilm STAR TREK GENERATIONS.

DIE MITWIRKENDEN

Alkar, Ves (gespielt von Chip Lucia): ein lumerianischer Botschafter und Vermittler der Föderation.

April, Robert T.: Erster Captain der *U.S.S. Enterprise*, NCC-1701, der das Schiff während der ersten Fünfjahresmission bei der Erforschung des Weltalls befehligte.

Batanides, Marta (gespielt von J. C. Brandy): Kommilitonin von Jean-Luc Picard an der Akademie. Nach ihrem Abschluß wurde sie zusammen mit Fähnrich Picard und Fähnrich Zweller zur Sternenbasis Earhart versetzt, wo ihr erster Auftrag in den Tiefen des Weltalls auf sie wartete.

Ben (gespielt von Bruce Beatty): Ziviler Kellner im Gesellschaftsraum auf der *Enterprise-D*.

Boothby (gespielt von Ray Walston): Gärtner an der Starfleet-Akademie.

Bractor (gespielt von Armin Shimerman): Captain des Ferengi-Kampfschiffs *Kreechta*.

Brand, Andrea (gespielt von Jacqueline Brookes): Leiterin der Starfleet-Akademie.

Crusher, Beverly (gespielt von Gates McFadden): Chefärztin der *U.S.S. Enterprise-D*, Mutter von Wesley Crusher. Sie hat den Rang eines Commanders. Von 2365 bis 2366 war sie Chefin der Medizinischen Abteilung von Starfleet.

Crusher, Jack R. (gespielt von Doug Wert): Offizier, der während seines Dienstes auf der *U.S.S. Stargazer* unter dem Kommando von Captain Jean-Luc Picard ums Leben kam. Ehemann von Beverly Crusher und Vater von Wesley Crusher.

Crusher, Wesley (gespielt von Wil Wheaton): Sohn von Jack und Beverly Crusher. Sein Vater kam 2354 ums Leben, als Wesley fünf Jahre alt war. Er lebte zusammen mit seiner Mutter auf der *U.S.S. Enterprise-D*, als seine Mutter Chefärztin dieses Schiffs wurde. Während des Jahres, das sie als Chefin der Medizinischen Abteilung von Starfleet verbrachte, blieb er auf der *Enterprise*. Noch während dieser Zeit wurde er zum Fähnrich befördert; später besuchte er die Starfleet-Akademie. Da er von dem Studium enttäuscht war, zog er 2370 seine Zulassung als Student der Akademie zurück, um statt dessen bei den amerikanischen Indianern auf Dorvan V zu leben. Der Reisende, den er gut sieben Jahre zuvor schon einmal getroffen hatte, erklärte ihm schließlich, daß er die Fähigkeit besitze, sich über Raum und Zeit hinwegzusetzen und die normale Dimension verlassen zu können.

Dal, Joret (gespielt von Don Reilly): cardassianischer Soldat und Agent der Föderation.

Data (gespielt von Brent Spiner): Zweiter Offizier auf der *U.S.S. Enterprise-D*. Data ist ein humanoider Androide, der so hochentwickelt ist, daß er als intelligente Lebensform anerkannt wurde und ihm die bürgerlichen Verfassungsrechte zuerkannt wurden. Er bekleidete den Rang eines Lieutenant Commanders.

Dathon (gespielt von Paul Winfield): tamarianischer Captain, der bei dem Versuch, mit Captain Jean-Luc Picard eine Verständigung herzustellen, die Rolle von Darmok einnahm.

Devor (gespielt von Tim Russ): Mitglied einer Gruppe von als Technikern getarnten Terroristen, die versuchten, Trilithium-Harz zu stehlen, während die *Enterprise-D* an der Remmler-Station angedockt hatte.

Franklin, Matt: Fähnrich der Sternenflotte, der auf der *U.S.S. Jenolen* diente, als diese auf der Dyson-Sphäre eine Bruchlandung erlitt. Obwohl er den Absturz überlebte, starb er, während er sich im Transporter-Zwischenspeicher der *Jenolen* befand und auf Rettung wartete.

Galen, Richard (gespielt von Norman Lloyd): Der vielleicht bedeutendste Archäologe des 24. Jahrhunderts. Professor an der Starfleet-Akademie zu der Zeit, da Jean-Luc Picard ein Kadett war.

Garrett, Rachel (gespielt von Tricia O'Neill): Captain der *U.S.S. Enterprise,* NCC 1701-C. Verschwand im Jahr 2344 zusammen mit ihrem Schiff in der Nähe von Narenda III.

Genestra, Sabin (gespielt von Bruce French): Ein Betazoide, der als Berater für Admiral Norah Satie tätig war.

Gorkon, Kanzler (gespielt von David Warner): Führer des Hohen Rates der Klingonen, wurde 2293 von Widersachern ermordet, die seine Bemühungen um einen Frieden mit der Föderation verhindern wollten.

Guinan (gespielt von Whoopi Goldberg): Barkeeperin im Gesellschaftsraum auf der *Enterprise-D*. Ihr Volk wurde im späten 23. Jahrhundert fast vollständig von den Borg ausgelöscht. Verfügt über ungewöhnliche Fähigkeiten, die bis jenseits der linearen Raum-Zeit reichen. Sie verfügt außerdem über bemerkenswerte Vorahnungen.

Haden, Admiral (gespielt von John Hancock): Starfleet-Admiral, der cardassianische Berichte bestätigte, daß die *U.S.S. Phoenix* eine cardassianische Wissenschaftsstation angegriffen und zerstört und damit den Friedensvertrag zwischen Föderation und Cardassianern verletzt hatte.

Hanson, J. P. (gespielt von George Murdock): Starfleet-Admiral, der Anfang des Jahres 2367 die Verteidigungsmaßnahmen der Föderation gegen die angreifenden Borg bei Wolf 359 leitete.

Henry, Thomas (gespielt von Earl Billings): Starfleet-Admiral im Bereich der Sicherheit, der auf Bitten von Admiral Norah Satie an Bord der *Enterprise-D* kam, wo Satie fälschlich eine Verschwörung vermutete.

Hutchinson, Calvin (gespielt von David Spielberg): Starfleet-Offizier und Commander der Arkaria-Basis.

Sito, Jaxa (gespielt von Shannon Hill): eine Bajoranerin, die die Starfleet-Akademie besuchte und später auf der *Enterprise-D* diente. Fähnrich Sito kam ums Leben, als sie Joret Dal in cardassianisches Territorium begleitete.

J'Ddan (gespielt von Henry Woronicz): klingonischer Exobiologe, der im Rahmen eines wissenschaftlichen Austauschprogramms zwischen Föderation und Klingonen auf die *Enterprise-D* versetzt worden war.

Jellico, Edward (gespielt von Ronny Cox): Starfleet-Offizier, der die *U.S.S. Cairo* befehligte und 2369 vorübergehend das Kommando über die *Enterprise-D* erhielt.

Kelsey (gespielt von Marie Marshall): Leiterin einer als Techniker getarnten Terroristengruppe, die versuchte, Trilithium-Harz zu stehlen, während die *Enterprise-D* an der Remmler-Station angedockt hatte.

Kirk, James T. (gespielt von William Shatner): Captain der *U.S.S. Enterprise*, NCC-1701 und NCC-1701-A. Befehligte die *Enterprise* während ihrer historischen Fünfjahresmission von 2264 bis 2269.

Kiros (gespielt von Patricia Tallman): Mitglied einer als Techniker getarnten Terroristengruppe, die versuchte, Trilithium-Harz zu stehlen, während die *Enterprise-D* an der Remmler-Station angedockt hatte.

Kolrami, Sirna (gespielt von Roy Brocksmith): Meisterstratege der Zakdorn, der als taktischer Berater während einer Gefechtssimulation auf der *Enterprise-D* fungierte.

LaForge, Geordi (gespielt von LeVar Burton): Als Lieutenant Junior Grade war er zunächst als Navigator auf der *U.S.S. Enterprise-D* tätig. 2365 wurde er Chefingenieur und zum Lieutenant befördert, später zum Lieutenant Commander. Von Geburt an blind, trägt er das VISOR (*V*isual *I*nstrument and *S*ensory *O*rgan *R*eplacement), das ähnlich wie eine Brille getragen wird. Das VISOR ermöglicht es ihm, sichtbares Licht und einen großen Teil des elektromagnetischen Spektrums zu sehen, darunter Infrarot und Radiowellen.

Lavelle, Sam (gespielt von Dan Gauthier): Fähnrich, der auf der *Enterprise-D* diente.

Lemec, Gul (gespielt von John Durbin): Captain des cardassianischen Kriegsschiffs *Reklar*.

Locutus der Borg (gespielt von Patrick Stewart): Anführer der Borg, entstanden durch eine Assimilierung von Jean-Luc Picard in das Borg-Bewußtsein im Jahr 2366.

Macet, Gul (gespielt von Marc Alaimo): Captain des cardassianischen Kriegsschiffs *Trager*.

Madred, Gul (gespielt von David Warner): cardassianischer Captain, der 2369 Captain Picard auf Celtris III verhörte und folterte.

Manheim, Jenice (gespielt von Michelle Phillips): Ehefrau des Wissenschaftlers Dr. Paul Manheim. Vor ihrer Ehe hatte Jenice ein Verhältnis mit dem zukünftigen Captain Jean-Luc Picard.

Maxwell, Benjamin (gespielt von Bob Gunton): Captain der *U.S.S. Phoenix*. Er zerstörte eine Wissenschaftsstation der Cardassianer und verletzte damit den Friedensvertrag zwischen Föderation und Cardassianern.

Mogh: Vater von Worf und Kurn, politischer Gegner von Ja'rod. Mogh und seine Frau wurden 2346 im Verlauf des Massakers von Khitomer getötet, nachdem sie Ja'rod nach Khitomer gefolgt waren, da Mogh ihn des Verrats am Klingonischen Imperium verdächtigte.

Nechayev, Alynna (gespielt von Natalija Nogulich): Starfleet-Vizeadmiral, die für die Handhabung des Zwischenfalls auf Celtris III im Jahre 2369 verantwortlich war.

Neil (gespielt von Tom Nibley): Mitglied einer als Techniker getarnten Terroristengruppe, die versuchte, Trilithium-Harz zu stehlen, während die *Enterprise-D* an der Remmler-Station angedockt hatte.

O'Brien, Miles (gespielt von Colm Meaney): Starfleet-Ingenieur; als er auf die *Enterprise-D* versetzt wurde, hatte er den Dienstgrad eines Fähnrichs und war Offizier auf der Kampfbrücke. Er wird üblicherweise ›Chief‹ O'Brien genannt; später wurde er Transporterchef auf der *Enterprise*. 2369 wurde er befördert und auf die Station *Deep Space Nine* versetzt.

Ogawa, Alyssa (gespielt von Patti Yasutake): Starfleet-Offizier und Krankenschwester auf der *Enterprise-D*.

Orton (gespielt von Glenn Morshower): Administrator der Föderationsbasis Arkaria.

Picard, Jean-Luc (gespielt von Patrick Stewart): Captain der *U.S.S. Enterprise-D*, des Flaggschiffs der Föderation. Captain Picard ist ein herausragender Offizier und eine bekannte Persönlichkeit in den Bereichen Weltraumerforschung, Wissenschaften und interstellarer Diplomatie.

Picard, Marie (gespielt von Samantha Eggar): Ehefrau von Robert Picard, Jean-Luc Picards Schwägerin, Mutter von René Picard.

Picard, Maurice (gespielt von Clive Church): Winzer in LaBarre, Frankreich. Ehemann von Yvette Gessard Picard und Vater von Robert und Jean-Luc Picard.

Picard, René (gespielt von David Tristen Birkin): Sohn von Robert und Marie Picard, Neffe von Jean-Luc Picard. René wollte wie Jean-Luc sein und träumte davon, eines Tages auf einem eigenen Raumschiff LaBarre hinter sich zu lassen.

Picard, Robert (gespielt von Jeremy Kemp): Sohn von Maurice und Yvette Gessard Picard, Ehemann von Marie Picard, Vater von René Picard, Bruder von Jean-Luc Picard. Robert folgte den Fußstapfen seines Vaters und wurde Winzer; er übernahm die Leitung des Weingutes der Familie Picard.

Pike, Christopher (gespielt von Jeffrey Hunter): Früherer Captain der *U.S.S. Enterprise*, NCC-1701.

Powell, Lieutenant: Offizier auf der *Enterprise-D*, der ein Verhältnis mit Krankenschwester Ogawa hatte.

Pulaski, Katherine (gespielt von Diana Muldaur): Ärztin, die bemerkenswertes Mitgefühl für ihre Patienten aufbrachte; sie diente als Chefärztin der *U.S.S. Enterprise-D* im Jahr 2365. Dr. Pulaski hatte den Dienstgrad eines Commanders.

Q (gespielt von John DeLancie): Ein extradimensionales Wesen, das über schier allmächtige Kräfte verfügt. Q besitzt außerdem ein Gespür dafür, mit der Gereiztheit und der Verspieltheit eines Kindes zu reagieren. Er hat kein Mitleid für die menschliche Rasse und liebt es, sowohl sie als auch andere Spezies zu verhöhnen und zu terrorisieren. Captain Picard wurde während seiner Kommandozeit auf der *Enterprise-D* von Q gleichermaßen terrorisiert und belehrt.

Quinn, Gregory (gespielt von Ward Costello): Starfleet-Admiral, der Captain Jean-Luc Picard eine Beförderung zum Admiral und die Position des Kommandanten der Starfleet-Akademie anbot.

Riker, William T. (gespielt von Jonathan Frakes): Ausführender Offizier und Stellvertreter des Captains auf der *Enterprise-D*. Er hat den Dienstgrad eines Commanders; in seiner Position wird er auch als der Erste Offizier bezeichnet. Von Captain Picard wird er oft ›Nummer Eins‹ genannt. Er hat das Kommando über mehrere Raumschiffe abgelehnt, um an Bord der *Enterprise* bleiben zu können, ein Schiff, von dem er hofft, es eines Tages zu befehligen.

Sarek (gespielt von Mark Lenard): Vulkanischer Botschafter bei der Föderation. Vater von Spock.

Satie, Norah (gespielt von Jean Simmons): Starfleet-Admiral. Sie unterschrieb den Befehl, Jean-Luc Picard zum Captain der *U.S.S. Enterprise-D* zu ernennen. Sie wurde später aus dem Ruhestand zurückgeholt und von Starfleet Command Captain Picard zur Seite gestellt, um ihm dabei behilflich zu sein, eine mutmaßliche Spionage und Sabotage auf der *Enterprise* zu untersuchen.

Satler (gespielt von Tim de Zarn): Mitglied einer als Techniker getarnten Terroristengruppe, die versuchte, Trilithium-Harz zu stehlen, während die *Enterprise-D* an der Remmler-Station angedockt hatte.

Scott, Montgomery (gespielt von James Doohan): Auch bekannt als ›Scotty‹. Er war Chefingenieur auf der ersten *Enterprise*, die von Captain James T. Kirk befehligt wurde.

Shelby, Lieutenant Commander (gespielt von Elizabeth Dennehy): Offizier, die für die Planung des Bereichs von Starfleet verantwortlich war, der 2366 eine Verteidigung gegen die Borg zu entwickeln versuchte.

Solok, DaiMon (gespielt von Lou Wagner): Ferengi-Schmuggler, der von Zeit zu Zeit Fracht nach Celtris III beförderte.

Sulu, Hikaru (gespielt von George Takei): Steuermann auf der ersten *Enterprise* unter dem Kommando von Captain Kirk. Er wurde später Captain der *U.S.S. Excelsior*.

Tarses, Simon (gespielt von Spencer Garrett): Crewman erster Klasse und Sanitäter auf der *Enterprise-D*. Er wurde von Admiral Satie fälschlich als romulanischer Spion bezeichnet.

Taurik (gespielt von Alexander Enberg): Ein Vulkanier, der die Starfleet-Akademie besuchte und als Ingenieur unter Lieutenant Commander LaForge auf der *Enterprise-D* diente.

Tore, Nellen (gespielt von Ann Shea): Geboren auf Delb II, Assistentin von Admiral Norah Satie.

Troi, Deanna (gespielt von Marina Sirtis): Schiffscounselor an Bord der *Enterprise-D.* Sie hatte den Dienstgrad des Lieutenant Commander, als sie auf die *Enterprise* kam. Später wurde sie zum Commander befördert. Sie ist die Tochter von Ian Andrew und Lwaxana Troi. Ihr Vater war ein Mensch, ihre Mutter ist Betazoidin. Counselor Troi besitzt die Fähigkeit, intensive Emotionen der meisten Lebensformen zu spüren.

Worf (gespielt von Michael Dorn): Worf schloß die Akademie 2361 ab und wurde der erste Klingone, der bei Starfleet diente. Als er auf die *Enterprise* kam, war er Lieutenant Junior Grade und diente als Flugkontrolloffizier. Er wurde später zum Lieutenant befördert und zum Sicherheitschef der *Enterprise* ernannt.

Yar, Natasha (gespielt von Denise Crosby): Lieutenant und Sicherheitschef auf der *U.S.S. Enterprise-D* im Jahre 2364. Sie kam noch im gleichen Jahr im Verlauf einer Rettungsmission auf Vagra II ums Leben.

Zweller, Corin (gespielt von Ned Vaughn): Kommilitone von Jean-Luc Picard an der Akademie. Nach seinem Abschluß wurde er zusammen mit Fähnrich Picard und Fähnrich Batanides zur Sternenbasis Earhart versetzt, wo ihr erster Einsatz in den Tiefen des Weltalls auf sie wartete.

TERMINOLOGIE

(Entnommen aus *The Star Trek Encyclopedia* von Michael und Denise Okuda und Debbie Mirek)

Antimaterie: Materie, deren elektrische Ladungsverhältnisse umgekehrt sind wie bei ›normaler‹ Materie. Wenn ein Partikel Antimaterie in Kontakt kommt mit einem entsprechenden Partikel normaler Materie, werden beide Partikel vernichtet, eine immense Energiemenge wird freigesetzt.

Artikel Sieben: Eines der maßgeblichen Grundrechte, das durch die Verfassung der Vereinten Föderation der Planeten gewahrt wird. Der Artikel schützt die Bürger davor, sich durch eine Aussage selbst zu belasten.

Betrachter: Anzeigeschirme, die auf Föderationsschiffen verwendet werden. Es kann sich dabei um Tischgeräte, Geräte für den persönlichen Gebrauch oder um große Wandschirme handeln.

›Darmok und Jalad auf Tenagra.‹: Eine tamarianische Phrase, die sich auf einen mythologischen Jäger auf dem Planeten Shantil III und seinen Begleiter Jalad bezieht, die sich trafen und gemeinsam einer Gefahr auf der mystischen Insel Tanagra begegneten. Siehe auch Dathon im Kapitel ›Die Mitwirkenden‹.

Deflektoren: Energiefeld, das benutzt wird, um Raumschiffe und andere Raumfahrzeuge vor Schäden zu bewahren, die durch natürliche Gefahren oder Feindattacken entstehen können.

Dom-jot: Billiardähnliches Spiel, das auf einem unregelmäßig geformten Tisch gespielt wird.

Erste Direktive: Auch bekannt als Allgemeine Starfleet-Anordnung Nummer Eins. Die Erste Direktive besagt, daß es Personal und Schiffen von Starfleet untersagt ist, in die normale Entwicklung einer Zivilisation einzugreifen.

Holodeck: Auch bekannt als Holographischer Umgebungssimulator. Das Holodeck ermöglicht die Simulation praktisch jeder Umgebung oder Person mit einem Maß an Genauigkeit, das es praktisch unmöglich macht, sie von der Realität zu unterscheiden.

Impulsantrieb: Antriebssystem für Raumschiffe, das konventionelle Impulsreaktionen nutzt, um Energie zu erzeugen. Auf den meisten Föderationsschiffen wird der Impulsantrieb von einem oder mehreren Fusionsreaktoren betrieben, die Deuterium benutzen, um Heliumplasma und enorme Energiemengen freizusetzen. Ein Schiff kann mit Impulsantrieb nur langsamer als das Licht fliegen. Normalerweise entspricht voller Impulsantrieb halber Lichtgeschwindigkeit.

Kommunikator: Ein persönlicher Kommunikationsgerät, daß sich im Uniformabzeichen befindet, das vom Starfleet-Personal getragen wird. Kommunikatoren senden auch ein Signal aus, das genutzt werden kann, um den jeweiligen Träger zu lokalisieren. Diese Vorrichtung ermöglicht es dem Transportersystem eines Raumschiffs, die exakten Koordinaten zu bestimmen, die notwendig sind, um eine Person von einer Stelle zu einer anderen zu beamen.

Landeteam: Bezeichnung für eine spezialisierte Personengruppe, die auf eine Mission außerhalb des Schiffs – zumeist auf eine Planetenoberfläche – geschickt wird.

Nummer Eins: Üblicher Name, den ein Raumschiff-Captain seinem Stellvertreter gibt.

Padd: Abkürzung für *P*ersonal *A*ccess *D*isplay *D*evice. Kleine, in der Hand zu haltende Tafel, die vom Personal auf Föderationsschiffen für die Informationsübermittlung benutzt wird.

Phaser: Abkürzung für *PHAS*ed *E*nergy *R*ectification, eine Energiewaffe, die unter anderem von Starfleet benutzt wird. Phaserenergie kann eingestellt werden, um verschiedene Ergebnisse zu erzielen: Betäuben, Erhitzen, Zerstören. Phaserwaffen gibt es als Handwaffen, als Gewehre und als große, in Schiffen eingebaute Systeme.

Photonentorpedo: Taktische Waffe, die von Föderationsschiffen benutzt wird. Photonentorpedos sind Flugkörper, die eine kleine Menge Materie und Antimaterie enthalten, die in einem Magnophotonenfeld zusammengehalten wird.

Schild: Energiefeld, das benutzt wird, um Raumschiffe und andere Raumfahrzeuge vor Schäden zu bewahren, die durch natürliche Gefahren oder Feindattacken entstehen können. Bei aktivierten Schilden können die Transporter nicht benutzt werden.

Sensoren: Allgemeine Bezeichnung für eine breite Palette von wissenschaftlichen, medizinischen und technischen Instrumenten, die auf Föderationsschiffen und zu anderen Zwecken verwendet werden.

Sternzeit: Zeitmeß-System, das benutzt wird, um einen zeitlichen Standardbezugsrahmen in der Galaxis zu liefern. Die Sternzeit berücksichtigt die relative Zeitdehnung, Warpgeschwindigkeitsverschiebungen und andere Besonderheiten der interstellaren Reise.

Strategema: Anspruchsvolles holographisches Strategiespiel, zugleich ein Spiel der Willensstärke. Das Spiel wird von zwei Mitspielern gespielt, die auf einem dreidimensionalen Gitternetz kreisförmige Objekte beeinflussen, um die Kontrolle über die Territorien des Gegenspielers zu erlangen, während man die eigenen Territorien schützt.

Traktorstrahl: Ein gebündelter, linearer Gravitonen-Energiestrahl, der benutzt wird, um auf kurze Entfernungen die Bewegung von Objekten zu beeinflussen.

Transporter: Materie-Energie-Umwandler, der als bequemes Transportmittel eingesetzt wird. Der Transporter wandelt ein Objekt oder eine Person in Energie um, strahlt diese Energie an einen anderen Ort und verwandelt sie dort wieder in ihre ursprüngliche Form.

Tricorder: Vielseitig einsetzbares, wissenschaftliches und technisches Instrument. Dieses Handgerät beinhaltet Sensoren, Computer und Recorder in einem praktischen Format.

Turbolift: Starfleet-Bezeichnung für ein Hochgeschwindigkeitsaufzugsystem, das auf Föderationsschiffen für den schiffsinternen Personentransport benutzt wird.

VISOR: Ein schlankes bioelektrisches Gerät, das wie eine Brille getragen wird. VISOR ist die Abkürzung für *V*isual *I*nstrument and *S*ensory *O*rgan *R*eplacement. Eines dieser Geräte wird von Geordi LaForge getragen, der blind geboren wurde. Das VISOR ermöglicht es ihm, sichtbares Licht zu sehen und auch eine große Bandbreite des elektromagnetischem Spektrums sowie Radiowellen. Während es Geordi ein Sehvermögen verleiht, das das normaler Menschen weit übertrifft, verursacht es zugleich fortlaufend Schmerzen.

Warpantrieb: Hauptantriebssystem, das bei den meisten überlichtschnellen interstellaren Raumschiffen verwendet wird. Föderationsschiffe nutzen die kontrollierte und von Dilithium-Kristallen geregelte Verschmelzung von Materie und Antimaterie, um den Warpantrieb mit Energie zu versorgen.

Warpfaktor: Maßeinheit für Überlichtgeschwindigkeit. Warpfaktor 1 entspricht c, der Lichtgeschwindigkeit. Im 24. Jahrhundert wurde eine neue Warpfaktorskala benutzt, die sich einer asymptotischen Kurve bediente, auf der Warp 10 als unendliche Größe bezeichnet wurde.

VERWENDETE ARBEITSMATERIALIEN

Bücher

Johnson, Shane: *Star Trek: The Worlds of the Federation*, New York, Pocket Books, 1989.

Nemecek, Larry: *The Star Trek: The Next Generation Companion*, New York, Pocket Books, 1992.

Okrand, Marc: *The Klingon Dictionary*, New York, Pocket Books, 1992.

Okuda, Michael; Okuda, Denise; Mirek, Debbie: *The Star Trek Encyclopedia: A Reference Guide to the Future*, New York, Pocket Books, 1994.

Okuda, Michael; Okuda, Denise: *Star Trek Chronology: The History of the Future*, New York, Pocket Books, 1993.

Sternbach, Rick; Okuda, Michael: *Star Trek: The Next Generation Technical Manual*, New York, Pocket Books, 1991.

Maßgebliche Episoden

Chain of Command, Part 1 (Geheime Mission auf Seltris, Teil 1). Episodennummer: 236. Drehbuch: Ronald D. Moore. Buch: Frank Abatemarco. Regie: Robert Scheerer.

Chain of Command, Part 2 (Geheime Mission auf Seltris, Teil 2). Episodennummer: 237. Buch: Frank Abatemarco. Regie: Les Landau.

Coming of Age (Prüfungen). Episodennummer: 119. Buch: Sandy Fries. Regie: Michael Vejar.

Darmok (Darmok). Episodennummer: 202. Drehbuch: Joe Menosky. Buch: Philip Lazebnik und Joe Menosky. Regie: Winrich Kolbe.

Encounter at Farpoint, Part 1 (Der Mächtige). Episodennummer: 101. Buch: D. C. Fontana und Gene Roddenberry. Regie: Corey Allen.

Encounter at Farpoint, Part 2 (Mission Farpoint). Episodennummer: 102. Buch: D. C. Fontana und Gene Roddenberry. Regie: Corey Allen.

Lower Decks (Beförderung). Episodennummer: 267. Drehbuch: René Echevarria. Buch: Ronald Wilkerson und Jean Louise Matthias. Regie: Gabrielle Beaumont.

Peak Performance (Galavorstellung). Episodennummer: 147. Buch: David Kemper. Regie: Robert Scheerer.

Relics (Besuch von der alten Enterprise). Episodennummer: 230. Buch: Ronald D. Moore. Regie: Alexander Singer.

Starship Mine (In der Hand von Terroristen). Episodennummer: 244. Buch: Morgan Gendel. Regie: Cliff Bole.

Tapestry (Willkommen im Leben nach dem Tode). Episodennummer: 241. Buch: Ronald D. Moore. Regie: Les Landau.

The Best of Both Worlds, Part 1 (In den Händen der Borg). Episodennummer: 174. Buch: Michael Piller. Regie: Cliff Bole.

The Best of Both Worlds, Part 2 (Angriffsziel Erde). Episodennummer: 175. Buch: Michael Piller. Regie: Cliff Bole.

The Drumhead (Das Standgericht). Episodennummer: 195. Buch: Jeri Taylor. Regie: Jonathan Frakes.

The First Duty (Ein mißglücktes Manöver). Episodennummer: 219. Buch: Ronald D. Moore und Naren Shankar. Regie: Paul Lynch.

The Wounded (Der Rachefeldzug). Episodennummer: 186. Drehbuch: Jeri Taylor. Buch: Stuart Charno, Sara Charno und Cy Chermak. Regie: Chip Chalmers.

DANKSAGUNG

Dieses Buch wäre nicht möglich gewesen ohne das Genie und die Phantasie von Gene Roddenberry, der STAR TREK kreierte, Robert H. Justman, Rick Berman, Michael Piller sowie die Hingabe und das Talent aller anderen, die aus STAR TREK ein weltweites Unterhaltungsphänomen gemacht haben. Wir möchten unsere Anerkennung der hervorragenden kreativen Arbeit der Leute zum Ausdruck bringen, die die in diesem Buch nacherzählten Episoden schrieben. Dies sind: Frank Abatemarco, Sara Charno, Stuart Charno, Cy Chermak, René Echevarria, D. C. Fontana, Sandy Fries, Morgan Gendel, David Kemper, Philip Lazebnik, Jean Louise Matthias, Joe Menosky, Ronald D. Moore, Michael Piller, Gene Roddenberry, Naren Shankar, Jeri Taylor und Ronald Wilkerson.

Wir möchten auch den Autoren danken, die die Sekundärliteratur verfaßten, der wir viele wichtige Fakten und Informationen entnehmen konnten. Dies sind: Shane Johnson, Debbie Mirek, Larry Nemecek, Marc Okrand, Denise Okuda, Michael Okuda und Rick Sternbach.

Neben den Leuten, die uns STAR TREK gaben, schulden wir unseren Dank den Millionen STAR TREK-Begeisterten – den Trekkern –, die aus STAR TREK ein Wahrzeichen der populären Kultur des 20. Jahrhunderts gemacht haben.

Da dieses Buch auf dem Charakter basiert, den er spielt, ist es nur angemessen, Patrick Stewart für seine grandiose Darstellung des Captain Jean-Luc Picard zu danken, eine fiktive Figur, die in aller Welt respektiert wird. Es ist auch angebracht, den anderen Schauspielern zu danken, die wichtige Rollen spielten und die dazu beitrugen, STAR TREK – THE NEXT GENERATION allen Menschen so vertraut zu machen. Dies sind: Jonathan Frakes, Gates McFadden, Brent Spiner, LeVar Burton, Marina Sirtis, Michael Dorn, Wil Wheaton, Denise Crosby, Diana Muldaur, Whoopi Goldberg, John DeLancie, Colm Meaney und Majel Barrett Roddenberry.

Wir möchten es auch nicht versäumen, denjenigen zu danken, deren Hilfe direkt mit der Entstehung dieses Buchs verbunden war. Aus diesem Grund danken wir Richard Pine, der dieses Buch beim amerikanischen Verleger Pocket Books unterbrachte. Ein besonderer Dank geht an Arthur Pine, Lori Andiman und Sara Piel von Arthur Pine Associates, die uns ihre Unterstützung und Ermutigung durch das Projekt hindurch gegeben haben. Besonders dankbar sind wir Kevin Ryan von Pocket Books für seine hervorragende Bearbeitung dieses Buchs und für Hinweise und Ratschläge während der Vorbereitungsphase. Jack Romanos, Präsident der Simon & Schuster Consumer Group, danken wir für seine enthusiastische Unterstützung und sein besonderes Interesse an diesem Projekt.

Wir möchten auch Justin Roberts danken, der uns bei der allgemeinen Strukturierung und dem Ansatz für dieses Buch unterstützte. Vielen Dank an Jeremy Roberts, der dabei half, die Episoden herauszusuchen, die wir benötigten, um jedes Kapitel in diesem Buch zu veranschaulichen, sowie für seine Hilfe bei der Vorbereitung des Epilogs und für das Korrekturlesen der Manuskriptfassungen. Unser Dank geht auch an Jaime Roberts für das Korrekturlesen und für seine Hilfe bei der Erledigung vieler Verwaltungsarbeiten in Verbindung mit der Vorbereitung dieses Buchs. Ein besonderes Danke an Cheryl Roberts, für ihre Hilfe, das gesamte Projekt zu koordinieren, und für ihre Bemühungen, viele wichtige Punkte klarzustellen und die Syntax in diesem Manuskript zu bereinigen. Wir möchten uns auch bei Susan

Ross dafür bedanken, daß sie sich Episoden von STAR TREK – THE NEXT GENERATION ansah, um dabei zu helfen, die von Captain Picard verwendeten Standardsätze ausfindig zu machen. Unsere Anerkennung gilt ferner Major General Robert Coffey, Brigadier General John Le Moyne, Command Sergeant Major Wayne Sills und anderen ranghohen Offizieren der 2nd Armored Division der U.S. Army für ihre Hilfe bei der Feinabstimmung der subtileren Führungsprinzipien während Wess' Besuch des National Training Centers in Fort Irwin, Kalifornien. Wir stehen in der Schuld von Randy Staples, Michael Sullivan und Doug Hansen dafür, daß sie das Manuskript lasen und kommentierten; ihre Vorschläge kamen zur rechten Zeit und waren nützlich. Auch geht ein Dank an Chett Paulsen für diverse Vorschläge, die dazu beitrugen, dieses Buch noch besser zu machen.

Bill möchte die Gelegenheit nutzen, um anderen Mitgliedern seiner Familie für ihre Unterstützung zu danken: seinen Eltern Lee und Al, seiner Schwester Lin, seinem Bruder Raym und seinem Sohn Rusty.